나는
소망한다
내게
금지된
것을

양귀자 소설

나는 소망한다
내게 금지된 것을

양귀자 장편소설

쓰다.

차례

삶이란 신(神)이 인간에게 내린 절망의 텍스트다.

나는 오늘 이 사실을 깨달았다.

그러나 나는 텍스트 그 자체를 거부하였다. 나는 텍스트 다음에 있었고 모든 인간은 텍스트 이전에 있었다.

이건 오만이 아니다. 나는 이제까지 한 번도 내가 이 땅의 사람들과 같은 조건으로 살고 있다고 생각해 본 적이 없다. 조건이라는 말에서 다소의 불순함이 풍긴다면 기꺼이 태도라는 말로 바꿀 용의가 있다.

나는 나를 건설한다. 이것이 운명론자들의 비굴한 굴복과 내 태도가 다른 점이다.

나는 운명을 거부한다. 절망의 텍스트는 그러므로 나의 것이 아니라 당신들의 것이다.

_강민주의 노트에서

자동차를 바꾸어야겠다.

오늘 아침 나는 한 가지 결정을 내렸다. 차를 바꾸겠다는 것이다. 물론 지금 타고 다니는 차도 출고된 지 2년이 채 되지 않았다. 어떤 의미로는 이제 막 길이 들어 애마의 역할이 지금부터 제격일 수 있다.

하지만 앞날을 위해선 보다 좋은 차가 필요하다. 새 차에 익숙해질 시간까지 고려한다면 이른 시일 내에 차를 바꾸어야 한다.

자동차 대리점의 영업사원이 주고 간 명함이 책상 서랍에 있다는 것을 떠올리며 나는 주차장을 빠져나온다. 이 시간에도 아파트의 주차장은 절대 한가하지 않다. 남아 있는 차들의 주인은 대개 여성일 것이다. 그녀들은 수영장에 갈 때, 분위기 있는 뷔페에서 친구들을 만날 때, 담임을 만나러 학교에 갈 때 비로소 차를 뺀다.

출근 시간을 비꼈음에도 거리는 여전히 혼란스럽다. 아파트 단지들이 밀집한 이 동네는 곳곳에 좌회전 신호가 있어서 아예 액셀을 밟을 엄두도 내지 못한다.

나는 창문을 올리고 에어컨을 켠다. 처음의 그 역한 냄새에 이마를 약간 찌푸리며 조지 윈스턴의 테이프를 밀어 넣는다. 이윽고 심장을 두들기는 강렬한 피아노 연주가 차 안을 가득 메운다.

올림픽 대로로 들어가면서 나는 안전벨트를 좀 느슨하게 풀어 놓는다. 앞차의 청년이 백미러로 힐끔거리는 것을 보며 나는 에어컨을 낮추고 음악의 볼륨은 높인다.

사무실에 도착할 때까지 나는 아무런 생각도 하지 않는다. 피아노 음이 머리를 때리고 심장을 때리는 것을 거의 아무 느낌 없이 받아들이고 있다. 운전할 때의 이 무아경이 좋다. 나는 본능적으로 브레이크를 밟고 기계들을 조작한다. 머리는 텅 비어있고, 속도를 즐기는 몸의 팽팽한 긴장감이 이때의 감각 전부이다.

나는 대학 입학과 함께 어머니에게서 차를 선물로 받았다. 처음에는 등교할 때 차를 몰고 가기가 쑥스러웠다. 물론 처음에만 그랬다. 나는 본래 쑥스러움 같은 것에 익숙하지 못하니까. 나는 이내 캠퍼스 곳곳을 내 애마와 함께 누볐다. 차는 곧 내 발이 되었다.

사무실 아래의 주차장에 차를 넣고 나오다가 옆 사무실 남자를 만난다. 나는 가볍게 눈인사를 보낸다. 안면만 있을 뿐이지만 이런 식의 매너는 어김없이 지키는 것이 내 버릇이다. 나는 상식적인 예의조차 지키지 못하는 사람을 가장 경멸한다. 그런 사람들이 꼭 남의 사생활을 들여다보기 좋아하고, 필요 없는 호기심으로 사람 피곤하게 한다는 것을 나는 경험으로 알고 있다.

사무실, 아니 보다 정확히 말하면 상담소는 박 여사 혼자서 지키고 있다. 박 여사도 나처럼 자원봉사자이지만 오후엔 먼저 퇴근하기에 대신 아침에 일찍 나온다. 오늘 봉사팀은 박 여사와 윤 선생이다. 대부분 가정주부인 봉사자들은 요일마다 서로 팀을 짜서 전화 상담을 맡고 있다.

나는 요일을 가리지 않고 별일이 없는 한 꼬박꼬박 상담소에 나온다. 오전에 일이 있다면 일을 마친 후 오후 근무를 위해 이곳을 찾는다. 결국 이 상담소의 상근 직원인 셈이다. 물론 상근이라지만 보수는 전혀 없다. 보수는커녕 나는 이 상담소에 적지 않은 경제적 도움을 주고 있기까지 하다. 대충 사정을 아는 봉사자들은 그래서 나를 무릇 상담소장 예우하듯 하고 있다.

순전히 후원회원들의 회비로 상담소를 운영하는 소장은 내가 상근하기 시작한 이후로 가끔 얼굴을 내밀 뿐이다. 그녀는 나의 대학 선배이고 사회에서도 이름만 대면 아, 그 사람, 하고 알아주는 이른바 여류명사다. 그러나 나는 그녀를 경멸한다. 그녀의 경우 가까이 살고 있기 때문에 경멸의 내용이 더 구체적이라는 것뿐, 사실 나는 세상에 이름 석 자를 팔고 있는 대부분의 여류들이 늘 못마땅하다. 그녀들은 모두 직무유기를 범하고 있다. 이 땅의 여자로서 당연히 해야 할 중요한 일 한 가지를 무시하고 있다.

그러나 나는 드러내 놓고 소장을 무시하지는 않는다. 아까도 말했지만 나는 상식적인 예의에 아주 철저한 사람이다. 맹하기조차 한 소장은 어쩌면 내가 자기를 존경해서 상담소의 경비를 부담하면서까지 일을 도와주는 것으로 착각하고 있는지도 모른다.

그것도 나쁘진 않다. 앞날의 내 계획을 위해선 자기도취에 빠진 소장을 이용하는 것도 상당한 도움이 되리라. 명사들 특히 여류 명사들이 흔히 보여주는 우스꽝스러운 태도 중의 하나가 바로 이 자기도취라면 소장이야말로 그 표본이다. 소장은 이 세상이 너무나 자기를 필요로 하고 있어서 밥 먹을 시간도 없다고 생각하는 사람이다. 사실은 많은 사람이 그녀 때문에 밥맛을 잃고 있는 줄은 상상도 하지 못한다.

인간 실현을 위한 여성 문제 상담소.

이것이 소장이 내건 상담소의 긴 간판이다. 미래에 여성 장관의 꿈을 키우고 있는 소장으로서는 이 간판도 짧기만 하다. 그래서 그녀는 이 긴 간판 옆에 또 다른 간판을 달기 위해서 요즘 동분서주하고 있다.

상담소에서의 주 업무는 걸려오는 상담 전화를 받는 것이다. 과거에 교직에 있었거나 종교단체에서 활동한 경험을 가진 주부들은 전화 속 익명의 여자들이 털어놓는 이야기를 성실히 들어주고 틈틈이 위로를 게을리하지 않으면서 때에 따라서는 적절한 법적 대응을 알려주기도 한다.

하지만 법적 절차를 일러주는 것으로 끝나는 단순한 문의 전화 외의 상담에는 솔직히 한계가 있다. 상담원마다 스타일이 다르긴 하지만 단숨에 절망을 희망으로 바꿀 수 있는 상담은 애당초 없다. 할 수 있는 가장 좋은 상담이란 의외로 상대방의 이야기를 진지하고 성의 있게 들어주는 것이다. 특히 가족 내의 갈등에 얽매인 여자들에게는.

상담을 시작한 지 며칠 되지 않아서 나는 그 한계를 깨닫고 실망했다. 그렇다고 이 일이 내게 적격이라며 기대 속에 일을 시작한 것은 절대 아니다. 상담원의 자질을 논한다면 나는 오히려 가장 낙제 점수를 받아야 한다. 아니, 상담 그 자체에 비판적인 견해를 가지고 있는 사람이 바로 나였다. 잡지사나 방송국 같은 곳에 편지를 보내 고민을 털어놓는 이른바 고민녀들에 대해 나는 늘 조소를 금치 못한다. 도대체 자신의 고민을 자신 이외 누가 해결해 줄 것인가 말이다. 특히 실수로 순결을 잃어버려서 앞으로 사랑하는 사람이 생겨도 마음을 열지 못하겠다는 식의 고전적인 상담 사례 같은 것은 정말 딱 질색이다.

그래서 간혹 정신 연령이 의심스러운 상담 전화가 걸려오면 나는 냉정하게 끊어버린다. 소설 쓰고 있네, 라는 소리가 목구멍까지 넘어 오지만 상담원이란 신분을 생각해서 참기로 하고, 대개는 "우리 상담소에서 도움 줄 일이 없어 미안합니다." 정도로 차갑게 대응한다.

그럼에도 내가 이 일을 벌써 일 년째 붙들고 있는 데는 다 까닭이 있다. 고민녀쯤으로 불리는, 그야말로 고민에 불과한 내용을 털어놓는 한가한 전화만 걸려온다면 진작에 이 일을 끝냈을 것이다. 그보다는 더 많이, 진실로 불행이라는 말에 걸맞은 여성들의 사례가 접수되는 곳도 바로 여기였다.

나는 현재 대학원에 재학 중인 이른바 학생이다. 나는 대학 때의 전공과는 다른 공부를 하고 싶어서 이번엔 심리학을 선택했다. 살아가는 데 있어 지식은 아주 중요한 도구라고 생각하는 나는 심리학 다음으로 철학, 정치학, 인류학 등을 차례차례 섭렵할 계획이다.

물론 학위나 학벌 따위에 나는 전혀 관심이 없다. 나는 그저 체계적인 공부를 위해서 몇 번이라도 대학원에 등록하여 연구하겠다는 것이다. 그렇게 하는데 나에겐 아무런 문제도 없다.

어쨌거나 첫 번째의 선택은 옳았다. 여성 심리, 특히 고통에 대응하는 여성 특유의 폐쇄적인 정신 분석을 논문의 주제로 삼고 자료들을 수집하면서 나는 드물게 그 일에 몰두하고 집착하게 되었다. 나중에 서서히 이야기하겠지만, 차후의 지적 순례까지 모두 포기하게 될 만큼 나는 이 일에 빠져 버리고 말았다.

여기까지 말하면 내가 왜 인간 실현을 위한 여성 문제 상담소를 그만두지 않는지 짐작이 갈 것이다. 나는 불행한 여성들의 불행한 이야기를 채집하고 있었던 것이었다.

앞에서 나는 상당히 비장한 어투로 '것이었다'라는 과거완료형을 사용하고 있다. 예민한 사람이라면 벌써 이상함을 느꼈겠다. 사실 나는 의도적으로 구분해서 말했다. 내가 왜 그렇게 말하는지는 이제 서서히 밝혀질 것이다. 준비는 거의 다 되었다. 기다릴 뿐이다.

박 여사가 나오는 날은 아침에 맛있는 커피를 마실 수 있어서 좋다. 그이는 자신의 근무일이 되면 사이펀을 비롯한 본격 커피를 끓일 수 있는 기구 일습을 챙겨서 등장한다. 그리고 틈틈이 향기 그윽한 커피를 사무실 식구들에게 제공하는 것에 스스로 큰 즐거움을 느낀다.

"아침에 하나 했는데 하필 또 고부 갈등이야."

박 여사는 아들만 둘이고 큰아들이 군대에 갔으니 머지않아 며느리를 볼 나이다. 고부 갈등으로 인한 가정불화라면 그래서 관심이 아주 많다.

"아무리 며느리 쪽을 이해하려고 해도 그 정도를 못 참아주나 싶어서 젊은 사람들이 야속하기만 하니 나도 이미 글렀어."

박 여사의 맥빠진 표정을 두고 여학교 카운슬러 출신의 윤 선생이 놀린다.

"그러다가 박 여사님, 며느리 본 다음에 그 며느리가 시어머니 때문에 못 살겠다고 우리 상담소에 전화하는 일이 생기지나 않을까요?"

"그리고 그 전화를 우연히 내가 받는 불행까지 겹친다면 자넨 더 좋겠지?"

박 여사와 윤 선생은 배를 잡고 웃어댄다. 나는 조금도 우습지 않으므로 읽고 있는 책에서 시선을 떼지 않는다.

인간의 뇌에 웃음을 생산하는 호르몬이 있다면 나에겐 분명히 그 호르몬이 아예 생성조차 되지 않는 게 틀림없다. 그게 아니면 호르몬을 억제할 만큼 웃음을 거부하는 정신력이 드세거나.

웃음을 거부하는 체질인 데 반해 슬픔이나 분노를 수용하는 정신은 또 남다른 사람이 바로 나다. 나는 이 세상이 아직 웃음의 차례가 아니라고 믿는다. 웃을 수 있는 고등동물이 인간이라지만 과연 그런가. 나는 인간의 웃음을 믿지 않는다.

커피잔을 기울여 마지막 한 모금까지 알뜰히 마시는 것을 보았던지 박 여사가 내 잔에 커피를 더 부어주었다.

"고맙습니다."

망설임 없이 빠르게 인사는 나갔지만 그것은 아팠을 때 얼결에 비명이 나오듯 거의 반사적인 말치레에 지나지 않는다. 실제로 커피는 처음 그 한 잔으로 족했다. 사람들은 이렇게 원하지도 않는 친절을 베풀고는 돌려받은 보답의 양이 적다고 불평들을 해댄다.

그때 전화벨이 울렸다. 신문을 보고 있던 윤 선생이 받았다. 뒤를 이어 다른 번호의 전화가 또 울기 시작했다. 나는 커피잔을 밀어놓고 수화기를 든다. 한 손에는 필기도구를 쥐고. 나는 채집의 가치가 있는 전화가 걸려올까 봐 늘 기록 준비 상태로 상담을 시작한다.

"그를 죽이고 싶어요……."

수화기에서 흘러나오는 첫마디에 나는 긴장했다. 단순한 고민녀가 아니다. 나는 이런 전화를 기다리는 것이다.

"……그 사람은 인간도 아니에요(흑, 울음 터지는 소리). 너무나 억울해서 견딜 수가 없어요. 이래도 되는 건가요? 이 나라에는 법도 없나요? 이렇게 맞다가는 언제 쥐도 새도 모르게 죽을지 몰라요(흐느낌이 계속된다). 너무나 무서워서 밤새 옥상에 숨어 있다가 지금에서야 집에 들어왔어요. 집안에 남아 있는 남편의 로션 냄새를 맡고 여태 토악질을 했어요. 마누라를 두들겨 패서 쫓아내고, 밤새 들어오지도 않았는데 태연히 얼굴에 로션을 바르고 출근하는 인간이 제 남편이에요……."

여자의 음성은 자음과 모음을 겨우 구별할 수 있을 정도로 퉁퉁 부어있다. 얼굴이 붓고 몸이 붓듯이 목소리도 상처를 입으면 부을 수 있다는 것을 나는 이곳에서 알았다.

나는 여자의 긴 이야기를 숨을 죽이며 듣는다. 남편에게 다른 여자가 있다는 것을 알고부터 시작된 부부싸움. 여자는 일방적으로 맞기만 하고, 남자는 이 정도 바람쯤이야 어느 남자나 다 누리며 사는 사회생활의 자유라고 말하는 뻔뻔한 성격의 소유자이다. 함께 살아주는 것만도 감지덕지 여기라는 남편의 폭언은 멈출 줄을 모른다. 이제는 버젓하게 그쪽 생활비도 월급에서 제하고 여자가 보는 앞에서 연인에게 전화를 걸어 감기 증세가 어떠냐고 묻기도 한다.

여자는 교육자 집안에서 엄격한 가정교육을 받고 자라 이혼은 생각도 하지 못한다. 친정의 위신을 생각하면 이혼은 곧 죽음이다. 남편은 그걸 이용한다. 이혼하고 싶으면 해보라는 식이다. 위자료는 한 푼도 줄 수 없으니 간통죄로 고소할 테면 해보라고 이죽거리기도 한다.

그런 남편이 가증스러워 어젯밤 이혼 서류를 내놓았다. 이게 어디서 협박이냐며 다짜고짜 발길질이 시작되고 나중에는 식탁 의자를 집어 내려칠 기세였다. 여자는 아이들 앞에서 피를 보일 것이 두려워 간신히 옥상으로 도망쳤다. 아파트 옥상에서 이슬을 맞으며 분노에 떨다 내려와 보니 남편이란 자는 우유 한 잔, 계란 프라이 한 개, 그리고 얼굴에 향기 독한 예의 그 로션까지 치덕치덕 바르고 제시간에 유유히 출근하고 없었다. 물론 여자가 준비한 이혼 서류는 갈가리 찢어버린 채.

"아이들은 겁에 질려 학교에 갔고, 집안은 난장판이에요. 그 사람은 인간도 아니에요……(다시 울먹이는 음성). 이렇게 사는 건 가족도 뭐도 아니에요. 어떡하지요?"

어떡하다니? 나는 울컥 치미는 감정을 간신히 눌러 참고 말해준다.

"죽이고 싶을 만큼 부인도 남편에 대한 애정이 식었다면 진지하게 이혼을 고려해 봐야지요."

"그렇지요?"

그러나 긍정적인 어투가 결코 아니다. 털어놓은 이야기가 있으니 마지못해서 하는 소리일 뿐이다. 나는 여자가 여전히 이혼을 겁낸다는 것을 알기 때문에 다음 말을 잇지 않고 가만히 기다려본다.

"그이가 이혼을 쉽게 해줄 것 같지 않아요(한숨). 한 번 더 이혼

소리가 나오면 다리를 분질러서 방에 가둬버리겠대요. 어떡해요?"

성질대로라면 사람 다리가 그렇게 쉽게 부러지는 줄 아느냐고 쏘아줘야 하지만 나는 지금의 내가 어떤 위치인지를 잘 알고 있으므로 부드러움 쪽으로 가기 위해 애를 쓴다.

"본인의 생각이 중요한 것 아니겠어요?"

이건 좀 잔인하다. 상담의 기본자세에서 어긋나고 있다. 상담원은 상대방을 편안하게 해주는 것이 첫 번째 임무이자 전부라고도 할 수 있다. 나는 은연중에 이혼을 재촉하고 있다. 여자들에게 가정을 포기하는 일이 얼마나 큰 결단을 요구하는지 익히 알면서.

"여기 전화하는 데도 굉장한 용기가 필요했어요. 정말 어떻게 해야 할지……. 마음 같아서는 내가 당한 만큼 그 인간에게 꼭 되돌려주고 싶어요. 친정 부모님만 아니라면, 그리고 자식들만 아니라면. 정말이에요. 나는 어떻게 되어도 좋아요. 나야 차라리 죽는 게 이 꼴 저 꼴 안 보고 편하지요……."

여자는 또 울음을 비친다. 나는 이미 결론을 내리고 있다. 이런 성격은 아무리 분노가 깊고 남편에 대한 증오가 뼈에 사무쳐도 쉽게 이혼을 결심하지 못한다. 얼마나 더 짐승 같은 굴욕을 견디어야 죽음과도 같은 가정 포기의 결단을 내리는지 아무도 짐작할 수 없다.

나는 이런 경우, 여자가 할 수 있는 법적 대응조치 몇 가지를 일러주고 남자의 폭력이 있을 때는 두려워하지 말고 반드시 이웃에

도움을 청하라는 충고를 끝으로 상담을 마감한다. 여자는 숨겨둔 이야기를 털어놓은 것만으로도 상당 시간은 위로를 받을 것이다.

긴 통화를 끝내고 나는 책상 위의 메모를 들여다본다. 죽이고 싶어요, 인간도 아니에요, 이런 건 가족도 뭐도 아니잖아요……. 이렇게 말하면서도 그 여자는 복수는커녕 이혼의 결심도, 남편을 설득시킬 어떤 방법도 갖고 있지 못하다. 그리고 중얼거린다. 어떡 하면 좋지요…….

나는 또 기분이 엉망진창이 된다. 이런 전화를 받을 때마다 활 활 타오르는 분노를 어쩔 수가 없다. 천연스럽게 로션을 바르며 거 울을 흘끔거렸을 한 사내의 모습이 뇌리에서 떠나지 않는다. 그 여 자의 말이 옳다. 그건 인간도 뭣도 아니다.

그러나 인간도 뭣도 아닌 남자는 오늘도 태연히 직장에 출근하 여 점심엔 뭘 먹을까를 고민하고, 옆자리 여직원에게는 농을 걸기 도 할 것이다. 인간적인 고뇌는 모조리 여자에게 떠맡겨 놓고서.

나는 노트를 덮고 자리에서 일어난다. 머리가 좀 아팠다. 전화 상담이라고 해서 결코 쉬운 것은 아니다. 마음먹기가 어려울 뿐이 지 일단 전화를 걸어 입을 열었다 하면 한 인간의 파란만장한 생애 가 펼쳐지는 것이다. 말하는 입장에서는 억울하고 분한 마음이 목 구멍 끝까지 차 있기 때문에 이야기를 요약할 형편이 아니다. 자신 이 당한 내용을 흡족하게 털어놓지 않고서는 절대 후련해질 수 없 다.

상담원들은 몇 시간이고 이야기를 들어준다. 시간이 없다는 암시를 준다거나 요약해서 말하라고 재촉하는 일은 상담원의 자세가 아니다. 한 번의 전화를 소화하는 것으로 오전을 다 보내는 일도 그래서 비일비재하다.

점심을 먹고 와서 자리에 앉으니 기다렸다는 듯 남기의 전화가 걸려온다.

"뵈러 가도 좋을까요?"

21일. 한 번도 어김이 없는 날짜였다.

"아래에 와서 전화해."

"예. 그럼."

깍듯한 인사와 함께 남기는 전화를 끊는다.

"남동생?"

전화를 건네준 박 여사가 아는 체를 한다. 나는 고개만 끄덕이고 만다. 그러자 이번엔 윤 선생이 한마디 거든다.

"강민주 씨 남동생, 젊은 사람이 어쩌면 그렇게 참해? 나도 한번 전화를 받았는데 전화 거는 예의만 봐도 사람 됨됨이를 알 수 있겠어."

"민주 씨가 워낙 호랑이같이 구니까 그럴 거야."

내 성격이 차갑다는 것을 익히 알고 있으므로 박 여사는 그렇게 넘겨짚는 것이다. 나는 그들이 남기에 대해 뭐라 품평을 하든 상관하지 않는다. 어차피 저들이 나와 남기의 관계를 짐작이나 하겠는 가.

남기는 정확히 30분 만에 1층에 도착해서 전화했다.

"덥지? 냉커피 시켜."

그는 다소곳한 태도로 주문받으러 온 아가씨에게 냉커피를 시킨다. 이 사내가 서울의 밤거리에서 주먹으로 이름을 날리는 그 황남기라고 누가 믿을까. 나는 그를 보면 내가 들인 공이 헛되지 않은 것 같아서 기분이 좋다.

"307호가 나간답니다. 이번엔 10을 올려서 내놓았습니다."

"시킨 일은 차질 없이 진행하고 있겠지?"

남기의 업무 보고는 그냥 넘기고 나는 곧바로 다른 질문을 던진다. 월세 10만 원 올린 것이 무에 그리 대단해서 그것부터 내세우는 남기의 맹함에 벌써 파르르 성깔이 돋는 것이다.

"그, 그럼요. 중도금이 그제였고요. 잔금과 동시에 아파트를 비워주면 곧 내부 수리에 드, 들어갈 생각입니다."

자신의 실수를 깨달은 남기는 황급히 진행 상황을 보고하느라 말까지 더듬거린다. 나는 남기에게 지금 내가 사는 아파트에서 멀지 않은 곳에 아파트 하나를 매입하도록 지시한 바가 있다.

"잘했어. 잊지 않았겠지만 내가 드러나지 않도록 조심해."

나는 다시 한번 주의를 준다. 그래서 애초에 양도세 부담을 덜기 위해 등기부 명의 이전을 늦추려는 집을 물색하라고 지시했었다.

"염려 마세요. 실수 없이 할게요."

다소 부드러워진 내 태도에 마음이 놓인 듯 남기는 비로소 커피에 입을 댄다. 황남기는 올해 스물일곱, 나와는 동갑이다. 엄밀히 따지면 내가 두어 달 앞서 태어났으나 그것 때문에 남기가 나를 어려워하는 것은 절대 아니다. 남기와 나는 특별한 관계이고 그는 무조건 나에게 충성을 바치도록 운명지어져 있다. 나는 그의 맹종을 추호도 의심하지 않는다.

"여기……."

남기가 내놓는 흰 봉투를 받아들고 나는 그가 커피를 다 마셨거나 말거나 자리에서 일어난다. 21일은 그가 전날 수금한 사무실 월세들을 내게 가져오는 날이다. 나에겐 상속받은 빌딩이 한 채 있다. 그밖에 빌딩이랄 수 없는 건물 몇 채와 농장 따위도 내 소유로 남겨졌다. 남기는 내 재산 일체를 관리하고 있다.

"저, 사모님 기일이 일주일 뒤인데……."

"알고 있어."

내가 어머니 돌아가신 날을 잊겠는가. 남기의 눈빛에 스치는 아쉬움을 무시하고 나는 찻집을 나온다.

사무실로 돌아오면서 문득 봉투에 적힌 남기의 글씨를 들여다보았다. 거칠고 삐쳐나간 획이 아직도 많은 것을 보니 역시 공부 머리는 아니다 싶었다.

남기가 그나마 펜과 종이에 뭔가를 적어 제출할 수준이 된 것도 모두 내 덕분이었다. 말로는 중학교 중퇴라 했는데, 이건 도무지 간신히 제 이름 석 자 정도 적고 나면 그만인 실력을 보면 애당초 공부와는 거리가 먼 남기였다. 그저 듬직하고 우직하도록 의리가 강하다는 것만이 그가 세상을 살아가는 유일한 무기였다.

생전에 어머니도 곧잘 남기의 소 같은 성격을 화제로 삼곤 했다. 한번은 어머니가 남기에게 다음 날 아침 10시까지 집 앞에서 대기하라 이른 적이 있었다. 매사에 성질이 급한 어머니는 집 앞에 차를 대놓고 그가 오는 대로 출발할 계획이었다. 그런데 갑자기 다른 일이 생겨 어머니 먼저 아침 일찍 집을 떠났다.

남기가 오면 변경된 일정을 통보해줄 사람은 당연히 나였다. 그런데 10시가 넘고 11시, 12시가 되도록 그에게선 아무 연락이 없었다. 우리 모녀와의 약속이라면 새벽이라도 쏜살같이 달려오는 남기였는데 알 수 없는 일이었다. 어머니는 10분 간격으로 전화를 해서 남기가 도착했는지 물었다.

결국 어머니는 그냥 집으로 돌아왔다. 대문을 들어서는 어머니 옆에 얼굴이 벌겋게 달아오른 남기가 보였다. 어머니에게 얼마나 당했는지 아주 시뻘건 얼굴이었다. 어이없어하는 어머니 설명에 의하면, 남기는 10시 전에 도착해서 어머니가 나타날 때까지 세 시간 이상을 말 그대로, 집 앞에 서 있었다.

"집 앞에서 대기하라고 하시기에……."

그것이 남기가 남긴 유일한 변명이었다.

선대부터 내림으로 물려받은 거구, 몸집만큼이나 잔재주를 거부하는 단순 우직한 성품의 남기는 바위 같은 사람이다. 누가 옮겨놓기 전에는 저 스스로 자리를 바꿀 줄 모른다. 그는 또한 백날이고 천날이고 절대 변하지 않는다. 바람과 비에 시달려 닳아지기야하겠지만 바위가 그렇듯 그것이 전혀 눈에 뜨이지 않는다.

밤.

가스 불 위에서 밥과 찌개가 끓고 있다.

자정 한 시간 전. 나의 저녁 시간이다. 식사시간은 내 생활에 맞춰 나름대로 꼭 지키려고 애를 쓰는 편이다. 혼자 사는 사람이 무계획, 무질서의 수렁에 빠지면 걷잡을 수 없게 된다. 나는 절대 충동적이지 않다.

아침은 일어나는 대로 우유 한 잔으로 위만 달랜다. 점심은 상담소거나 대학 구내에서 간단하게 해결한다. 그 시간쯤에는 배가많이 고프지만 밥 먹기 전쟁이 벌어지는 식당에서 홀로 맛을 즐기기론 내 신경이 너무 예민하다.

그리고 오후 여섯 시경에 빵이나 국수 같은 간단한 요기를 한다. 그 시간에 자칫 길을 잘못 들면 차 안에서 몇 시간이고 지독한공복감을 견뎌야 한다. 적당한 허기는 정신을 명료하게 해주지만한계를 넘는 공복감은 인간을 인간이지 못하게 한다. 나는 배고픔이나 추위, 짜증을 참는 일에는 의외로 약하다. 어머니는 나에게 그런 것은 참을 필요가 없다고 가르쳤다. 자식의 몫까지 당신이 충분히 참았다는 논리로.

하루 중 가장 제대로 된 식사를 하는 때는 밤 11시의 만찬이다. 나는 격식을 갖춰 요리를 하고 가장 편안한 마음으로 음식을 섭취하는 것이다.

오늘 저녁의 메뉴는 생선찌개와 새우튀김이다. 나는 바다에서 나는 것을 좋아한다. 이것은 어머니에게서 물려받은 식성이다. 어머니는 나보다 더 편식했는데 고기는 아예 입에도 안 대고 수산물과 채소로만 한평생을 살다 가셨다. 저세상에도 어머니 좋아하는 청어와 전복이 있을까.

저녁을 먹고 나면 거의 자정에 가깝다. 그 시간에 바깥을 내다보면 아파트 전체가 바둑판이 된 듯 점등과 소등의 알록달록함이 재미있다. 나는 불 꺼진 창의 주인은 경멸하고 불 켜진 창에는 우호적인 시선을 보낸다.

잠자리에 들게 되는 새벽 2시까지 내가 하는 일은 거의 일정하다. 샤워를 하고 그날의 일을 기록하는 일기를 쓴다. 오늘처럼 수입이 있는 날은 장부 정리도 해야 한다. 나는 기록하고 계획하는 일에 몹시 철저해서 피곤하거나 바쁘다는 이유로 그 일을 빠뜨리고 지나가는 법은 없다.

일기는 별것이 아니다. 나는 사적인 감정을 노트에 털어놓는 어리석은 짓을 하지 않는다. 내 일기는 하루의 궤적을 남기는 데 필요할 뿐이다. 처음엔 내 시간들이 어디로 공중분해 되었는지 알고 싶다는 생각에서 시작했다. 언제 어디에서 무엇을 했는지 무미건조한 나열이지만 나중에 기억이 사라졌을 때 읽어보면 그 시간이 손에 잡힐 듯이 떠오른다. 그래, 그 찻집에서 흰 블라우스에 커피를 엎질렀었지. 전혀 하지 않던 실수를 해서 버린 옷보다 그 실수 자체에 얼마나 절망했던가.

그리고 얼마 전부터 일기에 새로운 의미가 붙기 시작했다. 타인들에게 그날 그 시간, 내가 어디에 있었는가를 확실하게 증명할 수 있는 기록으로 일기는 나를 방어해 줄 것이다.

알리바이.

그랬다. 나는 알리바이를 생각하고 있다. 혼자 사는 여자의 알리바이는 그 여자의 내밀한 일기가 아니고는 불가능하다. 왜 알리바이가 필요하냐고 묻는다면 나는 그렇게 질문하는 자의 어리석음을 한껏 비웃어주겠다. 삶의 알리바이, 현장의 부재증명은 목숨 걸고 살아가는 사람에게는 꼭 필요한 것이다.

그리고 현장의 부재증명이 더욱 긴요하게 쓰일 어떤 계획이 내게 주어져 있다. 나는 지금 막 그 이야기를 하려던 참이었다. 샤워와 기록이 끝난 다음부터 새벽 2시의 취침시간까지, 그사이에 내가 요즘 어떤 일을 하고 있는가를 말이다. 나는 이미 말했듯이 계획이나 기록에 철저한 사람이다. 또한 이미 말했듯이 나는 지금 어떤 계획에 골몰해 있다. 그렇다면 군이 설명하지 않아도 내가 얼마나 치밀하고 철저하게 하고자 하는 일에 대비할지는 짐작하고도 남음이 있을 것이다.

그렇다. 나는 요즘 무언가에 골몰해 있다. 분석하고 조절하고 다시 계산을 거듭해 보기를 벌써 몇 달째인지 모른다. 침대에 누워서도 그에 대한 흥분이 가시지 않아 뒤척이다가 몇 번이나 수면제를 복용하곤 했다. 잠이 제시간에 찾아오지 않는 것조차 못 견딜 만큼 나는 무질서를 혐오한다.

하지만 이야기는 여기까지다. 다만 한 가지, 너무 바람을 넣은 풍선은 터지고야 말 듯이, 지나치게 잡아당기는 고무줄은 필히 끊어지고 말 듯이, 허용의 기준을 넘은 두꺼비집의 퓨즈가 녹아버리듯이, 나의 이 계획은 필연이라는 사실이다. 나는 가능한 한 이 일이 예술의 경지에 이르기를 바란다는 것까지는 덧붙일 수 있다.

상담원 중의 한 사람이 나의 중매를 자청하고 나섰다. 장마의 시작을 알리는 비가 무섭게 쏟아지는 날이었다.

"처음엔 설마 했는데 정말 애인이 없는 게 확실해. 글쎄 나이 스물일곱에 애인이 없다면 누가 믿어? 독신주의라면 모르지만."

상담소 자원봉사자들은 대부분 사십 줄을 넘어선 지긋한 나이들이다. 자연 동생이라 해도 막냇동생뻘이 되는 나한테 수더분하게 굴려고 애를 쓰지만 받아들이는 내 태도가 남다른지 일정 거리

안으로 들어올 생각은 하지 않는다. 그런데 이건 안전거리를 침범하는 발언이 아닐 수 없다. 중매라니, 그것도 자청해서.

나는 그러나 사람을 앞에서 닦아세우는 못된 버르장머리는 갖고 있지 않다. 하지만 상식 수준의 예의를 지키는 일이 얼마나 어려운지 번번이 절감하곤 한다. 나는 냉소를 감추려 애쓰며 기본적인 대답을 던진다. 모두 내색은 안 해도 흥미진진하게 내 입을 주시하고 있다.

"틀린 말씀입니다. 애인을 잘 만드는 쪽은 오히려 독신주의자들이랍니다. 그러니 난 독신주의도 아니지요."

한 파트너에 얽매여 지지고 볶고 하는 것이 싫어서 독신으로 사는 것이 아닌가. 나는 그 한 사람의 파트너조차 싫은 것이다. 그러나 거기까지 말할 것은 없다. 나는 다만 이렇게 말한다.

"결혼하겠다는 생각이 있었다면 진작 했습니다. 결혼의 폐해는 이 상담소에서 실컷 수집했으니까 생각이 바뀌었을 리도 없고요."

중매를 자청한 사람이 평소 상담소 봉사자들 가운데 가장 나이가 많고 인격도 무난한 편이었기에 나는 참을성 있게 내 의견을 전할 수 있었다.

"하긴 그래. 아무리 학문적인 이론을 갖추었어도 처녀가 상담원직을 맡는 것은 본인을 위해서도 마이너스였을 거야. 도대체 지옥 같은 이야기만 매일 듣게 되니 결혼에 대한 환상이 생길 까닭이 있나. 이건 정말 비극이다. 결혼이란 게 사실 그렇게 나쁜 것도 아닌데 말이야."

내 공부에 도움이 될 거라고 상담소 일을 권하던 선배도 사실은 나를 상담원으로 추천한 것은 아니었다. 사례정리도 하고 후원자 관리도 하면서 원하는 자료를 찾아보라는 권유였다.

그러나 막상 출근을 해보니 일의 경계가 명확히 구분되지 않았다. 우선은 목메도록 울어대는 전화벨을 마냥 버려둘 수 없었다. 나 스스로 상담에 대한 두려움이 있던 것도 아니었다. 솔직히 말하면 인생 경험에만 의존해서 내리는 처방보다 나의 상담이 더욱 충실하고 핵심을 다룰 것이란 자신이 있었다. 그래서 처음에는 일손거들 듯 전화가 많은 날만 상담에 나서다가 얼마 되지 않아 나는 자연스레 고정상담원이 되었다.

"정말 그렇군. 그래도 나는 강민주 씨 상담 태도를 보고 적잖이 배웠는걸. 뭐랄까. 무작정 하소연을 들어주는 것보다 확고하게 상황 정리를 해주는 것이 상대방에게 훨씬 도움이 된다는 주장이 강민주 씨 패턴이잖아."

상담원 중 한 사람이 나에 대한 뜻밖의 말을 하는 것으로 화제는 저절로 상담에 임하는 자세거나 화법, 혹은 사례별 문제점 같은 것으로 바뀌었다. 어쨌거나 나의 결혼 같은 개인적 문제보다는 상담 봉사의 효율을 높이는 일이 우리에게는 더 중요하니까.

하지만 중매 이야기는 몇 시간 뒤 다른 자리에서 또 이어졌다. 남편이 교장으로 곧 정년퇴직을 앞둔 까닭에 상담소에서 교장 사모님으로 통하는 그이는 굳이 날 일 층 찻집으로 불러냈다.

"웬일이세요? 생전 이런 말씀 안 하시던 분이."

나는 마지못해 내려온 것을 시위나 하듯이 물었다.

"글쎄 말이야. 이것도 민주 씨랑 나랑 전생에 무슨 인연이 있어서겠지."

말하는 투가 단순한 중매가 아닌 성싶어서 나는 잠자코 있기로 한다.

"왜, 보름쯤 전에 사무실로 날 데리러 온 청년 기억나? 그때 민주 씨하고 나하고 둘만 있었잖아. 교장 선생님 제자인데 우리 내외 점심 대접하겠다고 자기 차로 날 모시러 왔던 사람 말이야."

기억이 났다. 키도 보통, 얼굴도 보통, 행동거지도 보통이어서 참말이지 보통 사람의 표본, 이라고 보아 무난한 인물이었다. 옛 은사를 위해 점심을 사겠다는 것도 보통의 도덕성을 드러내는 것이었다. 나는 지금 그 청년의 평이함을 비난하는 것이 아니다. 오히려 비뚤어진 이 시대에 보통의 삶, 보통의 도덕성으로 살 수 있다는 것만도 굉장한 미덕이라고 나는 생각한다.

"그 사람이 어제 전화를 했어. 한참을 망설이다가 꺼내는 이야기가 글쎄, 민주 씨 애인 있냐는 질문이겠지. 농담처럼 그러더니 한 번 소개해 달래. 그 애가 괜히 싱거운 소리 할 애도 아니고 해서 정색을 하고 따져 물었지. 민주 씨를 예사로 안 보았던 모양이야. 요새 처녀 같지 않고 철이 꽉 들어 보인다나? 원래 그 애가 여자

덜렁대고 수다스럽게 구는 걸 제일 질색하기는 했었지. 어때? 한 번 만나볼 테야?"

어떠냐고? 나는 어이가 없어서 헛웃음이 나올 지경이었다. 정말 보통 사람처럼 굴고 있군. 마음에 드는 여자한테 접근하는 방법이 꼭 이것뿐이란 말인가. 이런 이야기를 듣고 있으면 하품이 나오는 사람이 바로 나였다.

"이런 헛수고, 앞으론 하지 마세요. 결혼은 안 합니다. 다른 이야기, 더 없으시죠? 그럼."

나는 그만 일어서겠다는 뜻을 충분히 밝힌다. 사모님은 단칼에 무 베듯 하는 내 태도에 질렸는지 어리둥절한 표정이다. 나는 그 표정이 말하는 것도 환히 읽어낼 수 있다. 너한테 과분한 혼처였지 결코 빠지는 자리가 아닌데 감히 이럴 수 있냐는 것이겠지.

대학 3학년이던 그해 봄이었을 것이다. 대학신문에 실린 내 글을 보고 한 남학생이 과 친구를 통해 만나고 싶다는 연락을 해왔다. 그 제의를 일언지하에 거절하자 친구도 그렇게 어리둥절한 표정을 지었었다.

우선 학보에 실린 내 글의 성격부터 말해야겠다. 그즈음 학교 신문에서는 구태의연하게도 일상적인 주제를 놓고 소위 찬반 토론을 벌이는 기획물을 연재하고 있었다. 일테면 약혼 여행, 캠퍼스의 카드놀이, 자가용 등교, 대리 출석 등등 몇 년을 두고 우려먹는 진부한 도덕시험 같은 주제가 등장하는 통에 나는 매번 그런 발상을 대단하다고 여기는 기자라는 애들은 물론 그런 지면에 목청 돋 워 자기 의견을 발표하는 학생들에게도 경멸을 보내는 걸 잊지 않 고 있던 터였다.

그랬던 내가 그 지면에 '여학생의 흡연'에 관해 이른바 찬성 쪽 의견을 투고한 것은 순전히 젊은 날의 허세라고 해석할 수밖에 없 다. 나는 흡연 그 자체보다도 매번 정답이 제시된 주제를 선정하는 편집자의 상투성부터 실컷 비꼬았다.

그리곤 여학생의 흡연이 여태도 논란된다는 사실이 하도 놀라 워서 이 글을 쓴다고 전제했다. 우리 대학의 남학생들은 아직도 나 혜석을 매도하는 시대에서 한 걸음도 진보하지 못했음을 슬퍼한 다고도 썼다.

흡연이 문제가 된다면 인간의 흡연이지 여자의 흡연은 아닐 것 이라고 말하면서 마지막에 나는 "자기변명으로 해석하고 의미를 축소할 다수의 논리 박약 남학생들을 위해 미리 밝히자면 나는 비 흡연자이다. 그것은 내가 닭고기를 싫어하듯 단순한 기호의 선택 이었다."라고 썼다.

이야기가 길어졌지만, 어쨌든 이 글을 읽고 나에게 추파를 보내 온 남학생은 나도 익히 그 이름을 들어 알고 있는 경영학과의 수재 였다. 교수가 신입생 때부터 자신의 후계자로 찍어놓고 전폭적으 로 지원을 한다던가, 아무튼 그가 유명한 까닭은, 특히 여학생들이 그에게 열광하는 까닭은 그것보다는 그 남학생이 깎아놓은 듯한 미남이라는 데 있을 것이다. 마치 희랍신화에 나오는 인물처럼 그는 먼발치에서도 환상적인 외모를 확인할 수 있는 남자였다.

나는 평소 그가 자신의 외모를 십분 이용하고 있는 것을 역겹게 생각하던 터였다. 그는 어떤 여자라도 자기가 손만 내밀면 자석 앞의 못처럼 거역하지 못하고 딸려온다고 믿는 인간이었다. 내가 왜 그의 닳고 닳은 그물에 걸려들겠는가. 가소로운 일이었다.

친구는 나의 단호함이 어이없는 모양이었다. 입을 비죽 내밀고 돌아서던 모습을 나는 지금도 기억한다. 길게 말할 것도 없다. 네 주제를 알라는 비웃음이었다. 여자에게 주제를 알라고 충고할 때 대개의 경우 주제는 바로 외모를 뜻한다. 그 얼굴에…….

얼굴에 대해서 말하라면 나도 어쩔 수 없이 세상의 주관적인 기준을 따르지 않을 수 없다. 얼굴은 자기 자신보다 타인에게 더 많이 내보여지는 것이므로 폄하를 당해도 할 수 없다.

내 얼굴은 쉽게 말하면 고집불통형이다. 아니, 이건 좋게 표현했을 때의 이야기이고 객관적이라는 미인대회 기준 따위는 철저히 무시한 자유로움으로 눈과 코와 입을 배치한 형상이다.

그렇다고 내 얼굴이 자유방임형의 꼴불견인 것만은 아니다. 또한 자신의 외모에 커다란 열등감을 가진 것은 더욱 아니다. 나는 작고 고집스러운 내 눈, 표준보다 더 큰 코, 그리고 냉소를 표현하기에 더할 나위 없이 적당한 내 입술을 사랑한다.

얼굴 예쁜 여자들이 빠지기 쉬운 세상의 함정은 또 오죽 많은

가. 오로지 얼굴만 내세우는 미인들의 그 백치미는 또 어떤가. 평생 자신의 외모를 가꾸며 살아가도록 태어나지 않고 평생 자신의 두뇌를 의지하며 살도록 태어난 것을 나는 하늘에 감사한다.

절망의
텍스트

침몰하는
여행의 시작

외줄 타기,
혹은 대결

금지된
것들과의
대화

황홀한
비극

여자와
남자

나는
소망한다,
내게
금지된
것을

모든 삶은 길 위에 있다.

이 명제를 놓고 한 사람이 말한다. 길이 시작되자 여행은 끝났다, 라고.

또 한 사람은 말한다. 길이 끊어진 곳에서부터 여행은 시작된다, 라고.

두 사람은 모두 같은 말을 하고 있다. 이렇게 이어보면 금방 알수 있을 것이다. 길이 끊어진 곳에서 시작된 여행이 다시 길이 시작된 곳에 이르러 끝나버리고 말았다.

두 사람은 똑같은 말을 하고 있다. 애초 길은 없었다는 것.

애초 길은 없었다.

사람들은 그저 살고 있었을 뿐이다. 길은, 그것이 신작로거나 오솔길이거나 간에, 처음부터 사람들에게 길로 주어진 것이 아니었다. 모든 삶이 길 위에 있다는 말은 인간은 결국 고독한 순례자라는 뜻에 다름 아니다. 순례자에게 길이 어디 있는가. 오직 고행의 가시밭길만 있을 뿐이다.

그럼에도 나는 순례를 시작한다. 이유는 하나뿐, 길을 만들기 위해서이다. 내가 지나간 가시덤불들, 그것을 사람들은 훗날 '길'이라 부를 것이다. 나는 가시에 찔리지 않을 자신이 있다. 나는 결코 어리석은 순례자는 아니기 때문이다.

모든 삶은 길 위에 있다.

이 명제에 충실하기 위해 나는 새로운 여행을 시작한다. 여행은 계획이나 목적 없이 훌쩍 떠나야 자유를 만끽할 수 있다고 말하는 바보들을 나는 많이 알고 있다.

얼마나 우스운 소리인가. 무계획이나 무목적 속에서 자유가 나온다는 발상은 미래에 대한 비전을 갖지 못한 자들의 자기변명에 지나지 않는다. 나는 길을 향해 떠나기 전에 미래를 모두 계획한다. 그것이 길 위에 서서 뒤늦게 미래를 생각하는 보통의 사람들과 내가 다른 점이다.

_강민주의 노트에서

어머니의 제사는 늘 그랬듯이 남기의 집에서 지냈다. 어머니가 돌아가신 후 3년 동안 죽 그래왔다.

어머니는 남기에게 상당한 유산을 남김으로써 은연중 그에게 양자 역할을 기대하였다. 살아생전에도 어머니는 아낌없이 남기의 집을 도왔고 그들도 어머니의 은공을 늘 감지덕지 여기며 받들었다.

남기만이 아니라 남기의 홀어머니, 그의 남동생과 여동생에게도 나는 절대적인 존재다. 그들이 쓰레기통에 버려진 참외 껍질을 주워 먹으며 허기를 달래고 있을 때 쌀과 연탄을 사준 사람이 바로 우리 어머니였다. 남기의 여동생이 뺑소니차에 교통사고를 당해 사경을 헤매고 있을 때도 어머니가 그 애의 목숨을 살렸다. 그들이 지금처럼 옛 이야기하며 오순도순 사는 것이 모두 누구의 덕인가.

내가 그들 위에 군림하는 것이나 그들이 어머니 기일에 정성 들여 제사상을 차리는 것은 모두 어머니가 평생에 걸쳐 계획하고 준비한 일의 결과일 뿐이다. 어머니는 당신이 떠난 뒤 혼자 남을 딸을 위해 남기의 가족을 선택했던 것이다. 어머니는 혈혈단신으로 살아야 할 딸에게 사람 울타리를 만들어 주려고 했다. 거기에 남기가 선택되었다. 그의 우직함이 충견의 그것을 넘어선다고 믿어서였다.

어머니의 뜻을 알고 있는 까닭에 나는 내 자리를 더욱 공고히 하는 데 주의를 기울인다. 어머니가 원한 것은 그들과 나의 평행 관계가 아니다. 어머니는 분명히 상하의 관계를 바라고 있었다. 그 것이 딸의 성품에 어울릴 것이라고 당신은 판단했다.

어머니가 옳았다. 나는 수직에 반하는 평행을 경멸한다. 나는 평범의 미덕은 이해하지만, 그것을 존중하지는 않는다. 나는 보통의 삶보다는 강렬하고 눈부신 특별함에 압도적으로 경도된다.

일요일 아침, 침대에 누워 신문을 뒤적이다가 갑자기 정신이 번쩍 드는 기사와 부딪쳤다.

컬러 인쇄로 제작된 페이지에 등장한 그 사람. 여전히 그만의 독특한 웃음을 짓고 있다. 입가에 잡히는 주름과 눈가의 주름 위로 흘러넘치는 섬세한 웃음의 여운을 나는 숨죽여 노려본다.

먹이.

그렇다. 살찐 먹이를 앞에 둔 야수의 기대에 찬 표정이 아마 이러할지도 모른다. 게다가 기사 또한 내 마음을 확 잡아끈다. 그가 주연한 영화가 해외의 영화제에 출품된다는 것, 그리고 영화제 본선에 참가하기 위해 지금 촬영 중인 영화가 끝나는 대로 유럽으로 떠난다는 것을 기사는 전한다.

기사를 두 번 되풀이해 읽은 나는 침대에서 일어났다. 기사를 스크랩하기 위해서였다. 그때 문득 가능한 한 빨리 자세한 정보를 구할 필요가 있다는 사실을 깨달았다. 남기에게 전화해야 했다.

"나야."

남기는 바로 전화를 받았다. 내 목소리를 듣자마자 남기는 수화기 저쪽에서 잔뜩 굳어버린다.

"백승하가 해외 영화제에 참가하기 위해 출국한다. 일정과 요즘 스케줄을 다시 점검해 봐."

"예. 잘 알았습니다. 또 다른 일은……."

"아파트 잔금 치를 날이 언제지?"

"일주일 후입니다."

"그 사람들한테 잔금을 앞당기면 바로 이사할 수 있나 지금 바로 확인하도록. 빠를수록 좋으니까 하루라도 앞당겨."

"예. 지금 당장 가보도록 하겠습니다."

"백승하 일정 체크도 서두르고."

나는 전화를 끊는다. 남기는 충무로에 끄나풀이 많다. 남기가 수집하는 정보는 신문사의 연예 담당 기자가 쓰는 기사와는 비교할 수 없을 정도로 정확하고 구체적이다.

그래도 나는 그에 관한 기사가 나오면 빠짐없이 스크랩해둔다. 대중에게는 신문이나 잡지의 기사, 세상을 떠도는 소문으로만 다가가는 것이 연예인이므로 사실의 정확성 못지않게 대중에게 어필된 그의 이미지도 내게는 중요하다.

백승하.

35세. 영화배우. 국내 각종 영화제에서 지난 몇 년간 남우주연상을 도맡아 수상하고 있는 당대의 명배우. 서글서글한 웃음과 부드럽고 섬세한 용모로 미혼이나 기혼을 막론하고 모든 여성에게 최고의 인기를 얻고 있음. 오랜 열애 끝에 결혼한 무용학과 출신 아내와의 사이에 3살짜리 아들이 하나 있음.

스크랩북을 한 장 한 장씩 넘기면서 나는 세밀하게 그에 관한 정보들을 복습한다. 이 스크랩북 안에는 백승하의 모든 것이 다 채집되어 있다. 남기가 수집해온 정보도 타이핑해서 붙여놓았다. 백승하가 수밀도를 아주 좋아한다는 것도, 그의 아내가 일주일에 두 번씩 강남의 한 수영장에서 수영을 즐긴다는 것도, 백승하가 읽고 있는 영화 대본이 무엇무엇인지도, 하여간 그에 관한 것이라면 나는 내 손바닥 들여다보듯이 환하게 알고 있다.

백승하의 인기는 단순히 그의 배우 생활로만 이루어진 것이 아니다. 그는 다른 남자 배우들에 비해 크게 미남인 편도 아니다. 그가 스크린에서 펼치는 연기도 박력 넘치거나 섹스어필한 그런 것이 아니다. 그런데도 그는 이 땅의 여자들이 최고로 선망하는 남성이다. 내가 분석할 때 백승하가 누리는 인기는 모두 그의 부드러움에서 기인하는 것으로 봐야 한다.

그렇다. 백승하는 부드러운 남자이다. 또한 그는 웃음이 많은 남자이기도 하다. 파안대소(破顏大笑), 그는 세상의 아주 사소한 농담에도 매우 즐겁게 활짝 웃는다. 웃을 때 그의 얼굴을 보라. 그의 온 얼굴에 퍼져있는 맑고 부드러운 기운은 보는 사람으로 하여금 절로 미소가 우러나오게 하는 어떤 힘이 있다.

텔레비전의 토크쇼 같은 프로그램에 출연하면 그의 매력은 더욱 확실하게 드러난다. 그는 절대 사회자를 앞질러서 말하는 법이 없다. 그는 모든 대답을 지극히 겸손한 어투로 말하며, 섣부른 지식을 내세우거나 상투적인 내용으로 듣는 이들을 지루하게 만들지 않는다. 답변하기 곤란한 질문이 나오면 그 부드러운 웃음으로 머뭇거리다가 코에 주름살을 만들며 크게 웃어버린다. 그의 이런 모습은 확실히 여자들의 마음을 찡하게 만드는 매력이 있다.

게다가 백승하는 스캔들이 없다. 그는 가정을 지극히 아끼는 애처가로 소문이 나 있다. 여성 잡지들은 그의 신혼 시절부터 정기적으로 그의 가정을 소개하면서 그가 얼마나 미모의 아내를 사랑하는지 낱낱이 알려줬다. 백승하의 아내가 오랜 진통을 겪으며 아들을 낳는 동안 그가 분만실 밖에서 줄곧 울고 있었다는 사실은 모든 잡지가 빠짐없이 보도해서 온 국민이 다 알고 있다. 잡지들은 아이 아버지가 된 백승하에 대해서도 한동안 유행처럼 집중적으로 취재했다.

우리나라 여성들은 자신의 배우자로 어떤 남성상을 원하는가.

이것은 자주 등장하는 여론조사 중의 한 질문이다. 물론 남자들은 어떤 여성상을 원하는가와 함께 실시되는 조사이다. 이 조사에서 최근 몇 년간 가장 많은 지목을 받은 이는 백승하였다. 그는 앞으로도 여성들이 가장 호감을 느끼는 연예인 1위의 자리를 오랫동안 유지할 것이 확실하다. 그는 여전히 열정적으로 일하며, 여전히 부드럽고 섬세한 웃음을 지을 줄 아니까.

이 땅의 여자들은 부드러움을 사랑한다. 특히 결혼해서 사는 거의 모든 여자는 결혼과 동시에 사라진 부드러움의 결핍증상으로 호되게 앓고 있다. 그녀들은 남루한 일상에 실망하고, 두터워가는 감정의 굳은살을 부끄럼 없이 내보이는 부부생활에 아득함을 느낀다. 드러나는 갈등이 없어도 이유 모를 배신감으로 삶이 우울하기만 할 때 백승하의 부드러움은 꿈처럼 여겨진다.

3살짜리 아들, 활짝 웃고 있는 세련된 외모의 부부, 백승하 가족의 인터뷰 사진은 여자들이 환상 속에서나 그리는 꿈의 가족사진이다. 백승하는 여자들에게 있어 현실이 아니다. 그는 꿈이고 환상이다.

과연 그런가. 그는 환상처럼 완벽한 인물인가.

나는 스크랩북을 덮으면서 스스로 되묻는다. 그리고 홀로 대답한다.

아니다. 그렇지 않다. 환상이란 절대 존재하지 않음을 내가 보여주고 확인시켜줄 것이다.

나는 여자들이 그렇게나 많이 남자들에게 당했으면서도 여전히 남자에게 환상을 품는 것에 정말이지 소름이 돋을 지경이다. 내가 선택한 이 운명 말고, 다른 운명의 남자가 어딘가 꼭 있을 것으로 생각하는 여자들의 우매함은 정말 질색이다. 남자는 한 종(種)이다. 전혀 다른 남자란 종족은 이 지구상에 없다.

당연한 이야기겠지만 나는 아까의 그런 여론조사 따위에 참여해본 일도 없고 그 여론조사 결과에 동의한 적도 없다. 나는 단지 참고할 뿐이다. 진실을 말하면 나는 오히려 여론조사 결과와 정반대의 견해를 품고 있다. 나는 백승하를 싫어한다. 아니, 더 정확히 말하면 나와 동성인 여성들을 현혹시킨다는 의미에서 그를 증오한다.

여자들을 교란한 죄, 여자들로 하여금 남자에 대한 미련을 버리지 못하게 한 죄, 자신이 택한 남자가 나빴던 것은 자신의 숙명이라고 여기며 여자들을 운명주의에 빠뜨린 죄. 그것만으로도 나는 백승하를 용서할 수가 없다.

하물며 보여지는 백승하의 모든 것이 다 진실이라고 말할 수 있을까. 나는 인기인들의 처세술을 너무나 잘 알고 있다. 이 세상에 진실은 없다. 있다면 그것은 모두 추악한 진실일 뿐이다. 사람들은 겉으로 나타난 아름다움은 잘 보지만 그 이면의 추악함에는 의외로 어둡다. 나는 백승하가 뒤집어쓰고 있는 환상의 너울을 벗겨내고 싶은 욕망에 몸이 떨릴 지경이다. 그의 처세술이 완벽하면 할수록 나의 욕망은 더욱 강해진다.

백승하.

그는 나와 붙을 만한 적수이다. 그야말로 이 강민주와 대결할 만한 상대인 것이다. 맹장들은 상대가 강할수록 전의를 불태운다. 나는 지금 맹렬하다. 이렇게 심장이 뜨거울 때, 그때 나는 비로소 살아 있다는 실감을 얻는다. 나는 맹맹한 것은 정말 못 견딘다. 그런 점에서 백승하는 내게 없어서는 안 될 존재이기도 하다.

새 차가 왔다.

역시 비싼 차일수록 블랙이 우아하다. 색상뿐만 아니라 지금까지 내가 타던 자동차와는 여러 가지 면에서 비교할 수 없을 만큼 월등하다. 나는 모든 사양을 다 주문한 것으로도 모자라 차가 출고된 이후 공업사에 들어가 행여 빠진 최첨단 설비가 있는지 점검하도록 지시했었다.

내가 수입 승용차를 사지 않은 이유는 오직 하나다. 외제 차는 다른 사람들 눈에 쉽게 포착되는 단점이 있다. 국산 승용차 중에서 가장 값비싼 모델을 구한다 해도 그런 차는 이미 너무 많기 때문에 주목받지 않는다. 물론 내가 사는 강남에는 외제 차들도 널렸다. 그래도 운전을 하다 앞에 값비싼 수입 자동차가 있으면 한 번이라도 더 돌아보게 되는 것이 사람들의 심리인 것이다.

새것은 좋다.

완벽한 방음, 조지 윈스턴이 이처럼 새롭게 들릴 줄이야.

나는 볼륨을 있는 대로 높이고 올림픽 대로를 달린다. 심장을 때리는 피아노 음이 나를 무아지경으로 몰아넣는다.

나는 새롭게 조지 윈스턴을 열애한다. 새 차에서 듣는 그의 피아노는 아주 완벽하다. 그가 손가락에 힘을 주어 건반을 두드리는 부분에 이르면 나는 거의 실신할 지경이다. 그는 단순한 리듬을 반복적으로 되풀이하면서 조금씩 조금씩 감정을 고조시킨다. 조지 윈스턴은 피아노로 나를 조절한다. 그것이 나는 조금도 싫지 않다.

차를 바꾼 것은 정말 잘한 일이다. 우선 기분이 상쾌하다. 운전이 주는 피로감도 훨씬 덜하다. 운전이 즐겁기까지 하다. 이건 중요한 성과다. 그 일이 무엇이든, 나는 늘 즐기고 싶다.

차를 바꾼 결과에 만족한 나는 그동안 내가 지니고 있던 몇 가지 생각에 수정을 가할 필요가 있다는 사실을 깨달았다. 그 첫 번째가 사치에 관한 강박관념이다.

그간 나는 내가 누릴 수 있는 모든 것을 누리지 않았다. 이 말의 뜻은 간단하다. 내가 지닌 경제적 능력에 비해 나는 조금도 사치스럽지 않았다는 뜻이다. 나는 졸부들의 날고뛰는 천박한 행태를 경멸한다. 주관도, 안목도 없이 오직 '가졌다'라는 사실에만 집착하는 그들에 편승할 마음은 조금도 없다.

하지만 그것들을 누릴 자격이나 안목이 있다면 삶을 보다 편안하게 사는 것도 좋을 것이다. 적당한 돈을 지급하고 대신 안락함을 얻는 일에 너무 인색하지 말 것. 그렇게 얻어지는 평화가 창조에 기여할 수 있다면 물질을 아끼지 말 것. 어차피 평생 쓰고도 남을 재산이 내게는 있다. 그것을 나에게 물려준 어머니의 뜻도 무시해서는 안 되니까.

"들어갑니다. 수요일에 봅시다."

"강 선생, 먼저 갑니다."

상담원들이 모두 돌아가고 난 뒤, 그제야 나는 책상 정리를 시작한다. 오전에는 대학원 강의가 있었다. 다음 학기 한 달간 수술을 위해 병원에 입원하는 담당 교수가 여름방학 내내 보충을 겸한 특강을 진행 중이었다. 평생을 학자로만 살아온 노 교수는 강의를 위해서 여태 신병 치료를 미뤄오고도 모자라 입원 전날까지 강의를 계속하겠다는 집념을 보였다.

나는 어떤 일이든 강한 집념을 가진 사람을 좋아한다. 한번 마음먹은 일이라면 그것으로 파국을 맞을망정 끝까지 물고 늘어지는 것이다. 하지만 주위를 돌아보면 그런 성격은 의외로 드물다. 모두 다음에 닥칠 기회를 행여 놓칠까 전전긍긍하며 망설인다. 매사에 흐리터분하고, 간단한 일조차 결단을 못 내리고, 늘 주저주저하며 뒤를 돌아보는 소심한 기회주의자들이 나는 싫다. 그 우유부단함을 보고 있자면 그들과 같은 인간이라는 점에서 부끄러워 견디기 힘들 지경이다.

오늘의 첫 전화.

32세. 남매의 어머니. 결혼한 지 5년이 되었고 보통의 여자들이 그렇듯 오직 가족을 위해서만 살아왔으며 주위에서나 남편도 그것을 인정해 주었다. 그러다 석 달 전에 문제의 사건이 일어났다. 외출에서 돌아오던 늦은 밤길에 강도를 만나서 핸드백을 뺏기고 으슥한 곳으로 끌려가 성폭행까지 당했다.

처음에 남편은 반죽음이 되어 돌아온 아내에게 성폭행 사실은 없었던 것으로 하자고 그랬다. 심한 반항으로 앞니까지 부러진 상태였던 그녀도 불가항력이었다는 점에서 남편에게 큰 죄책감을 느끼지 않았다. 그녀는 말했다. 가족이 좋은 것이 무엇이냐, 불의의 사고를 당했을 때 함께 상처를 달래주고 함께 겪어가는 것이 가족이 아니더냐.

하지만 남편은 가족이기를 포기했다. 처음의 너그러웠던 태도와는 달리 시간이 흐르자 노골적으로 아내를 학대했다. 그리고 끊임없이 그녀에게 이혼을 요구했다. 모든 상황을 다 이해하지만 결혼 생활을 지속할 수 없다는 것이 남편의 주장이었다. 아내는 자식과 그동안 가꾸어온 가정을 송두리째 버려야 하는 현실을 감당할 수가 없어서 죽어도 물러나지 않을 생각이었다.

그리고 지옥이 시작되었다. 남편의 폭음, 만취 상태에서의 구타, 시집 식구들의 은밀한 종용, 운명이니 체념하라는 주위 사람들의 무책임한 설득.

그리고 그녀가 물었다.

"나는 아무 잘못도 없는데, 목이 터져라 소리쳐도 구하러 오는 이 하나 없는 으슥한 산길로 끌려가 죽을 만큼 맞으며 당했는데, 그랬는데도 강간당했다고 이혼까지 당해야 합니까? 내가 무슨 페스트 환자예요? 왜 나만 보면 모두들 슬슬 피하고 체념하라고 합니까? 날 보고 자식들을 포기하라니, 왜요? 왜지요?"

강간은 불가항력의 상태에서 당한 피해일 뿐 고의로 저지른 부정한 행위가 아니므로 이혼 사유가 될 수 없다. 여자 쪽에서 합의를 해주지 않으면 이혼은 절대 성립될 수 없는 것이다. 그러나 여자의 삶에 펼쳐진 지옥의 나날들은 어찌할 것인가. 이미 부서진 가정은 어떻게 복원시킬 것인가.

강간당한 여자의 사례를 기록한 페이지의 마지막 줄에는 이렇게 적혀 있다.

'강간범보다 더한 죄를 저지르고 있는 사람은 바로 그녀의 남편이다.'

오늘의 두 번째 전화.

이 경우는 남편이 실업자인 아내가 겪어야 하는 고통이다. 결혼한 지 십 년이 넘도록 남편은 직장을 구하지 않았다. 대학원까지 졸업한 고학력을 제대로 대접해 주지 않는 직장 생활은 할 수 없다는 것이 놀고먹는 남자의 변명이다. 다행인지 불행인지 아내 쪽 집안이 경제적으로 윤택한 까닭에 그간 계속해서 처가의 도움으로 살아왔다. 남편은 고등학교 졸업 학력이 전부인 아내가 이만큼 유식한 남자와 사는 것을 고맙게 생각해서라도 그깟 도움 정도는 당연하다고 말한다.

그리고 요즘에는 처가에서 사업자금을 가져오라고 아내를 들볶는 중이다. 적지 않은 목돈을 요구하는 남편에게 반항도 해봤지만 유창한 언변으로 얼마나 심하게 모욕을 주는지 도저히 정이 떨어져서 함께 살고 싶은 생각이 없다. 게다가 친정아버지가 중병을 앓고 있는 형편에 십 년간 생활비 받아온 것도 모자라 또다시 사업자금을 요구할 염치가 없다. 차라리 이혼하고 혼자 힘으로 떳떳하게 자식들을 키우며 살고 싶은 마음뿐이라고 그녀는 말한다.

이혼은 가능하다. 직장을 구하지 않고 그저 처가의 도움만을 바라는 남자는 여자에게 이혼당할 수도 있다. 그러나 혼인 생활이 파탄에 이를 정도라는 사실을 입증할 수 있어야만 이혼 조정신청을 할 수가 있는 것이다. 교활하기 그지없는 남편을 상대로 여자가 그 싸움을 견딜 수 있을까. 설령 이긴다 해도 여자 쪽으로 양육권이 돌아갈 수 있을지 자신할 수 없다.

그녀의 남편이 자신의 알량한 배움을 미끼로 이 소박한 아내를 짓밟기로 한다면 얼마든지 그렇게 할 수가 있다. 여자가 상담 중에 몇 번이나 강조한 대로, '그 사람은 아내와 처가가 자신을 하늘처럼 떠받드는 것이 지극히 당연하다는 철면피한 인간'이므로.

이 상담을 기록한 페이지의 마지막에도 역시 나의 증오심이 한 문장으로 기록되었다.

'남자는 여자의 등을 밟고 일어서는 일에 아무런 죄책감도 느끼지 못하는 비열한 존재다!'

주차장에서 차에 시동을 걸고 있는데 한 남자가 다가왔다.

"강민주 씨죠?"

하얀 와이셔츠에 소박한 무늬의 넥타이가 이 빌딩에서 흔히 만나는 샐러리맨의 모습이다. 나는 그들 중 누구와도 통성명한 적이 없기 때문에 경계심을 감추지 않고 그를 빤히 올려다본다.

"잠깐 이야기를 나누었으면 하는데요."

남자는 얼굴을 붉히며 말하고 있다. 넓은 얼굴, 크지도 작지도 않은 눈, 흐트러짐이 없는 머리 모양, 역시 보통인 키. 나는 단 한 번의 시선으로 남자의 생김새를 파악한 뒤 감정 없는 목소리로 묻는다.

"저를 아세요?"

"상담소에서 일하시는……."

남자는 또 얼굴을 붉힌다. 나는 그만 한심해진다. 이만한 일에도 얼굴을 붉히는 남자는 정말 취미가 없다. 나는 빨리 나의 새로운 애마를 몰고 싶을 뿐이다. 조지 윈스턴을 들으며 속도를 올리고 싶은 것이다.

"무슨 말씀인지 여기서 듣겠습니다."

저만큼 앞에서 관리인이 호기심 어린 눈으로 우리 두 사람을 지켜보고 있다. 나는 최소한도의 예의를 보여준다는 의미에서 자동차의 시동을 껐다. 그리고 운전석에 앉은 그대로 남자의 다음 말을 기다렸다.

"여기서는 좀 곤란한데요. 잠깐만 일 층 카페에 들어갔으면 하는데."

다시 시동을 켜고 차를 출발시켜버릴까 하는 유혹이 없지도 않았으나 그렇게 앞에서 사람을 무시할 만큼 기본적인 예의도 못 갖춘 위인은 되고 싶지 않았다. 게다가 남자의 절박한 표정이 안쓰럽기조차 했다. 나는 그를 따라가기로 마음을 정했다.

"사모님께서 말씀을 드렸던 것으로 알고 있습니다만, 저는 김인수라고 합니다. 상담소에서도 언뜻 뵌 적이 있습니다."

카페에 들어온 뒤로 남자는 이제 얼굴을 붉히지 않는다. 뭔가 각오를 단단히 했다는 표정이다. 나는 그가 말을 시작하는 순간 그가 누구인지 알아봤다. 상담소의 교장 사모님이 추천했던 사람, 옛 은사님 내외에게 점심 대접을 하겠다고 상담소에 왔다가 나를 보았다는, 모든 것이 '보통'이었던 남자.

"남자가 한번 말을 꺼냈는데 그냥 물러설 수 있습니까? 이번엔 제가 직접 부딪쳐 보기로 했습니다."

역시 보통밖에 안 되는 사람이다. 내가 그래도 남자인데, 어쩌고 하는 정도의 말솜씨로 환심을 사보겠다는 사람이 아직도 있었나. 나는 경멸의 미소를 띠며 점잖게 한마디 했다.

"글쎄요. 말을 꺼냈기 때문에 물러설 수 없었다면, 그 말은 안 들은 것으로 하겠습니다. 그럼 이만."

기회가 왔다. 나는 단호하게 자리에서 일어났다. 아직 주문한 커피도 오지 않았지만 개의치 않았다. 어떤 자리에서건 헤어질 때의 내 뒷모습에서 찬바람이 씽씽 분다고 말하던 친구가 한 사람 있었다. 지금은 친구 간의 우정 쌓기 같은 지리멸렬한 감정 소모는 전혀 하고 있지 않지만.

나오면서 물론 뒤를 돌아보는 짓 따위는 하지 않았으나 그 보통의 남자가 어떤 표정을 짓고 있을지는 보지 않아도 훤히 알 것 같다. 그러나 그런 남자를 위해 마음을 써줄 만큼 지금 나는 한가롭지가 않다. 기껏해야 구애의 절박함이었다니, 혹시 했던 내 배려에 화가 날 지경이었다.

나는 이미 어떤 일을 시작하고 있다. 나는 지금 나의 애마를 달려서 남기가 기다리는 곳으로 가야 했다. 언제라 해도 결과는 같겠지만 그래도 김인수라는 남자가 내게 다가온 시기는 좋지 않았다. 하기야 그것은 그의 재수 없음일 뿐이다. 내가 애석해할 필요는 없다.

나는 지체한 시간을 고려해 속력을 좀 내기로 한다. 기다리는 사람이 남기인지라 몇 시간을 늦는다 해도 걱정할 일은 아무것도 없다. 다만 내 마음이 그렇게 바쁘다는 이야기다.

남기는 요즘 일을 썩 잘하고 있다. 그 애는 이미 내게 길들어서 내가 한마디만 해도 무엇을 원하는지 금방 알아낸다. 다른 것은 몰라도 남기는 나의 수족 역할만큼은 이제 완벽하게 해낼 수 있다. 그것이면 족한 것이다. 황남기에게 그 이상 더 바랄 것이 어디 있으랴.

사고가 있었는지 가는 길이 완전 주차장과 다를 바 없다. 오래 걸릴 것 같다. 나는 남기에게 전화한다. 남기는 즉각 전화를 받는다.

"지금 가구점에 와 있습니다. 어디쯤이세요?"

"아직 강북이야. 많이 막혀. 가구점엔 왜?"

"그날 선생님이 주문한 소파와 색이 다른 것이 배달되어서요. 한바탕 혼내주었습니다. 지금 곧 교환해 주겠다고 합니다."

"잘했어. 다른 물건들은 모두 들어왔나?"

"네. 내일 전화만 달면 완전히 끝날 것 같습니다."

"수고했다."

서서히 정체가 풀리기 시작한다. 앞차가 미등을 켠다. 투명한 어둠. 이 시간의 어둠은 내가 가장 좋아하는 빛을 가지고 있다. 나는 다시 조지 윈스턴의 "12월"을 듣는다. 약간의 시장기, 쾌적한 차 안, 좋은 음악, 나는 너무나 까맣게 김인수라는 남자를 기억의 저 편으로 묻어버렸다.

단순하면서도 절제된 실내 풍경이 마음에 든다. 기본이 되는 색 조도 차분하고 전체적으로 품위가 있다.

나는 흡족한 마음을 감추고 아파트 이곳저곳을 꼼꼼하게 살핀 다. 남기는 내가 시킨 대로 빠짐없이 일을 처리했다. 하지만 아직 칭찬을 들려줄 때는 아니다. 나는 안방으로 들어간다.

복도 오른쪽의 안방은 다른 아파트에 비해 훨씬 넓다. 안방이 넓다는 이유로 나는 이 아파트를 선택했다. 그것은 아주 중요한 사 항이다.

"방음 장치는?"

"그럼요. 제가 실험도 해봤습니다."

남기는 얼른 방 윗목에 놓인 오디오의 스위치를 넣는다. 헤비 메탈 계통의 연주가 귀를 쩌렁쩌렁 울리게 한다. 남기는 스피커가 터지도록 있는 대로 볼륨을 높인 다음 나에게 나가자는 몸짓을 한다.

우리는 방문을 닫고 거실로 나왔다. 방문을 닫는 순간 찢어질 것 같이 요란하던 음악 소리가 감쪽같이 사라졌다. 남기가 어떠냐는 표정으로 나를 보았다.

"좋아."

나는 고개를 끄덕인다. 안방이 넓긴 했지만 그래도 아쉬워 베란다를 없애고 방을 더 확장한 것도 아주 잘한 선택이었다.

"공사한다고 주위 사람들 시선을 너무 끈 것은 아니겠지?"

"아닙니다. 집을 사서 이사 오는 사람들은 이 정도만 수리하는 것이 아니랍니다. 완전히 뜯어고친다고 한 달 이상 공사하는 집도 많답니다."

그럴 것이다. 그리고 이런 고층 아파트에서는 이웃이 무슨 공사를 벌이는지 알고 싶어 하지도 않는다. 나는 사람들과의 접촉을 최대한 피하고자 복도식 아파트는 처음부터 배제했다. 이곳은 계단을 사이로 좌우 두 집만 마주 보도록 지어졌다. 남기가 알아본 바로는 앞집도 무슨 까닭인지 늘 비어있다. 어느 호색가 졸부가 밀회를 위해 준비한 집일 수도 있다.

"좀 앉아."

안방에 들어가 오디오를 끄고 돌아와서는 줄곧 두 손을 앞으로 모은 채 명령만 기다리며 서 있는 남기에게 나는 내 앞자리의 소파를 가리킨다. 남기는 조심스레 의자의 끄트머리에 걸터앉아 긴장을 감추지 않고 나를 본다. 남기도 그날이 머지않았음을 짐작했을 것이다. 저 애는 긴장하면 입안으로 마른기침을 해대는 버릇이 있다. 지금도 그 마른기침 소리가 들린다.

"몇 번이나 이야기했지만 이번 일에서 네가 해야 할 일은 거의 절대적이다. 나는 네가 없었다면 이런 일을 계획할 엄두도 내지 않았을 것이다. 그런 점에서 너는 나에게 너무나 소중한 사람이다."

"아닙니다, 무슨 그런 말씀을, 저 같은 놈한테 무슨 그런 말씀을……."

남기는 황급하게 손을 내저으며 어쩔 줄 몰라 한다. 그러면서도 숨길 수 없는 기쁨에 빛을 뿜어내는 그의 검은 얼굴을 나는 조용히 보기만 한다.

"아니다. 어머니는 정말 대단하신 분이었다. 어머니가 내게 남긴 선물 중에서 가장 귀한 것은 바로 너였어."

나는 어쩔 수 없이 눈시울이 뜨거워진다. 어머니. 나의 어머니는 정말 위대한 분이었다. 어머니를 생각할 때마다 내 가슴은 뜨거운 그 무엇으로 가득 차오른다. 나는 알고 있다. 어머니가 평생에 걸쳐 생각하고 또 생각한 것을, 그리고 나를 통해 이루고자 했던 그 꿈을.

"그러나 지금부터가 시작인 셈이다. 우리는 새롭게 마음을 다져야 한다. 나는 지금부터 너에게 다시 한번 내가 하려는 일이 무엇인지, 왜 해야만 하는지, 그리고 어떻게 일을 진행할 것인지 자세히 설명할 생각이다. 잘 듣고 어떤 실수도 없도록 치밀하게 행동해야만 한다."

남기는 허리를 꼿꼿하게 세우고 내 입에서 흘러나오는 한 마디 한 마디를 새겨듣는다. 나는 그동안 몇 번이나 되풀이했던 내 계획의 모든 것을 다시 한번 차근차근 말하기 시작했다. 그리고 중요한 대목이 나오면 두 번씩 되풀이해서 남기의 이해에 도움이 되도록 충분히 배려했다.

내가 모든 이야기를 마쳤을 때는 이미 두 시간이 흐른 뒤였다. 그사이 남기는 한 번도 자세를 허물지 않고 다소곳이 내 이야기를 들었다. 그리고 내가 이야기를 마쳤을 때 이렇게 물었다.

"디데이를 언제로 정할까요?"

남기는 역시 밤의 세계에서 통용되는 용어로 말할 때가 가장 남기답다. 목소리에 힘이 들어가는 것이 느껴진다.

"날짜에 대해서는 다시 신중하게 검토를 해야겠지. 기다려 봐. 그러나 멀지는 않았다. 빠르면 일주일 후가 될 수도 있다."

남기는 고개를 끄덕였다. 나는 마지막으로 아파트를 찬찬히 둘러보고 그곳을 나왔다.

"차를 어디 세워두셨는지……."

남기가 주차장을 두리번거리며 물었다.

"네 차, 아직 쓸 만하지?"

"그럼요. 걱정 없어요."

이번에 차를 바꾸면서 타던 차를 그에게 물려줄까 생각했었다. 그러나 나중에 그것이 단서가 될 수도 있었다. 두 사람이 함께 엮일 위험이 있다면 옳은 생각이 아니다.

"저녁은 먹었니?"

"아뇨. 아, 예."

먹었다는 건지 안 먹었다는 것인지 모를 대답에 나는 남기의 얼굴을 흘낏 쳐다보며 감정 없는 목소리로 말한다.

"미리 먹어두지 않고, 시간이 몇 신데. 네 몸은 네가 알아서 챙겨."

남기는 이 별것 아닌 배려에도 감격해서 말을 잃고 만다. 남기의 이런 여린 감성은 내 앞에서만 표현된다.

남기는 한때 나이트클럽의 지배인으로 일한 적이 있다. 유흥가에서 그 정도 자리를 얻으려면 당연히 용맹성을 인정받아야 하는 법이다. 남기의 잔인함은 '하이에나'라는 별명으로도 짐작이 된다. 그러나 남기는 무리 속에 섞여 있는 법이 없다. 남기는 언제나 혼자 떠돈다. 그 혼자 떠돎이 결국은 이 강민주 때문이란 것을 나는 잘 안다.

남기와 저녁 식사를 할 생각은 없다. 더욱이 남기를 데리고 내 아파트로 돌아가서 내가 지은 저녁을 먹일 생각은 한 번도 해보지 않았다. 남기 같은 인간을 다루는 법을 나는 잘 알고 있다. 그것의 첫 번째는 일정한 거리를 엄격하게 지키는 것이다. 인간은 간사한 동물이어서 처음에는 감지덕지하며 거리 안으로 들어오지만, 나중에는 반드시 그 이상을 바라게 되는 법이다. 원숭이는 원숭이일 뿐이다. 원숭이에게 사람 대접을 해서는 사람에게도, 원숭이에게도 모두 좋지 않은 결과만 낳는다.

밤.

나는 일기를 쓴다. 오늘부터 내 일기는 약간의 복선이 필요하다. 사실상 일은 시작되었으니까. 나는 남기와 아파트를 둘러본 시간에 또 다른 나를 만들어내기로 한다. 또 하나의 내가 남긴 궤적을 일기는 이렇게 적고 있다.

'9시. 집까지 거의 다 왔다가 차를 돌림. 사무실에 두고 온 강의 노트에 생각이 닿은 까닭. 그러나 동호대교 부근에서 다시 생각을 바꿈. 리포트를 쓰기 위해선 꼭 강의 노트가 필요한 것은 아니라고 판단. 대신 신호등이 가리키는 대로 한여름 밤의 드라이브를 즐기다가 돌아옴. 귀가 시간 10시 40분.'

남기와 헤어져 집에 돌아온 시간이 10시 40분이었다. 아파트 경비도 그 시간의 내 귀가를 목격했다. 진짜 강민주와 또 하나의 강민주의 귀가 시간은 같다. 그러면 되는 것이다. 나는 일기를 덮고 비로소 편안한 자세로 침대에 눕는다. 새벽 3시. 오늘은 취침이 한 시간이나 늦어졌다.

손을 들어 머리맡의 불을 끈다. 어둠이 나를 덮는다.

나는 다시 불을 켠다. 그리고 일어나서 작은방으로 간다. 스위치를 올리자 생전에 어머니가 쓰던 모든 것이 고스란히 드러난다. 어머니 살아서도 나는 큰방을 쓰고 당신은 작은방을 사용했다. 그것은 어머니의 뜻이었다.

어머니는 침대를 쓰지 않기 때문에 큰방이 필요 없다고 말했다. 게다가 내가 소유한, 원하는 대로 어머니가 사주었던 온갖 것들을 제자리에 놓기 위해선 넓은 방이 필요한 것도 사실이었다. 어머니는 내가 미안해할까 봐 늘 이렇게 말했다.

"방이 휑하게 크면 잠이 잘 안 와. 그것도 버릇이지. 널 데리고 새우잠이나 잘 수 있는 골방 한 칸 얻어보려고 이리 뛰고 저리 뛰었던 시절에 생긴 버릇일 거야."

어머니는 실제로 이부자리를 제대로 펴놓고 자는 법이 없었다. 손에 닿는 대로 아무거나 머리를 받치고 몸을 잔뜩 오그리고 자는 당신의 모습을 얼마나 많이 보았던가. 내가 미리 잠자리를 봐놓고 편히 주무시라고 강요하다시피 해도 새벽에 들여다보면 요 밑의 맨바닥에 웅숭그리고 누워있던 어머니였다. 푹신한 요 위에 누우면 잠이 안 오고, 이불을 제대로 덮고 있으면 가슴이 답답해서 역시 단잠을 잘 수 없다는 어머니였다.

나는 장롱에서 어머니의 베개를 꺼낸 다음 작은방을 나온다. 어머니의 베개는 잠이 오지 않거나 몸이 괴로울 때 허전한 마음을 채워주는 효과가 있다. 어머니가 세상을 떠난 뒤에는 거의 매일 밤 어머니의 베개가 필요했다. 그것은 세상과 나를 막아주는 울타리면서 동시에 세상과 나를 이어주는 다리였다. 어머니의 베개로 나는 슬픔을 이겼고 그것으로 나는 세상에 나갈 수 있는 용기를 얻었다.

오늘은 왜 어머니의 베개가 생각났을까. 나는 자신을 점검한다.

나는 외로운가. 아니다. 외롭지는 않다. 나는 그런 동물적인 감정 따원 키우지 않는다. 설령 그런 조짐이 보이더라도 나는 여지없이 그 싹을 잘라버린다. 외로움이나 그리움 같은 감정은 습지대의 늪처럼, 썰물 때의 갯벌처럼, 한 번 발을 넣으면 좀처럼 빼내기 어려운 것이다.

그렇다면 나는 겁이 나는가. 아니다, 그것도 아니다. 어머니는 세상이 무섭다고 했다. 범이나 사자보다 더 무섭고 독한 것이 세상이라고 어머니는 말하곤 했다. 하지만 나는 어떤 것도 무섭지 않다. 어머니는 내가 세상에 상처 입을까 염려하여 모든 준비를 해주고 떠났다. 어머니 생전에도 당신이 앞장서 세상을 막아주었기 때문에 나는 조금도 두려움을 몰랐다.

겁이 나다니, 절대 그럴 리가 없다. 나는 공포 앞에서 무릎을 꿇어본 기억이 없다. 그것은 내 천성이었다. 타고 난 그 성품을 더욱 북돋운 사람은 바로 그 남자였다.

그 남자. 사람들은 그 남자를 나의 아버지라고 말한다. 사물의 이치를 분간하기 시작할 무렵부터, 그러니까 어슴푸레 철이 들기 시작할 무렵부터 나는 그를 마음으로나마 아버지라 부른 적이 한 번도 없다. 하긴 그 정도는 누구나 할 수 있는 아주 쉬운 반항에 불과하다. 그 외 내가 그 남자에게 드러내어 보여준 거친 반항은 수도 없이 많다.

내 나이 여섯 살 때, 나는 이미 그 남자를 향해 장독 뚜껑을 던져버린다. 그건 놀이가 아니었다. 죽이고 싶도록 넘쳐흐르는 증오의 폭발이었다. 여섯 살짜리가 사용할 수 있는 흉기는 고작 그것이 전부였다.

그때 그 남자는 이미 실신 상태에 있는 어머니에게 계속 발길질을 하고 있었다. 나는 밖에서 놀다가 어머니의 비명을 듣고 집으로 뛰어 들어왔다. 그리고는 곧 부엌으로, 헛간으로, 마당으로 정신없이 무언가를 찾아 헤매었다. 내가 찾는 것은 그 남자의 무자비한 폭력을 단숨에 저지시킬 수 있는 그 무엇이었다.

그러나 한 손에 휘어잡을 수 있는 무기는 눈에 띄지 않았다. 어머니는 평소에도 칼이나 가위 혹은 낫이나 삽 같은 흉기가 될 만한 것은 깊숙이 숨겨두었다. 술에 취하면 손에 닿는 대로 흉기를 들고 거침없이 덤벼드는 아버지가 무서워서였다. 맨정신에도 폭력은 예사였지만 일단 술이 들어가면 미친개처럼 날뛰던 그 남자 때문에 어머니의 몸은 한시도 성할 날이 없었다.

찾는 것이 없다고 그만둘 내가 아니었다. 말했듯이 나는 겁이 없는 성격이었다. 거기다가 미친개가 어머니를 괴롭히고 있었다. 그런 형편에 겁이 난다고 주저앉아 그 행악을 구경만 하고 있을 것인가. 여섯 살 어린 나이였어도 그것은 참아낼 수 없었다. 나는 우선 방으로 들어가 그 남자의 팔뚝을 물어뜯었다. 그가 나를 밀쳐냈다. 그 바람에 벽에 머리를 쿵 박았다. 그래도 나는 결사적으로 그 남자에게 달려들어 닥치는 대로 물어뜯었다.

아무래도 역부족이었다고 느꼈을 것이다. 어느 순간 나는 맨발로 마당으로 달려나간다. 담벼락 밑의 장독대에서 커다란 뚜껑 하나를 벗겨온다. 여섯 살 어린 꼬마는 그것을 그대로 남자의 이마를 향해 던진다. 남자의 이마에서 피가 흐르고, 돌연한 상황에 놀란 어머니는 어린 딸 손을 부여잡고 숨이 턱에 차도록 집에서 도망을 나온다.

아버지에 대한 최초의 반항이 이 정도였으니 다른 말은 할 필요가 없다. 그런 내가 이제 와서 무엇에 겁을 내겠는가.

그렇다면 무엇 때문에 나는 이 밤, 어머니의 베개를 껴안고 누워있을까. 무엇 때문에 그것 없이는 잠들기 힘들다고 판단했을까.

나는 어머니의 베개에 코를 묻고 어머니의 냄새를 맡는다. 그리고 생각한다. 어쨌거나 당분간은 어머니의 베개가 필요할 것이라고. 고즈넉이 잠들 수 있었던 밤들은 이제 끝났다고.

닷새 전.

욕실의 발판, 손톱깎이, 목욕 가운, 향기 좋은 차 한 봉지, 머리맡에 두고 읽을 만한 책 몇 권, 면도용 거품 비누…….

나는 지금 메모지를 들여다보며 쇼핑을 하고 있다. 메모지에 적지 않은 것도 필요하다고 생각되면 망설임 없이 산다. 나는 내가 좋아하는 색깔과 내가 좋아하는 스타일로 모든 물건을 고른다. 머리에서 발끝까지, 하나에서 열까지 그는 내 취향대로 꾸며질 것이다. 그는 이제 딴사람이 되는 것이다. 나는 그렇게 만들 자신이 있다.

나는 싸구려 취미는 가지고 있지 않다. 그래서 매번 이렇게 말해야 한다.

"가장 좋은 것으로 주세요."

그러다가 문득 어느 순간 나는 깜짝 놀라고 만다. 콧노래. 그렇다, 나는 자신도 모르는 사이 콧노래를 부르고 있었다. 남자의 속옷을 사면서, 상처를 내지 않을 품질 좋은 면도기를 주문하면서, 남성용 슬리퍼를 사면서, 나도 모르는 사이 콧노래를 흥얼거리고 있는 것이다.

나는 지금까지 한 번도 이런 물건을 사본 적이 없다. 어린아이 것이든 어른의 것이든 남자의 속옷을 사본 적도 없거니와 그런 물건을 가까이서 본 적도 없다. 그런데도 나는 지금 태연하게 콧노래를 부르고 있다.

조짐이 좋다.

나는 나의 콧노래를 다소 주술적으로 해석하기로 한다. 디데이 닷새 전에도 나는 경직되지 않았다. 이 사실은 일의 성공을 의미한다. 솔직히 나는 다소의 긴장과 불안이 있을까 봐 신경을 썼다. 제아무리 천하의 강민주라 해도 일이 실천단계에 이르면 약간의 두려움을 느끼리라 생각했다.

그러나, 아니다. 나는 자신이 아는 것보다 훨씬 강한 사람이다. 사람들은 이처럼 아주 많은 경우 자신을 과소평가하고 그것을 진실이라고 여기며 산다. 북극의 유빙이 그렇듯 숨겨진 힘은 드러난 것보다 강하다.

물건을 고르는 나를 보고 이렇게 묻는 점원도 있다.

"결혼 날짜를 잡으신 모양이죠? 신혼여행은 어디로 가세요?"

편하게 입을 수 있는 티셔츠와 바지를 샀던 가게에서는 제법 눈치 빠른 점원을 만났다.

"어머, 신랑 되실 분이 굉장히 멋쟁이인가 봐요. 이런 화려한 스타일은 사실 어지간한 사람은 못 입거든요. 우리 브랜드는 그래서 방송국 쪽 단골들이 많답니다."

나는 쇼핑을 하면서 점원들에게 필요한 말 이외에는 하지 않는다. 그들이 무슨 말을 하건 표정 하나 바꾸지 않는다. 나는 알고 있다. 말이 많고 망설임이 많은 고객일수록 점원에게 얕보인다는 것을. 당연한 일이다. 많이 드러낼수록 바닥이 보이는 법이니까.

마지막으로 서점에 가서 책을 골랐다. 나는 우선 공포 분위기의 추리소설을 한 아름 샀다. 가능한 한 인간 심리에 초점을 둔 섬세한 내용으로 골랐다. 나는 그에게 극대치의 고통을 선물할 계획이다. 물론 그에게도 이 계획을 친절하게 설명할 것이다. 그는 상상 속의 공포가 실제상황으로 닥칠지 모른다는 끊임없는 강박 속에서 나날을 보낼 것이다. 갇혀있는 그의 현실은 여전히 안온하겠지만, 그러나 이 평화가 언제 박살이 날지 알 수 없어 전전긍긍하도록 만들 것이다.

나는 잔인한 여자가 결코 아니다. 내 두 손으로 그를 괴롭히지 않을 것이다. 그렇게 할 필요조차 없다. 나는 얼마든지 그 스스로 자신을 학대하게 할 자신이 있다. 한 번 더 말하지만, 나는 정말 잔인함은 싫어하는 사람이다.

내가 얼마나 온건한 사람인지를 보여줄 증거로 나는 낭만으로 범벅된 베스트셀러 연애소설도 몇 권 샀다. 그다음에는 그가 자신의 존재에 대해 깊이 생각해 볼 수 있도록 동서양의 고전도 보이는 대로 그의 독서목록에 추가시켰다. 그는 원하지 않더라도 결국은 오늘 고른 이 책들을 다 읽고야 말 것이다. 더디 가는 시간을 잊기 위해서는 독서 이상의 방법은 없을 것이므로.

쇼핑한 물건들을 배달시키고 홀가분하게 백화점을 나섰을 때는 석양이었다. 하늘을 물들인 주홍의 선연한 노을에 홀려서 나는 무작정 강변으로 차를 몰았다. 하나둘, 길가의 가로등이 켜지고, 나는 문득 이대로 달려가 그를 데려오고 싶다는 충동에 사로잡히고 만다.

나흘 전.

맑다, 이 계절은.

하늘이 어찌 푸른지 마치 다른 별에 와 있는 것 같다. 가을에서는 맑디맑은 실로폰 소리가 들린다. 두 귀를 기울이면 또르르 굴러가는 이슬 같은 음들을 만날 수 있다.

그러나 내 귀가 듣는 소리는 가을에도 절망이라는 이름의 병을 앓는 여자들의 눈물 배인 한숨이다. 그녀들에게는 가을도 없다. 그녀들의 계절에는 색깔이 없다. 색깔 없는 세월을 살아온 한 여자가 전화선 저쪽에서 이렇게 묻는다.

"골목에서 남편의 발걸음 소리가 들려오면 심장이 마구 뛰어요. 구멍이 있으면 어디라도 감쪽같이 숨어버리고 싶은 심정이지요. 오늘은 또 무슨 핑계를 대서 못살게 구는지 그저 숨이 막히도록 겁만 나는 거예요. 신혼여행 다녀온 날부터 술에 만취해서 들어왔어요. 하나씩 둘씩 고약한 술주정이 나타나던 그때 일찌감치 포기하고 내 갈 길을 찾았어야 했는데……. 설마하니 평생을 저렇게 살까 했던 내가 바보지요. 이십 년이에요. 이십 년을 알코올중독자하고 살았어요. 술만 먹으면 이유도 없이 식구들을 두들겨 패는 사람하고 이십 년을 살았더니 얻은 것은 관절염과 심장병뿐이에요. 이제 딸들 결혼시킬 때도 되었는데 자식들 혼인길 막을까 봐 이혼도 못 하겠고, 죽어도 함께 살고 싶지는 않고, 정말 어떻게 해야 할까요."

질문도 해답도 없는 넋두리 같은 상담이 많아지는 때가 가을이다. 용케 참고 있다가 스산한 가을 날씨에 정신의 추위가 갑자기 버거워지면 여자들은 전화기를 붙잡고 맺힌 한이나마 털어놓는 것이다.

처음엔 이런 식의 해답도 없는 상담 전화가 가장 비위에 안 맞았다. 오지도 않을 행복을 기다리며 긴 세월을 살아온 여자들의 그 끝없는 인내가 나는 조금도 가상하게 느껴지지 않는 것이었다. 그들 스스로도 말하듯이 그 바보 같음은 이미 누구의 책임도 아닌, 바로 그들 자신의 책임이라는 것이 내 생각이었다.

게다가 그 한결같은 끝말들, '죽지 못해 살지요'에 이르면 나는 거의 소리를 지르고 싶은 심정이 되어버린다. 죽지 못해서 살다니, 그런 삶의 변명이 대체 어디에 있단 말인가. 그녀들이 수행하는 복수는 겨우 그 철저한 자기 학대뿐이란 말인가.

내가 받은 전화 대부분은 언제나 이런 식이었다. 그것은 상담이란 허울을 쓴 자기 고백이며, 더욱 잔혹하게 몰아붙이면 은근한 자기 자랑이라 해도 할 말이 없을 것이다. 나는 이렇게 살았고 세상은 나를 이렇게 유린했으나 나는 고귀한 희생정신으로 훌륭하게 잘 견디었다는 것.

희생이라니, 고통의 인내는 미덕이 아니다. 그것이 미덕이라는 주장은 기득권을 쥔 자들의 염치없는 요구일 뿐이다. 나는 그런 의미에서 보수주의자들을 혐오한다. 그들은 정신의 진보를 억압한다. 억압이야말로 인간의 가장 큰 적이다. 억압에 대해서 말하라면 세상의 반절인 여자들이 당한 수난을 들지 않을 수 없다. 물론 가해자는 세상의 또 다른 반절인 남자들이다. 바로 한 세기 전만 해도 여자는 인간이 아니었다. 난로와 책상 같은 물건에 불과했다. 여성해방의 선진국처럼 인식되는 미국에서도 여자의 선거권이 인정된 때는 겨우 1920년이었으니 더 무엇을 말하랴.

아니, 나는 지금 여성 수난사에 대해 길게 말할 생각은 없다. 그런 이야기를 좋아하는 나도 아니다. 나는 사실 초월, 혹은 응징에 대해 말할 참이었다. 내 주위의 많은 여자들, 전화 상담으로 목소리만 기억되는 여자들, 바로 그녀들이 나에게 그런 생각을 하게 했다.

강자에게 짓밟히는 약자들이 끝없이 소원하는 것은 단 하나다. 힘. 언젠가는 힘으로 다시 너를 누르리라. 내게 힘이 있다면 반드시 지금 당한 그대로 너에게 돌려주리라.

그 많은 불행한 여자들이 모두 희생이나 인내를 진실로 미덕이라고 믿었을까. 아니다. 그렇지 않다. 그녀들은 단지 힘이 없었을 뿐이다. 생각해 보라. 힘 있고 권력 있는 자들이 희생과 인내를 감수한 적이 과연 있었던가. 그 두꺼운 역사책 어디에도 그런 기록은 없다. 약자가 택할 길은 희생이나 인내밖에 아무것도 없는 세상인 것이다.

그래서 나는 넋두리에 후렴구처럼 달려오는 '죽지 못해 살지요'를 이해하기 시작했다. 비로소 나는 그녀들이 무엇을 원하는가를 알아차렸던 것이다. 그녀들은 자신에게는 없는 어떤 힘, 어떤 거대한 능력을 간절히 소망하고 있었다. 나는 서서히 넋두리의 암호를 해독해 나갔다.

힘이라면, 그것이 돈을 말하면, 나는 힘을 가진 사람이다. 어머니가 남겨준 유산은 내가 가만히 있어도 저 혼자 불어나고 있다. 이 자본주의 사회에서는 한번 부자면 영원히 부자다. 저 혼자 꿈틀거리며 새끼를 치는 것이 돈이니까.

힘이란 다름 아닌 능력을 뜻하는 것이라 해도 역시 나는 힘을 가진 사람이다. 사물을 분석하는 능력과 추진하는 실천력에 대해서 말하라면 나는 조금도 꿀릴 것이 없는 사람이다.

힘이 곧 물리적인 에너지를 뜻한다 해도 마찬가지다. 나는 황남기를 소유하고 있다. 그의 단단한 근육은 틀림없는 내 것이다. 남기의 억센 주먹은 오로지 나의 명령만 기다리고 있다.

누군가의 말처럼 분노와 한도 힘이 된다면, 슬픔도 힘이 된다면, 그 증오의 힘 또한 철철 넘치는 사람이 바로 나다. 이미 몇 마디 언급한 바가 있지만, 나의 유년은 나날이 지옥이고 눈물이었다.

도박과 술, 계집질과 남 등쳐먹는 사기, 밤낮으로 휘두르는 주먹과 입에 담을 수 없는 욕설. 나의 어머니가 택한 남자는 바로 그런 사람이었다. 그것도 모자라 어머니는 걸핏하면 본처라는 여자한테 팔뚝을 물어뜯기는 수모를 당했다. 멀리 도망가서 숨어 살고 있으면 어떻게 알았는지 남자가 쳐들어와 주먹질로 앞풀이를 하고 뒤이어 본처가 달려들어 뒤풀이를 했다.

우리 모녀는 내 나이 열한 살이 되어서야 그 남자의 손아귀에서 벗어날 수 있었다. 그 남자에게 새로운 먹이가 나타난 덕분이었다. 어머니는 나를 데리고 아는 사람 하나 없는 서울로 도망 왔다. 그때 이미 나는 내 방 서랍 속에 과도 하나를 숨겨놓고 지냈다. 그 남자가 다시 나타났다면 아마도 나는 그 과도를 사용했을 것이다.

그랬다. 나는 그녀들이 간절히 원하는 모든 것을 가지고 있다. 그것도 아주 완벽하게. 나는 비로소 내가 초월자라는 것을, 응징의 대리인이라는 것을 알았다. 그것을 알고 난 이후에는 전화 속의 고뇌에 찬 음성들이 새롭게 들리기 시작했다. 그 목소리들은 내게 이렇게 말하고 있었다.

'당신은 당신이 해야 할 일이 무엇인지 알고 있지요? 그렇지요?

사흘 전.

모든 것이 정해졌다. 이제는 오직 실천뿐이다.

남기와 함께 최종적으로 계획을 점검했다. 온몸을 팽팽하게 잡아당기는 이 느낌이 정말 좋다. 신경의 어느 한 오라기도, 근육의 어느 한 부분도, 뇌세포의 어느 한 개도, 내 몸과 정신의 어느 한구석도 빈 곳이 없는 이 상태. 이 놀라운 탄력감이 정말 상쾌하다.

남기를 보내놓고 나는 차를 몰아 수영장으로 간다. 요즈음에는 통 수영을 하지 못했다. 수영이 아니면 고속의 드라이브, 일상이 권태로울 때는 이 두 가지로 나를 다스렸다.

하지만 오늘의 수영은 권태를 씻는 것이 아니다. 권태라니, 계획에 몰두했던 요즘의 몇 달 동안 나는 하루하루를 갓 씻은 푸성귀처럼 싱싱하게 보냈다. 적당한 긴장과 치밀한 준비들, 이런 것들은 수영이나 드라이브보다 훨씬 나를 신선한 상태로 유지시켰다. 도무지 삶이 지루할 겨를이 없었던 것이다. 나는 정말 쾌적했다.

오늘의 수영은 오히려 잊고 있던 예전의 나날들을 환기하기 위한 것이다. 나는 조금 들떠있는지도 모른다. 앞으로의 사흘을 위하여, 그리고 그날 이후를 위하여, 평정을 되찾는 연습도 해둘 필요가 있다. 나는 이제 일상의 리듬 속에서 위태로운 묘기를 연기하는 곡예사가 될 테니까.

수영장에서 나온 다음에는 미장원에 들른다. 어깨까지 닿는 긴 머리를 자르고 짧은 스타일로 바꿔보지 않겠냐고 미용사가 권했지만 나는 거절했다. 머리를 자르기는 하겠지만 지금은 그때가 아니다.

머리를 맡기고 앉아서 나는 다시 계획에 몰두한다. 이제 그날을 위한 준비는 끝난 것이나 다름없다. 지금부터는 그날 이후의 계획에 더 많은 시간을 할애할 필요가 있다. 그날이 지나면 내가 상대해야 할 적은 엄청나게 많아진다. 아니, 세상 전체가 나의 적이 될 것이다.

이틀 전.

오늘 백승하는 인천 근방의 한 기차역에서 야외촬영이 있다. 협궤철도가 지나는 인적 없는 간이역과 뒤뚱거리는 협궤열차를 배경으로 영화 몇 장면을 찍는다는 정보가 내 수첩에 적혀있다.

내일의 야외촬영 장소로 예정된 곳은 북한산 기슭의 위치 좋은 한 빌라 단지. 요즘 백승하가 촬영 중인 영화는 헌팅 장소들만 쭉 훑어보아도 통속극임이 틀림없다. 세간에 화제를 불러일으킨 베스트셀러 소설을 영화로 만드는데 배신한 연인을 찾아 헤매는 사진작가 역을 그가 맡았다.

야생화만을 주로 찍는 한 사진작가가 어느 궂은 날 산속에서 길을 잃은 소녀를 만난다. 길게 영화의 줄거리를 설명할 것도 없다.

도입부만 들으면 누구나 다음을 짐작할 수 있는 것이 우리나라 연애소설이고 연애영화니까.

우연한 만남에 이어지는 열렬한 사랑, 그리고 기다렸다는 듯이 덤벼드는 불의의 사고 혹은 배신, 이만한 줄거리에 아이를 끼워 넣거나 라이벌을 등장시키는 수법이면 이야기는 완성된다. 뻔하다. 상투적이다.

하지만 이 상투적인 멜로에 백승하가 주연을 맡으면 이야기가 달라진다. 백승하는 얼굴만 가지고 연기를 하는 배우가 아니다. 그는 어떤 영화든 자신이 맡은 역할에 독특한 분위기를 만들어낸다. 그가 나오면 상투적인 연애도 우수와 낭만이 가득한 진실한 사랑으로 변한다. 백승하는 그런 배우다.

영화 『야생화』의 제작은 거의 막바지로 접어들었다. 이틀간 북한산 기슭의 빌라 단지를 배경으로 촬영을 마치면 나머지는 보충 촬영이다. 내가 얻은 정보에 의하면 제작팀은 며칠 뒤 지리산에서 몇 장면 추가한 뒤 촬영을 완료하는 것으로 되어있다. 물론 지리산에는 백승하도 동행한다.

처음에는 지리산으로 가는 길목을 지킨다는 것이 내 생각이었다. 아니, 원래는 백승하의 집 근처 어디를 생각했었다. 하지만 이틀간 집 근처를 배회하고 돌아온 남기가 자신 있는 표정을 짓지 않았다. 백승하의 아파트 주변 사람들이 그를 너무 잘 알고 있다는 것이 남기가 주장하는 실패 요인이었다. 게다가 극성팬에 시달린 경험이 적지 않은 백승하가 거의 완벽하게 자신의 집 주변을 경계하고 있어서 섣부른 행동은 당장 누군가의 제지를 받을 우려가 있다는 것이었다.

지리산으로 가는 백승하의 자가용을 되돌리는 일도 쉽지는 않다. 고속도로나 국도에서 일을 성공시키지 못하면 제작팀과 합류하는 지리산에서는 더욱 행동반경이 좁아질 것이다. 귀경길도 마찬가지, 그가 혼자 돌아온다는 보장이 없다.

여러 차례 장소를 놓고 숙의를 거듭하다가 접근성이 좋은 빌라 단지에서 우리의 계획을 진행하기로 했다. 게다가 마지막 남은 이틀의 작업 가운데 하루는 야간촬영이었다. 밤의 어둠이야말로 우리가 기다리던 최상의 조건 중 하나였다.

우선 남기와 같이 빌라 주변을 답사했다. 조건이 좋았다.

"여기라면 자신 있습니다. 그쪽은 샛길까지 환하니까요."

디데이와 장소는 그렇게 정해졌다. 내일모레 밤 10시. 제1차 시도. 1차 시도가 실패로 돌아가도 새벽 2시까지의 촬영 예정시간 중 기회는 여러 번 있을 것이다. 우리는 『야생화』를 제작하는 감독의 작업 스타일도 충분히 조사했다. 감독은 완벽주의자다. 시간 따위는 따지지 않는다. 배우의 컨디션이 좋지 않다면 승용차 안에서 한숨 자라고 밀어 넣는 스타일이다.

남기는 요즈음 『야생화』의 촬영 현장을 빠짐없이 둘러보고 있다. 어디라도 야외촬영이 있는 곳에는 구경꾼들이 몰리기 때문에 남기가 노출될 염려는 없다. 오늘도 남기는 협궤열차를 배경으로 담는 촬영 장소에 나가 있다.

남기가 가져오는 정보를 놓고 나는 꼼꼼하게 위험들을 점검한다. 가능한 모든 상황에 대처하면서 제1, 제2, 제3의 방법을 준비하고 있어야 한다. 물론 나는 그 모든 것을 다 예비하고 있다.

실패는 없다. 나의 치밀한 그물망을 뚫을 자는 아무도 없다. 디데이 이틀 전에 나는 자신에게 말해준다. 강민주, 너에게 실패는 없다.

그날 하루 전.

"접니다. 지금 막 촬영이 시작되었습니다. 백승하도 왔고요. 역시 선생님 말씀대로 A동 앞입니다. 정말 정확하게 예상을 하셨더군요. 내일 야간촬영도 A동 앞이랍니다."

상담소로 걸려온 남기의 전화는 내 심사를 뒤틀어 놓았다. 남기의 굵은 목소리는 마구 수화기 밖으로 튀어나오는 중이다. 내용도 그렇다. 조금도 거리낌 없이 있는 대로 털어놓는다. 이 경솔함, 절대 용서할 수 없다. 내 낯빛이 하얗게 질려있는 것을 모르는 남기는 계속 상황보고에 여념이 없다.

"오늘은 스텝들이 예상외로 적습니다만 내일 야간촬영에는 대규모가 될 것 같습니다."

그렇게도 신중하라 일렀건만. 마침 긴 통화를 끝낸 앞자리의 상

담원이 잠시 자리를 비운다. 더는 참을 수 없다. 나는 차갑게 내뱉
는다.

"멍청한 자식."

"네?"

"입 닥쳐!"

"제, 제가 뭘, 뭘……."

"바보 같은 놈. 전화 끊고 당장 돌아와!"

"어, 어디로 갈까요."

"내가 갈 때까지 아파트에서 꼼짝 말고 기다려."

나는 그대로 자리를 박차고 일어난다. 저 멍청한 인간을 그동안
너무 추켜세웠다는 후회가 나를 초조하게 한다. 나는 그대로 아파
트로 달려갔다.

남기는 내가 도착하고 십 분 후에 들어왔다. 열쇠를 사용하는
것을 보면 내가 먼저 와 있는지 모르는 눈치다. 그것도 비위를 거
스르게 한다. 주차장에서 한 번만 돌아봤다면 내 차를 봤을 것이
다. 큰일을 눈앞에 둔 인간이 그만한 주의력도 없다는 것은 중요한
문제가 될 수도 있다.

남기는 거실 의자에 꼿꼿하게 앉아 있는 나를 보고 흠칫 놀란
다.

"가까이 와."

머뭇머뭇 다가오는 남기.

"더 가까이!"

어쩔 수 없다는 듯 그는 내 앞에 바싹 선다. 나는 벌떡 일어나 사정없이 남기의 뺨을 후려친다. 손바닥이 얼얼할 만큼 한껏 올려붙인다.

"잘못했습니다."

남기는 털썩 무릎을 꿇고 주저앉아 고개를 숙였다.

"고개 들어!"

나는 낮게 외친다. 남기는 얼른 얼굴을 쳐든다.

"멍청한 놈."

나는 한 번 더 남기의 얼굴이 휙 돌아가도록 뺨을 후려친다.

"내 말 잘 들어! 우린 아직 아무런 행동도 하지 않았다. 알겠니? 아무 일도 하지 않았다는 뜻이다. 그러니 지금이라도 우리의 계획을 포기하면 된다. 나는 그렇게 할 수 있다. 어설픈 짓으로 서로의 인생을 망치느니 그쪽이 현명할지도 모른다. 어떻게 할까? 없었던 일로 할까? 잘 생각해서 대답해!"

"선생님, 제, 제가 잘, 잘못했습니다."

남기는 한없이 더듬거리며 어쩔 줄 몰라 한다. 그러나 나는 조금도 고삐를 늦추지 않는다.

"그런 대답을 원하는 게 아니다. 나는 같이 일할 사람을 잘못 골랐는지도 모르겠다. 그것은 나의 실수이고 내가 책임질 일이다. 너는 다만 이 계획을 폐기할 것인지 계속 추진할 것인지만 대답하면 된다."

"조, 조심하지 않고 입을 하, 함부로 놀렸던 것을 요, 용서하십시오. 앞으로 절대로 이, 이런 일이 없도록 하겠습니다. 그, 그만 화를 푸세요."

그만 화를 풀라고? 나는 경멸 어린 시선으로 남기를 노려본다. 우람한 체구의 사내가 무릎을 꿇고 앉아 용서를 비는 모습은 치솟는 분노를 어지간히 가라앉게 하는 것은 사실이다. 하지만 아직은 이르다. 진실로 중요한 일들은 모두 앞날에 남아 있다. 지금 확실하게 정신을 차리도록 하지 않으면 나중에 반드시 후회할 일이 생기기 마련이다.

아까의 전화에서 드러난 남기의 실수는 사실 크게 문제 될 것은 아니다. 그가 경솔했던 것은 사실이나 일을 망쳐버릴 지경은 아니다. 내가 정도 이상으로 화를 내는 것은 모두 앞날을 위해서이다. 마침 기회도 좋았다. 내일은 행동 개시일, 오늘쯤 따끔하게 못을 박아서 바짝 정신을 차리도록 할 필요가 있었던 것이다.

나는 거의 한 시간 이상 무릎 꿇은 남기를 버려두었다. 그런 후에야 그를 용서해 주었다.

D-Day.
구름이 낀 날씨.
나는 올림픽 대로를 달리며 라디오의 일기예보를 듣는다. 오후부터는 구름도 걷히고 예년의 가을 날씨를 되찾겠다는 예보.

오늘 나는 오전에는 상담소, 오후에는 대학원 강의, 저녁은 상
담소장인 선배와 식사 약속이 있다. 선배와의 약속은 얼마든지 뒤
로 미룰 수 있었으나 일부러 오늘 밤으로 정했다.

이것도 알리바이다. 만약을 위해서 수다쟁이 소장하고 저녁 시
간의 잠깐을 보낼 필요가 있다. 내가 오늘도 다른 날과 다름없이
안온한 일상을 보냈다는 사실을 여러 사람에게 보여주는 것은 조
금도 나쁘지 않다.

안온한 일상을 마치고 나면, 새롭고 긴장된 밤이 오는 것이다.
얼마나 훌륭한 하루인가. 그렇고 그런 일상에 빠져 허우적거리다
나른한 몸으로 귀가하여 역시 그렇고 그런 밤을 보내는 벌레 같은
삶을 나는 경멸한다. 미지를 향한 끝없는 발돋움, 삶이란 그 한없
는 떨림의 공명판이 아니던가.

상담소에서의 오전 시간은 늘 그렇듯이 몇 통의 전화를 처리하
는 것으로 지나간다. 아니, 다른 날과 조금 다른 것이 있기는 하였
다. 나는 불행을 호소하는 여자들에게 할 말이 좀 있었다. 그래서
다른 날보다 훨씬 목소리에 힘이 들어갔다.

당신들은 자신의 인생이 왜 빗나갔는지 그 이유조차 모릅니다.
그래요. 대안이 없을 때는 맹목적으로 자신 속으로 파고드는 심정
을 나는 이해합니다. 자, 하지만 이제부터는 귀를 열고 눈을 뜨고
입을 여세요. 당신들은 이제 진실로 새로운 것을, 거부와 반항을

넘어선 놀라운 역습을 보게 될 것입니다. 나의 이 역습은 시작에 불과합니다. 동참을 유도하는 작은 시작입니다.

거부와 반항을 넘어선 놀라운 역습.

나는 앞으로 오늘의 공격을 이렇게 부를 것이다. 내가 하는 일은 내가 분석하고 내가 의미를 줄 것이다. 세상 누구도 나의 일을 나만큼 꿰뚫을 자는 없다. 세상 사람들이 하는 일은 얼마나 오류투성이던가. 그들에게 나를 맡기느니 차라리 내가 나를 탐구할 것이다.

오후의 캠퍼스에서는 재미있는 일이 있었다. C. G. 융의 심리학 해설을 강의하는 교수가 학사회의가 길어져 30분 정도 늦어진다는 과대표의 연락을 받은 후 나는 문과대 앞의 벤치에서 수업 시작을 기다리고 있었다.

아마도 학부 졸업생이거나, 적어도 3학년쯤 되어 보이는 두 여학생이 옆 벤치에서 이야기를 나누고 있다. 처음에는 대학원에 진학할 것인지 그냥 결혼이나 할 것인지를 놓고 그다지 진지하지 않은 태도로 대화를 주고받는다. 그러다가 갑자기 한 여학생이 말했다.

"너 알지? 우리 외사촌 언니가 백승하고 결혼했잖아. 그 언니를 보면 막 결혼하고 싶더라. 아들도 얼마나 예쁘니?"

그러자 옆의 친구가 호들갑을 떨며 끼어든다.

"참, 그 집에 갈 때 함께 간다고 해놓고 왜 데려가지 않는 거니?

나도 백승하 씨 얼굴 한번 보자. 실물도 잘 생겼지?"

"말도 마라. 어디 가서 백승하 이야기만 하면 여자들이 모두 까무러치는 거 있지? 특히 결혼한 여자들이 더 극성이더라. 정희네 큰언니 있잖아? 그 언니는 나만 보면 백승하랑 한 번만 만날 수 없냐고 아우성이야. 자기 친구들이 자리를 만들어보라고 안달을 한다나, 어쩐다나……."

"아휴, 주책들. 이미 물 건너간 여자들이 왜 그렇게 주제 파악을 못 하니? 어디 백승하 같은 남자 없나. 그럼 대학원이고 뭐고 당장 집어치우고 시집이나 갈 텐데."

"기가 막혀. 애, 꿈 깨라. 꿈 깨라고."

둘은 서로의 얼굴을 마주 보며 깔깔깔 웃어대고 나는 슬쩍 백승하가 외사촌 형부 된다는 여학생의 얼굴을 잘 봐두었다. 들고 있는 책으로 보아서 영문과 학생들이 틀림없었다. 훗날, 이 여학생을 다시 만날 수도 있다. 백승하에 관해서라면 아무리 많이 알아도 지나침이 없으리라.

소장과의 저녁 약속은 취소되었다. 대학원 강의를 마치고 상담소로 다시 돌아와 보니 책상 위에 소장의 전화를 메모한 쪽지가 있었다. 여성 지도자들끼리 급히 회동할 일이 생겨서 약속을 미룬다는 것이었다.

여성 지도자? 아니, 도대체 누가 그들에게 여성들의 지도를 맡겼다는 말인가. 우리를 지도해달라고 그들에게 부탁한 적이 있던가. 나는 여성 지도자라는 말이 하도 같잖아서 메모를 갈기갈기 찢어버린다. 나는 결코 떠버리 소장 같은 위인한테 지도 따위를 받을 생각이 없다.

그것뿐이 아니다. 언론이 즐겨 사용하는 말에 '사회 지도층 인사'라는 것이 있다. 그런 소리를 들을 때마다 나는 영 비위가 상한다. 단언하건대, 사회를 어지럽히는 인사는 있을지언정 사회를 지도하는 인사는 없다. 대단찮은 학식이나, 상업주의 언론에 이름을 판 속된 명성으로 자신을 지도층 인사라고 생각하는 사람을 나는 가장 혐오한다. 생각만 해도 구역질이 난다.

그 누구도 어떤 다른 사람을 지도할 수 없다. 사람들은 모두 자신의 방식대로 살뿐이다. 선각자는 있어도 지도자는 없는 것이다. 자신을 내던져 새로운 것을 깨우치는 일은 존중받을 수 있으나 아무것도 포기하지 않은 채 남을 지도하려 드는 일은 조롱받아 마땅하다.

그러나 소장의 일로 흥분할 것까지는 없다. 나는 지금 그렇게 한가한 사람이 아니다. 나는 책상을 정리하며 시계를 본다. 17시 40분. 22시까지는 네 시간 남짓 남아 있다.

시계를 보는 내게 윤 선생이 묻는다.

"강 선생, 저녁에 좋은 일 있어요? 오늘따라 아주 예뻐 보이는데요?"

이런 농담도 사실은 질색이다. 하지만 일일이 반응할 필요가 없다는 생각에 넘어간다.

"아 참, 김인수? 맞나? 김인수라고 기억이 되는데, 하여간 그런 사람한테 전화가 두 번이나 왔었어요. 한 번은 다른 사람이 받았고 한 번은 내가 받았는데 다시 전화하겠다고만 전해달라 그럽디다."

어쩐지. 나는 윤 선생이 그런 말을 한 이유를 알아낸다. 윤 선생뿐만이 아니라 상담소의 모든 식구는 내가 시답잖은 대화를 싫어하는 것을 너무나 잘 알기 때문에 싱거운 소리를 하지 않는다. 그러니 내게 방자하게 군 사람은 윤 선생이 아니라 그 김인수라는 작자다.

바로 그때 전화벨이 울렸다. 윤 선생은 전화를 받지 않겠다는 시늉을 하며 책상을 정리한다. 하지만 전화 속 목소리는 김인수가 아니다. 여자다. 아마 오늘의 마지막 상담 전화가 될 것이다. 나는 노트를 꺼낸다.

여자의 상담은 간단하다. 남편이 손찌검하는 버릇은 별로 없는데 그 대신 심한 욕설을 다반사로 한다는 것이다. 입이 어찌나 험한지 말이 반은 욕이고 그것도 차마 입에 담을 수 없을 정도로 끔찍하다.

남자는 숨을 쉬듯이 쉽게 말한다. "쌍년아, 밥 가져와." "이 미친년이 어디서 이런 걸 사 왔어."

자식들 앞에서도 거침없이 욕설을 내뱉고 다른 사람이 있는 데서도 쌍년 정도는 아주 가볍게 입에 담는다. 조금도 여자의 자존심을 배려하지 않는다. 별 희한한 욕을 다 들으며 살다 보니 정말 자신이 인간이 아니라 개나 돼지 같은 짐승이 아닌가 하는 생각에 한없이 초라하다.

　나는 대답한다. 폭력에는 육체적인 위협만 해당하는 것이 아니다. 부당한 인격 모독을 가하는 심한 욕설도 폭력이다. 이 경우, 구타와 마찬가지로 이혼 사유가 충분히 된다.

　욕설만으로도 이혼 사유가 된다는 내 해답에 여자는 몹시 반색한다. 주위 사람에게 하소연하면 남편이 입이 좀 거칠 뿐이지 본마음은 착한 사람 아니냐고 남편 역성을 들어줘서 당하고만 살았다고 한숨을 쉰다.

　욕설은, 하는 사람은 단지 입버릇일지 몰라도 듣는 사람은 매번 날카로운 비수에 찔리는 기분일 것이다. 남자라 해서 여자에게 아무 구속 없이 '쌍년'이라고 말할 수 없다. 나는 별로 길지 않은 상담을 끝내고 노트에 이렇게 적는다.

　'욕설과 일상 언어를 구분하지 못하는 것만 보아도 남자들은 미개인이다. 그들은 여태도 동물에서의 진화과정을 끝내지 못한, 아직 많은 부분 수성(獸性)이 남아 있는 야만인이다.'

　밤 8시, 두 시간 전.

잎이 고운 난 화분을 들고 아파트의 자물쇠에 열쇠를 꽂는다. 열쇠는 아주 매끄럽게 돌아간다. 문이 열리자 어둠에 갇혀있던 실내가 드러난다. 새 벽지와 새 가구, 혹은 공사 중에 사용한 시멘트에서 뿜어 나오는 냄새가 조금 풍긴다. 그러나 그런 냄새가 한층 더 이곳을 처녀지(處女地)로 느끼게 한다.

길쭉한 난 화분은 그가 사용할 안방에 놓기로 한다. 침대와 안락의자, 오디오와 비디오, 벽으로 잇대어 설치한 책상 겸 장식대 등이 적잖은 면적을 차지하고 있지만 방을 확장한 덕분에 여유가 있다.

나는 화분을 창문 앞의 장식대에 놓는다. 그리고 녹색 블라인드를 주르륵 잡아당긴다. 11층, 게다가 단지 내의 맨 뒷동이다. 보이는 것은 저만큼 떨어진 강변도로, 자동차들은 무섭게 질주하고 그 너머로 시커먼 강물이 출렁거린다.

그래도 만약을 위해서 창에 일정한 간격으로 쇠파이프를 설치했다. 막다른 골목에 부딪히면 어리석은 짓을 곧잘 하는 존재가 인간이므로. 그가 쇠창살 사이로 얼굴을 내밀고 목이 터지도록 소리를 지르는 장면을 상상하면 웃음이 나온다. 설령 강변도로를 달리던 자동차에서 누군가 그를 발견했다 해도 이 놀라운 상황을 상상이나 할 수 있겠는가.

나는 안방을 나와 집 안 구석구석을 점검한다. 완벽하다. 이미 여러 번 확인하였다. 나는 알고 보면 굉장히 세밀한 사람이다. 냉장고 야채박스까지 가득 채워놓고 오늘을 기다린 사람이 바로 나다.

나는 생각 난 김에 냉장고에서 캔 맥주 하나를 꺼내 마신다. 달콤하고 시원하다. 단숨에 캔 하나를 비웠다. 또 하나를 꺼낸다. 마시기로 하면 술에 관해서는 누구에게도 지지 않는 사람이 나다. 그 남자, 남들이 나의 아버지라고 하던 그 남자도 술고래였다. 바로 그 이유로 나는 술을 마시지 않는다. 나는 그 남자와 연관된 그 무엇도 내 것으로 하고 싶지 않다.

두 번째 캔이 거의 비워질 무렵, 나는 남기를 호출한다.

"물건들은 왔나?"

"조명기사들만 왔습니다."

목소리를 낮추느라고 애쓰는 남기. 차 안이라면 말이 새나갈 염려는 하지 않아도 좋을 것이다.

"약품 준비되었지?"

"네. 틀림없는 것으로 구해놓았습니다."

"좋아. 지금부터 내 쪽에서는 연락을 끊겠다. 긴급사항이 생기면 네가 전화해. 가급적 전화를 하지 않는 것이 더 좋고. 그럼 나중에 보자."

"네. 상황 완료 후에 연락 드리겠습니다."

나는 두 번째 맥주를 한 방울도 남기지 않고 다 마신 다음, 다시 시간을 확인한다.

밤 9시 15분.

시계의 초침 소리가 빈 집을 크게 울린다. 나는 어쩔 수 없이 자꾸 시계에 눈이 간다. 그러나 그런 나를 나무라지 않는다. 이만한 긴장마저 허용하지 않는 것은 무리다.

나는 불현듯 자리를 박차고 일어난다. 그리고 열쇠를 챙겨 총총 아파트를 빠져나온다. 서두르지 않으면 아파트 앞의 상점들이 문을 닫을 시간이다.

그랬다. 완벽한 가운데 한 가지를 빠뜨렸던 것이다. 꽃, 그랬다. 나는 그를 환영할 한 아름의 장미꽃 다발을 마련하는 일을 잊고 있었다.

마침 꽃집에는 물통 가득 장미꽃이 남아 있다. 적어도 오십 송이는 넘어 보인다. 나는 그걸 다 달라고 말한다. 주인은 놀란 얼굴로 나를 바라본다.

"이 꽃, 다요?"

"다 주세요."

주인 남자는 곧 즐거운 얼굴이 되어 꽃을 뽑기 시작한다. 나는 남자가 물통에서 한 송이씩 장미를 꺼낼 때마다 마음으로 숫자를 센다. 마흔둘, 마흔셋, 마흔넷, 마흔다섯, 마흔여섯, 마흔일곱.

남자는 마흔일곱에서 세기를 멈춘다.

"나머지는 시들어서 쓸 수가 없습니다. 이거, 장사란 참 묘한 것이네요. 오늘은 통 장미가 안 나가서 꽃 다 버리겠거니 했더니 문 닫을 시간에 임자가 오지 뭡니까. 아주 싸게 드리겠습니다. 본전만 받지요, 뭐."

그렇게 말하지만 본전을 훌쩍 넘은 게 분명한 꽃값을 지불하고 나는 빠르게 아파트로 돌아왔다. 꽃도 무게가 있다. 마흔일곱 송이의 장미는 제법 묵직했다.

9시 55분.

항아리 가득 장미를 꽂아서 방으로 가져간다. 장미는 그가 침대에 누워서도 볼 수 있도록 문 옆의 작은 탁자에 놓는다. 그는 이 방에서의 첫 밤을 장미와 함께 지낼 것이다. 그래, 네가 원한다면 나는 매일같이 너에게 장미를 가져다줄 수 있다. 내가 하지 못할 일이 어디 있겠는가.

지금 이 시각, 내가 너에게 장미를 약속하는 지금 이 시각에 너는 촬영장으로 가는 언덕길을 오르고 있겠지. 나는 네가 시간을 지키는 일에 유달리 철저하다는 것을 잘 알고 있다. 나는 네가 오늘 같은 경우에는 직접 운전을 한다는 것도 알고 있다.

기다려라. 조금 있으면 네 옆에 검은 세단이 다가올 것이다. 그가 어떤 요구를 하더라도 넌 다 들어줘야 한다. 나는 네가 다치는 것을 원치 않지만, 나의 심복 황남기는 그런 때 참을성이 부족하므로 나로서도 어쩔 수가 없다. 순순히, 아주 조용히, 너는 내게로 와야 한다.

　10시 12분.

　남기에게는 연락이 없다. 나는 한시도 전화기에서 시선을 떼지 않는다. 제1차 시도는 빗나갔는가.

　10시 35분.

　여전히 침묵을 지키는 전화기. 침묵이 버거워서 안간힘을 쓰는 나.

　이제 알겠다. 지금이 극대치의 긴장이고 홍분이다. 바로 이 순간을 위해서 나는 최선을 다했다. 최선을 다한 자는 팽팽한 긴장 속에서도 다음을 생각한다. 나는 제2차 시도까지 빗나갔을 경우를 대비하기 시작한다.

　10시 55분.

　마침내 전화벨이 울렸다.

　"여보세요."

　내 목소리에 미세한 떨림이 들어있다.

　"지금 끝냈습니다. 늦어도 삼십 분 후에 도착하겠습니다."

　남기의 음성은 의외로 차분하다. 그 차분함이 감추고 있는 자랑스러움을 나는 안다. 남기는 나에 의해 속속들이 파악되었으니까.

남기가 작은 실수도 없이 일을 마쳤다는 것을 확인했다. 이제 남은 일은 삼십 분을 기다리는 것이다. 작전은 성공이다. 남기가 삼십 분 이내에 도착할 수 있다면 경비실 옆을 통과하는 문제까지 완벽하게 해결된다. 경비는 밤 11시부터 삼십 분가량 아파트 주변을 순찰한다. 애초 일이 일찍 끝나더라도 이 시간에 맞추어서 들어올 계획이었다.

11시 20분.

나는 복도로 나온다. 남기는 샛길로 빠르게 달려올 것이다. 남기는 곧 도착한다. 나는 그것을 알고 있다.

6층에 멈춰있던 엘리베이터가 하강 단추에 불을 밝히고 내려가기 시작한다. 나는 잠시 호흡을 가다듬는다.

엘리베이터가 다시 올라오고 있다. 7, 8, 9, 10, 11. 이윽고 엘리베이터의 문이 열렸다.

양복 차림의 건장한 사내를 등에 업고 서 있는 남기의 모습이 나타난다.

나는 고요히 길을 열어준다. 남기는 뚜벅뚜벅 걸어가 사내를 거실의 소파에 눕힌다. 불빛에 환하게 드러나는 창백한 남자의 얼굴.

백승하.

오느라고 수고했다, 백승하.

떨어지면 안 된다. 떨어질 수 없다. 떨어지면 위험하다.

공중에 높다랗게 줄을 늘어뜨리고, 하얀 버선발로 줄을 타는 곡예사의 생각은 오직 한 가지다. 떨어질 수 없다.

외줄 타기에는 절대 금기가 하나 있다. 줄 아래를 보지 말 것. 아래를 내려다보면 떨어지고 만다. 까마득한 그 아래에 실패가 있는 것이다. 곡예사의 세계는 외줄에 닿아 있는 두 발을 경계로 그 위다. 두 발 아래는 아닌 것이다.

그는 세계의 중심을 버선발에 모은다. 외줄의 팽팽한 긴장에 목이 타는 순간에도 그는 자신의 절망을 호흡한다. 들여 마신 절망은 어쩔 수 없이 희망의 모습으로 다시 버선발에 모인다. 그에게 희망은 절망의 다른 옷이다.

삶은 곡예다.

맞는 말이다. 삶이란 아무리 다른 수식을 달아도 인수분해를 해버리면 곡예의 곱하기, 또 곱하기인 것이다. 누구의 삶도 분해할 수 있다.

외줄 타기의 곡예사가 외줄과 대결하듯이 인간도 삶의 외줄과 대결한다. 이 대결에서도 절망은 버려야 할 대상이다. 대결자들은 멀리는 보지만 굴러떨어질 나락을 보아서는 절대 안 된다. 이미 대결은 시작되었고, 남은 것은 이기는 일뿐이다. 다른 것은 없다.

_강민주의 노트에서

백승하는 깊은 잠에 빠져있다.

나는 조용히 그가 깨어나길 기다린다. 남기도 소파 옆에 주저앉아 이 최고의 영화배우가 깨어나길 기다리고 있다.

그는 머지않아 정신을 차릴 것이다. 걱정할 일은 아무것도 없다. 조금도 서두를 필요가 없다. 이 얼마나 고즈넉한 평화인가.

고요한 밤, 깊은 밤.

나는 느닷없이 크리스마스 캐럴이 생각난다. 고요한 밤의 시간, 깊은 밤의 시간이 흘러가고 있다. 그러나 나는 '거룩한 밤'이라고는 말하지 않는다. 고요하고 깊은 것은 모두 거룩한 것이다. 나는 언어의 표피를 만지는 것보다 그것의 본질을 만지는 것을 더 좋아한다. 쓸데없는 말의 낭비는 딱 질색인 것이다.

영화 『야생화』의 촬영팀들은 나타나지 않는 주연배우 때문에 오늘의 작업을 망쳤을 것이다. 아니, 어쩌면 그들은 아직도 백승하를 기다리고 있는지도 모른다. 그의 아내는 남편을 찾는 전화가 계속되자 당황하고 있을 것이다. 그 사람은 분명히 제시간에 맞춰 촬영장으로 떠났어요. 아시잖아요. 시간 약속에 철저한 그 사람 성격을.

누군가는 이렇게 말할지도 모른다. 백승하, 이 인간, 인기 좀 있다고 역시나 제멋대로 구는구먼. 저라고 별수 있어. 하여간 인기가 인간성 다 버린다니까.

백승하가 여기, 이곳에, 정신을 잃고 쓰러져 있는 것을 그들이 알면 어떤 얼굴일까. 이 시대의 톱스타 중의 톱스타를 소리 없이 데려다가 자신의 포로로 삼아버린 사람이 이제 스물일곱인 젊은 여성이라는 것을 알면 어떤 얼굴일까.

나는 비로소 일의 성공이 주는 통쾌함을 느끼기 시작한다. 얼마나 멋진 기분인가. 가슴을 꽉 채우며 올라오는 희열, 내 입가엔 어쩔 수 없이 미소가 번지기 시작한다.

그랬다. 그것은 분명 미소였다. 늘 내 입가를 얼룩지게 했던 경멸이나 야유의 냉소가 아니라 이것은 틀림없는 미소였다. 나는 자신에게 미소를 허락했다. 내 생애에 몇 번 되지 않는 허락이다. 인색할 필요가 없다. 나는 쓰러져 있는 백승하를 향해 한껏 미소지었다.

그때, 내 미소에 답하기라도 하듯이, 백승하가 몸을 뒤척였다. 그와 동시에 감시하던 남기의 몸에 탱탱한 긴장감이 감돌았다. 남기는 백승하 곁으로 바짝 몸을 숙였다. 그런 남기에게 나는 가만히 손을 저으며 조심하라는 신호를 보냈다.

부드러운 존재이고 싶었다, 나는.

그와 나의 첫 상면을 부드럽게, 아주 온화하게 치르고 싶었다. 백승하가 운명의 첫 순간을 공포 속에서 맞는 것을 나는 원하지 않았다. 설핏 잠이 들었던 자기 집의 소파에서 깨어나듯이 그가 짧은 휴식의 달콤함 속에서 나를 보기를 원했다.

거기에 다른 이유는 없다. 나는 다만 우리의 긴 대결이 가능하면 아주 부드럽게, 우호적으로, 상호협조 아래 이루어지기를 바라고 있을 뿐이다. 혹은 이제부터 자기와 처절하게 싸워야 할 대상이 의외로 나약하고 부드러운 여자였다는 사실을 깨닫고 그가 방심해주기를 바라는 것일 수도 있다. 나는 언제나 동시에 두 가지 생각을 하는 사람이니까.

한 번 몸을 뒤척인 다음에 다시 그는 잠잠해졌다. 하지만 그 첫 움직임과 두 번째 움직임 사이의 간격은 그리 길지 않았다. 백승하는 곧 이마를 찡그리는 시늉을 했다. 그리고 탄식 같은 어떤 웅얼거림이 그의 입에서 새어 나왔다.

그러지 마. 아마 그런 소리였을 것이다. 그는 두어 번 더 "그러지 마."라고 웅얼거렸다. 남기와 나는 꼼짝하지 않고 그가 깨어나는 과정을 지켜보았다. 이윽고 백승하는 더욱 명료한 발음으로 확실하게 말하였다.

제발, 그러지 말라니까……

혼잣말은 그게 마지막이었다. 그는 어느 순간 거짓말처럼 번쩍 눈을 떴다. 그의 긴 속눈썹이 거침없이 걷히는 것을 나는 똑똑하게 보았다. 그것은 마치 새 세계가 펼쳐지는 어떤 의식 같았다. 나는, 이 강민주는 세상에 태어나서 처음으로 남자의 눈이 아름다울 수도 있다는 사실을 인정했다. 백승하의 눈은 선하고 아름다웠다.

그는 잠시 그대로 있었다. 그는 아마도 정신을 잃기 전의 현실을 되찾지 못하는 모양이었다. 성질 급한 남기가 또 움찔 몸을 움직였다. 나는 단호한 눈짓으로 남기를 제지했다. 길어야 일 분인데 남기는 정말 참을성이 없었다.

정말 채 일 분도 걸리지 않았다. 천장만 올려다보던 그의 시선이 빠르게 움직이기 시작했다. 그는 먼저 나를 보았다. 나를 스쳐 지나던 시선이 남기를 포착했다. 남기를 알아본 것일까, 아니면 본능적인 경계심이었을까. 그는 번개처럼 빠르게 몸을 일으켰다. 그리고 그는 나지막하게 부르짖었다.

"당신들은, 누구요?"

그의 음성은 떨리고 있었다. 공포에 질린 눈도 나는 보았다. 그는 이미 우리의 상대가 못 되었다. 주먹으로만 살아온 남기도 그런 것쯤은 금방 알아챘다. 남기의 입가에 퍼지는 자신만만한 표정, 나는 한껏 느긋해질 수 있다.

"여기가 어디요?"

백승하는 우리 두 사람을 번갈아 쳐다보며 묻는다. 나를 볼 때는 희망이, 남기를 볼 때는 절망이 교차하는 그의 눈빛을 나는 차갑게 지켜본다.

"대한민국 서울이요."

남기가 무뚝뚝하게 그의 질문을 받아넘긴다. 재미있다. 지금의 나는 남기 수준의 유머도 재미있다. 이럴 때 남기는 귀엽다.

"내가 무, 무슨 실수라도, 아니면 사고를 일으켰소?"

그는 어떻게든 상황을 파악해 보려고 계속 질문을 던진다. 남기는 간단하게 고개를 흔드는 것으로 그의 질문을 가볍게 막아버린다. 나는 그런 두 남자를 흥미롭게 바라만 보고 있다. 시간은 넉넉하다. 어차피 나는 무대에 등장해서 오랜 시간 백승하와 대치해야 할 운명이다. 서막을 좀 즐기는 것도 나쁘진 않다. 남기는 아직 잘하고 있으니까.

자신이 던진 물음들이 얼마나 허망한 것인지 이제 그도 눈치를 챈 것 같았다. 백승하는 잠시 막막한 시선으로 우리 두 사람을 번갈아 쳐다보기만 한다. 아마도 자신이 맞닥뜨린 이 알 수 없는 현실을 정리하고자 애쓰는 모양이었다. 나는 그의 잘생긴 이마가 형편없이 구겨지는 것을 구경한다. 일그러진 얼굴도 백승하의 것인 이상 보기에 괴로운 모습은 아니다.

"다, 다른 볼일이 없다면, 나는 돌아가겠소."

그는 역시 영화배우다. 백승하는 애써 태연하게, 이 상황을 아주 호의적으로 해석하겠다는 표정을 지으면서 흐트러진 복장을 매만진다. 남기와 나는 그의 말에 대답하지 않는다. 그런 우리를 미심쩍게 살피다가 백승하는 안간힘을 다해 다음 말을 잇는다.

"촬영이 있어요. 모두 기다리고 있을 거요. 어쨌든 고맙습니다."

참을성 없는 남기가 먼저 비아냥거렸다.

"가 보시지. 갈 테면 가 보라고."

남기의 비아냥거림을 듣는 백승하의 얼굴에 역시, 하는 절망이 스친다. 그래도 그는 마지막 시도를 해보는 어리석음을 보인다.

"그럼."

백승하는 조심스럽게 현관문을 향했다. 하지만 그는 세 걸음도 걷지 못했다. 남기는 아주 간단하게 그의 발을 걸어 백승하를 거실 바닥에 납작하게 쓰러뜨리고 말았다.

"이거, 정말 왜 이래!"

백승하는 불끈 고개를 쳐들고 더는 참을 수 없다는 듯이 버럭 소리를 지른다. 팔짱을 끼고 그런 백승하를 가소롭게 내려다보는 남기.

"당신들 대체 무슨 이유로 나한테 이런 짓을 하는 거요? 누구지? 누가 시켰지?"

제법 기개가 있다. 목소리가 우렁우렁 실내를 흔든다. 겁 없이 남기 앞으로 다가서며 대드는 백승하가 위태롭다. 그러나 나는 또 성난 남자의 얼굴도 아름다울 수 있구나 하는 엉뚱한 생각을 하고 있다.

"이거 봐. 날 이대로 내보내 주면 절대 문제 삼지 않겠지만 안 그러면 경찰을 부를 거야. 당신들 지금 무슨 죄를 짓고 있는지 알기나 해?"

입술을 일그러뜨리며 비죽 웃는 남기, 그 남기의 얼굴을 향해 날아가는 백승하의 주먹.

"억!"

그러나 고꾸라지는 것은 물론 백승하다. 남기는 다시 팔짱을 낀 상태로 되돌아왔다. 하여간 날렵한 솜씨다. 그러나 다시 달려드는 백승하의 고집도 보통은 아니다. 이번엔 남기가 보다 확실하게 그의 어깨를 사정없이 찍어누른다. 그래도 비틀거리며 일어서려는 백승하의 면상에 남기의 주먹이 날아가 꽂힌다.

백승하는 질펀하게 코피를 흘리고 있다. 하얀 와이셔츠를 적시는 붉은 피. 그래도 아직 남기에게 그만두라는 신호를 보내지 않는다. 백승하가 얼마큼 버틸 수 있는지 그것도 미리 점검해 둘 필요가 있다.

"너희들, 정체가 뭐지?"

백승하는 다시 일어서며 부르짖는다. 역시 거침없이 날아가는 남기의 주먹, 쓰러진 그의 등을 짓밟는 남기의 발. 다시 일어서는 백승하, 다시 짓밟아 주는 남기.

백승하는 남기의 상대가 되기엔 너무 약하다. 그는 죽을힘을 다하고 있지만 게임을 관전하는 나로서는 슬슬 지겨워지는 것을 어쩔 수 없다.

피로 범벅이 된 백승하는 비틀거리면서도 악착같이 남기에게 매달렸다. 그만하면 그의 끈기는 확인이 된 셈이다.

"그만."

비로소 나는 종료를 선언한다. 남기는 엉겨 붙는 백승하를 벌레 털 듯 밀쳐 내고 탁탁 손을 턴다.

"욕실로 데려가. 흉측하잖아."

남기는 백승하를 질질 끌고 욕실로 간다. 그 뒤에 대고 나는 조용히 일러준다.

"백승하 씨. 그 사람이 시키는 대로 하세요. 곧 알게 되겠지만, 그것이 당신한테도 좋은 일이니까."

그는 내 말을 알아들었을까. 이윽고 들려오는 수돗물 소리, 남기의 나지막하나 울림이 깊은 음성, 그리고 잠잠. 다시 그의 발악은 없었다.

그사이 나는 어지럽혀진 거실을 말끔하게 치운다. 구겨진 채 바닥에 뒹구는 백승하의 연회색 양복저고리를 치울 때는 기분이 묘했다. 사실을 말하자면 나 역시도 아직은 이 상황이 익숙하지 않은 것이다. 그의 양복저고리를 만지면서도, 욕실에서 들리는 물소리에 귀 기울이면서도, 아주 잠깐 잠깐씩 나는 이 현실이 미덥지가 않았다. 그러니, 백승하야 더 말할 나위가 있겠는가.

하지만 머지않아 백승하도 이 현실을 인정할 것이다. 누구나 다 아는 말이지만, 인간이란 존재는 어떤 상황에서도 적응하여 살아갈 줄 아는 참으로 탄력적인 존재다. 보라, 지금도 이미 그는 얼굴의 지저분한 얼룩을 씻어내는 일에 다소곳하게 협조하고 있지 않은가.

백승하는 벌써 이 강민주에게 사육당하기 시작했다.

집으로 돌아온 시간이 늦기도 했으나 여러 가지 생각이 꼬리를 무는 바람에 쉬 잠을 이룰 수 없었다. 하지만 아침에 눈을 뜨자 나는 다시 솟구치는 기운을 느낄 수 있었다.

일어난 즉시 아파트로 전화를 했다. 백승하는 아직 깬 기척이 없다는 보고. 방문을 밖으로 잠그고 남기도 한숨 눈을 붙였다고 했다.

모든 일은 아무 이상 없이 돌아가고 있다. 나 역시 다른 날과 다름없이 올림픽 대로를 달려 상담소로 출근했다. 오늘은 맛있는 커피를 만들어 주는 박 여사와 함께 일하는 날이다.

"이 커피, 꽤 귀한 것이랍니다. 출근하기 직전에 분쇄해서 가져왔어요. 향기가 특별할 겁니다."

박 여사의 말대로 오늘 커피의 향기는 특별했다. 귀한 원두가 아니라 해도, 그리고 일 년을 묵은 커피라 해도 오늘 아침의 나에게는 특별했겠지만.

커피를 다 마시자 기다렸다는 듯이 내 순서의 전화가 걸려온다. 15년 동안 살림만 살았던 주부인데 이혼을 하려니까 남편이 재산을 한 푼도 나눠줄 수 없으니 알아서 하란다는 이야기다. 집과 약간의 땅이 모두 남편의 명의이고 사실상 자기는 결혼 15년 동안 전업주부로 살아 전혀 수입이 없었으니 할 말이 없는 것도 사실이나, 자기도 남편의 박봉을 쪼개 적금을 붓고 재산을 늘리느라 마음 놓고 돈을 써보지 못했으므로 너무 억울하다는 상담이다.

그 남편의 말씀인즉슨 이런 것이었다.

남의 집 여자들은 부업이다, 맞벌이다 해서 잘도 벌어오는 돈을 너는 집에 들어앉아 쓰는 것밖에 모르지 않았느냐. 그런 주제에 이제 와서 재산의 얼마라도 달라는 뻔뻔한 소리가 입 밖으로 나오다니, 나는 그저 기가 막힐 뿐이다. 내 말은, 그동안 완전 공짜로 먹고산 것에 백번 고맙다고 인사한 후 조용히 빈손으로 이 집을 나가야 그나마 염치를 아는 인간이란 말씀.

아직도 이렇게 세상 물정 모르는 남자가 있었나. 나는 세상천지 모르고 자기 마음대로 떠드는 그녀의 남편을 한번 보고 싶어진다. 만나서 얼굴에 대고 개정된 재산분할 청구권의 내용을 낱낱이 읽어주고 싶다.

하기야 올해부터 시행되는 개정민법 이전에는 이런 경우 아내는 빈손으로 이혼당해야 했다. 부부의 재산분할권이 인정되지 않았기 때문이다. 주부가 가사노동에만 종사했다 하더라도 공동의 재산 축적에 기여한 것이 분명한데 그것을 전혀 인정하지 않았다. 마치 지금 상담 중인 여자의 남편과 똑같은 태도를 우리가 '법'이라 부르는 것이 취하고 있었다.

그러나 이제는 아니다. 이혼하는 부부는 2년 이내에 재산분할 청구권을 낼 수가 있다. 물론 부부간 합의로 사이좋게 재산을 나누어 가지면 그만이지만 합의가 어려울 때는 가정법원에 청구하면 된다. 법원에서는 각자의 기여도를 참작해서 금액과 조정 방법을 정해준다.

개정된 가족법의 내용 중에 부부의 재산 분할권이 인정되는 조항의 신설은 특히 나처럼 상담에 종사하는 사람들에게는 그야말로 속이 다 후련한 일이었다. 그동안 남편에게 부당한 대우를 받으면서도 단지 경제적 독립에 대한 불안으로 참고 살아왔던 여성들에게 이제는 당당하게 말해줄 수 있게 된 것이다. 얼마든지, 주눅들지 말고, 거침없이, 자신의 몫을 요구하라고 강조하고 또 강조하며 상담을 끝낸다.

오늘 나는 거기에 하나 덧붙여서 상담을 끝냈다. 남편의 부정행위나 부당한 대우에 대한 위자료도 따로 청구해 꼭 받아내라고. 그것은 재산분할과는 별도로 당신이 받아야 할 정신적 상처의 치료비라고.

상담을 마치고 나니 박 여사가 얼른 끼어든다.

"강민주 씨, 정말 옆에서 듣는 나까지 다 속이 시원해지네. 지금 그 여자 말이야, 설령 이혼하지 않더라도 오늘 민주 씨 전화로 꽹 장한 위안을 받을 거야. 법적으로 그만큼 보호받는다는 느낌은 이 혼 여부와는 관계없이 실질적으로 많은 힘이 되거든. 아니, 오히려 이혼율을 낮추는데 기여할 수도 있어. 언제라도 이 재산을 나누어 서 따로 살면 된다고 생각하면 충동적인 마음을 가라앉히기 쉽잖 아. 그러다 보면 시간이 흘러서 뜻밖에 사이가 좋아지는 경우도 있 으니까."

그러나 나는 박 여사와는 생각이 다르다. 남자가, 이미 검은 발 톱을 드러낸 남자가 '뜻밖에' 회개하는 경우는 결코 많지 않다. 아 니, 절대 없다. 만약 있다면 그것은 남자가 모든 것을 잃었을 때다. 모든 것을 다 잃고 나면 가증스럽게도 다시 여자 마음을 얻어 기대 보려는 것이 남자들이란 족속이다.

검은 발톱은 부러진 것이지 사라진 것이 아니다. 게다가 발톱은 다시 자란다. 그것을 잊어서는 안 된다. 인간은 특히 남자는 여자 에 대해 반성할 줄 모른다. 알고 있더라도 실천할 생각은 눈곱만큼 도 없는 것이 남자다.

하지만 난 늘 그렇듯이 내 생각을 입 밖에 내어 말하지 않는다. 박 여사처럼 이미 좋은 게 좋다는 관념에 젖은 구세대한테는 도무 지 먹혀들지 않는 소리라는 것을 나는 잘 알고 있다.

좋은 게 좋다니.

나는 평소 그런 소리를 가장 싫어한다. 도대체가 앞의 좋은 것은 무엇이고 그래서 얻어진 뒤의 좋은 상태는 무엇이란 말인가. 그것은 마치 바보들의 대화처럼 들린다. 논리나 분석은 전혀 없는, 이해조차 불분명한 말장난들.

그러다 나는 문득 어젯밤 나 또한 그런 투의 말을 사용했던 것을 떠올리고 아차, 가만히 부르짖는다. 백승하가 반항하면 할수록 남기한테 상처를 입게 된다는 것을 경고하는 의미에서 내가 한 말.

그 사람이 시키는 대로 하세요. 나중에 알게 되겠지만 그것이 당신한테도 좋을 테니까.

그런 말은 남기에게 엉겁결에 배운 것이다. 이성은 없고 감정만 있는 폭력의 세계에서는 그런 식의 언어가 횡행한다. 그것은 협박일 수도 있고 회유일 수도 있다. 이런 모호한 말로 굴복시키기엔 백승하는 좀 예민한 인물이다. 나는 그가 영화배우로 성공할 정도의 예민한 감수성을 가졌음을 인정해야 한다.

그 길만이 우리 두 사람이 사이좋게 나머지 길을 동행할 수 있는 유일한 방법이다. 나는 생각했다. 나와 그 사이에 어떤 방식의, 그리고 어떤 수준의 대화와 내용이 오가야 하는지를. 우리는 미개인이 아니다. 적어도 '인간다운 대화'는 할 수 있어야 한다.

나는 순간순간 자신도 모르게, 두고 온 백승하에 몰두하고 있다. 그런 때는 저절로 입가에 미소가 스친다. 물론 이 미소는 아무도 훔쳐보지 않지만 나는 빠르게 미소를 수습하는 것도 잊지 않는다.

어린 시절의 어떤 순간에도 이런 기분이었던 때가 있었다. 강팍하고 거친 유년을 보냈으나 그런 사람에게도 회상할 추억은 한두 가지 있기 마련이다.

아마도 아버지란 이름의 사내에게 시달림을 당하던 시절의 기억일 것이다. 그날 나는 태어나서 처음으로 동화책이란 것을 선물로 받았다. 학교에서 우등생에게 주는 상품으로였다. 초등학교 입학해서부터 늘 우등상을 받으며 학교에 다녔지만 시골 학교라서 그간에는 공책 두어 권 나눠주는 것이 다였다.

그러나 5학년 담임을 맡았던 젊은 여선생님은 학기 말에 자신의 돈으로 직접 동화책을 사서 학급의 우등생들에게 선물했다. 그것도 예쁜 꽃종이로 정성스럽게 포장해서 한 사람 한 사람 불러내 머리를 쓰다듬으며 손에 쥐여주었다.

그해 우등상으로 동화책을 받는 아이는 나까지 모두 다섯이었다. 그중 여자아이는 학부모회 회장 딸하고 나, 두 사람이었다. 나는 곧장 집으로 달려와서 꽃종이 포장지를 조심스럽게 풀었다. 그때도 어머니는 행상으로 늘 집에 없었던 탓에 나 혼자였다.

포장지를 풀자 빳빳한 표지의 동화책이 나왔다. 나는 소리 내어 책의 제목을 읽어보았다.

괴도 루팡.

선생님이 준 동화책은『괴도 루팡』이었다. 나는 그것이 어떤 내용인지 몹시 궁금했으나 며칠간은 앞의 차례만 훑어보고 책장을 덮곤 했다. 학년말 방학이라서 학교도 가지 않았고, 숙제도 없었는데, 나는 그렇게 내내 호기심을 키우기만 했다.

그리곤 입가에 감도는 미소를 어쩌지 못해 혼자 씨익 웃곤 했다. 아이들과 놀다가도, 엄마를 따라 윗마을로 장사를 가면서도, 밤에 자다 깨어서도, 나는 혼자 마음이 벅차 슬그머니 웃었다. 아직은 읽지 않았지만, 마음만 먹으면 진짜 재미있는 이야기를 들려줄 동화책을 서랍 속에 넣어두었다고 생각하면 그렇게 자꾸만 미소가 피어올랐다.

드디어 책을 한 장 한 장, 아껴가며 읽을 때는 그 기쁨이 오히려 상상보다 못하였다. 물론『괴도 루팡』은 단숨에 읽지 않고는 못 배길 만큼 흥미진진한 책이었지만 읽어버린 페이지가 많아질수록 커지는 아쉬움을 어린 나로서는 이겨내기가 몹시 힘들었다.

『괴도 루팡』에 관한 추억은 그것이 전부가 아니다. 학년말 방학을 마치고 학교에 갔을 때, 다른 학년의 담임을 맡은 그 여선생님이 복도를 지나던 나를 불렀다.

"강민주, 선생님이 준 동화책 제목이 뭐였니? 네게로 혹시『괴도 루팡』이 가지 않았어?"

나는 조그만 목소리로 그렇다고 대답했다. 그러자 그 여선생은 깔깔대며 웃기 시작했다. 나는 영문도 모른 채 그녀의 웃음이 멈추기를 기다렸다. 한참을 웃던 여선생은 자신이 웃는 이유를 설명해 주었다.

"글쎄, 홍창호 그 녀석이 아까 나를 보더니 선생님은 왜 계집애들이 읽는 동화책을 주었냐고 볼멘소리를 하지 않겠니? 난 여자애들한테는 『알프스의 소녀』를 주고 남자애들한테는 『괴도 루팡』을 주었거든. 그러니까 네 책과 창호 책이 바뀐 거야. 그래, 재미는 있었어?"

훗날 『알프스의 소녀』를 읽었지만, 호기심을 부풀리며 야금야금 아껴서 읽었던 『괴도 루팡』과는 비교할 수도 없을 만큼 전혀 내 취향이 아니었다. 『알프스의 소녀』는 여자애가, 그리고 『괴도 루팡』은 남자애가 읽어야 한다고 생각했던 그 여선생을 경멸하기 시작한 것은 중학교에 입학해서였다. 가사 시간에 바느질과 요리를 가르치면서 걸핏하면 여자니까 당연히 이런 공부를 잘해야 한다고 강조하던 나이 많은 가사 선생과 그 여선생을 나는 똑같은 차원에서 경멸했다.

하지만 서랍 속에 읽지 않은 책을 넣어두고 모른 척 밖에 나와 아이들과 놀던 그때의 설레는 미소까지 경멸한 것은 아니었다.

그랬다면 동화책의 추억이 내 회상 목록에 담겨있지도 않았을 것이다. 나는 내 기억의 저장 창고를 아주 철저하게 관리하는 사람이니까. 사람이 평생을 살며 저장해야 할 기억은 무수히 많은 법이다. 우리는 무의식중에 그것을 선별하고 취사선택해서 회상의 목록을 만든다. 나의 무의식은 이런 일에 아주 까다롭다. 즐겁고 아릿한 것만 추억하고 살기에도 짧은 삶이 아니던가.

백승하.

이제 나는 내 회상의 목록에 서서히 백승하를 저장하기 시작한다. 이미 말했듯이 이 기억이 훗날 경멸로 사라지기를 나는 원하지 않는다. 그러기 위해서는 나는 물론이거니와 백승하 그도 협조를 아끼지 않아야 한다.

나는 알고 있다. 우리 두 사람의 여행이 어떻게 해야 즐겁고 흥미진진한 내용으로 가득 차게 되는지를. 모쪼록 내가 원하는 것은 백승하, 그도 이 여행에 즐겁게 동참해주는 것이다.

그가 바보가 아니라면 나의 이 기대를 깨지 않을 것이다. 한번 시위를 벗어난 화살은 어디에든 떨어지게 되어있다. 그도 기왕이면 과녁을 맞히고 싶을 것이라 나는 믿는다. 그만한 정도도 가늠하지 못하는 바보를 게임의 상대로 고를 만큼 어리석은 나는 결코 아니니까.

저녁.

다시 아파트.

남기는 백승하가 하루 동안 어떻게 지냈는지 나에게 상세히 보고한다. 오늘도 그는 남기에게 죽지 않을 만큼 맞은 모양이었다. 남기는 그가 보기보다 얼마나 끈질긴지에 대해 주로 보고한다.

"글쎄, 욕실에서 나오면서 면도용 비누 거품을 숨겨왔나 봅니다. 그것을 내 눈에 뿌리는 바람에 녀석이 현관문 여는 것을 막는데 한참 애를 먹었습니다. 그래서 할 수 없이 이걸 보여주고 을러 댔죠. 그랬더니 좀 잠잠해졌습니다."

남기가 보여준 것은 날카롭게 날이 선 칼이다. 손잡이 부분의 단추를 누르면 빛을 뿜는 칼날이 튀어나오는 그것이 남기의 손에 있기만 하면 바야흐로 천하무적이다. 백승하가 그것을 보았다면 앞으로 쓸데없는 만용을 부리는 짓은 삼가게 될 것이다.

남기의 보고를 다 들은 다음 나는 안방 문을 세 번 노크했다. 내가 들어간다는 신호는 앞으로 이것이다. 백승하는 이제 나에 의해 길들여진다. 그것의 시작은 세 번의 노크가 된다.

그는 침대에 앉아 똑바로 나를 쳐다보았다.

"기분이 어떠신가요?"

나는 빙글빙글 웃으며 그에게 인사를 건넨다.

"식사를 거의 안 하셨던데 저 애 음식 솜씨가 마음에 안 드시던가요?"

백승하는 경계를 풀지 않고 나의 낭랑한 음성을 마치 연구하듯이 듣고 있다. 아직 얼굴은 부어 있고 낮에 새로 생긴 상처 부위는 벌겋게 성이 나 있다. 하룻밤 사이 그의 얼굴은 많이 초췌해졌다. 단 하루를 방치했는데도 수염이 몹시 꺼칠하다.

"이 방에 있는 모든 물품은 전부 당신을 위한 것입니다. 당신 혼자의 것이니까 언제라도 자유롭게 사용하시고 필요한 물건이 있으면 마음 놓고 말해주세요. 당신은 나의 손님이고, 손님을 불편하게 하는 것은 예의가 아니니까요."

나는 이제 당신이 말할 차례라는 뜻으로 그를 정면으로 응시했다. 그는 나의 시선을 피하지 않았다. 그리고 나지막한 목소리로, 흡사 웅얼거리듯이 이렇게 말했다.

"난 돌아가고 싶소. 그것 외엔 아무것도 필요하지 않아요."

"아, 내가 미처 말씀을 안 드렸군요. 우리 사이에 어떤 대화도 다 가능하지만 단 한 가지, 내가 먼저 말하기 전에 당신이 먼저 이곳을 떠나고 싶다는 의미의 발언을 해서는 안 돼요. 그런 말을 나누기 시작하면 서로가 피곤해지니까. 그리고 나는 당신을 보호하는 것만으로도 상당히 신경을 혹사하는 중이라 더 이상의 피곤은 사양할 수밖에 없어요. 아시겠어요?"

그는 어처구니가 없다는 표정을 숨기지 않고 나를 보았다. 나는 그가 무방비 상태에서는 입을 벌린다는 새로운 사실을 발견했다. 천하의 백승하라 해도 지금의 저 표정은 정말 지저분하다. 사람들에게 지금의 백승하를 보여주고 싶을 지경이다.

나는 할 말을 다 했으므로 방문을 연다. 그러자 다급한 그의 목소리가 나의 행동을 제지한다.

"이것 봐요, 잠깐만 내 이야기를 들어봐요."

할 말이 있으면 해보라는 듯 나는 팔짱을 끼고 그를 향해 돌아섰다. 그는 두서없이 이야기를 시작한다. 단호하고 지적인 분위기의 역할만 단골로 맡은 백승하의 이런 모습은 정말이지 흥미진진하다.

"왜 나를 가두어 놓는지 이유만이라도 알고 싶소. 아니, 밖에 있는 저 남자와 당신의 정체는 뭐요? 사실, 뭐랄까, 그래요. 나는 이런 일이 일어날 수도 있다는 것이 지금도 믿어지지 않아요. 아내에게 전화할 수 있으면 좋겠소. 그, 그런데 당신은 누구요? 언제까지 내가 여기에 있어야 하는지 당신은 알고 있는 것 같은데, 그렇지요? 내가 전에 당신을 만난 적이 있습니까? 당신은 나를 잘 아는 사람이요? 내가 당신에게 어떤 짓을 했는지 말해줄 수 있소?"

밑도 끝도 없는 그의 질문을 자른 것은 나였다.

"백승하 씨, 룰을 지켜요. 아까 경고했죠? 우리 둘 사이에 이런 대화는 용납이 안 된다고."

"제발, 이야기를 합시다. 무슨 말이든 나에게 좀 해줘요."

나는 싸늘한 시선으로 그를 노려보다가 방을 나와 버린다. 어쩔 수 없을 것이다. 그가 나에게 익숙해지기 전에는 종종 저런 식의 히스테리를 부리겠지. 어느 순간 따끔한 맛을 보이겠지만 지금은 참아주겠다.

"식사 안 하셨죠? 어떻게 할까요?"

남기는 만약을 위해서 방문 앞에 대기하고 있다가 내가 나오자 묻는다.

"넌?"

"저야 일찍 먹어치웠죠. 저 친구는 안 먹었고요."

"알았어. 저녁 준비하는 동안 잘 지켜."

나는 주방에서 식사를 준비한다. 이 인분. 백승하와 나의 저녁 식사다. 우리 두 사람의 식사인 까닭에 남기를 시키지 않고 내가 한다. 나는 그를 이 식사에 초대할 것이다. 먹고 안 먹고는 그의 자유에 맡긴다. 다른 모든 것은 강제로 끌고 가겠지만 밥만큼은 온전히 그의 선택에 맡기겠다. 음식물까지 강제로 섭취케 한다는 것은 짐승의 짓 같아서 싫다.

나는 콧노래를 흥얼거리며 밥을 안치고 찌개를 끓인다. 내 입에서 나오는 곡조는 조지 윈스턴의 '가을'이다. 내 입에서 흘러나오는 곡조와 내 손의 날렵한 움직임에 취한 남기의 검은 얼굴에서 광채가 난다.

남기는 한결같다. 한결같이 나에게 열렬하다. 물론 나는 전혀 관심 밖이다. 저 애는 나를 처음 만났을 때부터 그랬다. 나를 보자마자 얼마간 눈을 떼지 못하다가, 이윽고 정면으로 나를 응시하지 못하는 증상을 보였다. 지금까지도 그는 나와 눈을 맞추고 10초 이상 대화를 할 수가 없다.

남기는 스물한 살에 나의 어머니를 만났다. 회현동 뒷골목에서 이름난 암달러상이었던 나의 어머니는 일종의 경호원 역할을 남기에게 맡겼다. 그럴 수밖에 없었던 것이 어머니는 그즈음 여러 차

례 강도에게 당하고 있었다. 게다가 집에는 딸뿐이었다. 손님 알선
으로 몇 번 남기를 접했던 어머니는 모녀에게 사람 울타리가 필요
하다는 판단으로 그를 자기 사람으로 삼았다.

주변 사람들에게 알려진 것보다 훨씬 재산이 많았던 어머니는
실제로 누군가의 도움이 필요한 단계에 도달했다. 직업 자체가 위
험 부담이 높기도 했다. 나는 암달러상 어머니를 싫어하지도 않았
지만, 어머니와 나의 삶은 별개라는 생각으로 어머니 일에는 전혀
관여하지 않았다.

어머니가 남기를 택했을 때는 모두 그만한 믿음이 있어서였다.
생전에 어머니는 누구에게도 남기에 관한 험담을 하지 않았다. 남
기는 어머니가 가장 싫어하는 주먹세계에 몸을 담고 있었지만 그
것도 남기에 한해서는 늘 너그러웠다. 주먹으로 혼내줘야 할 인간
도 있는 법이라고 어머니는 말하곤 했다.

대학 2학년이었던 그때, 아마 여름이었을 것이다. 나는 무슨 일
인가로 늦게 귀가했다. 그 무렵엔 정원이 넓은 집에서 살았으므로
대문을 지나고도 정원을 가로질러 현관문을 열기까지는 약간의
시간적 간격이 있었다.

내가 현관문을 열었을 때, 남기는 초인종 소리를 듣자마자 취했
을 자세 그대로 나를 기다리고 있었다. 한쪽 손에는 먹던 수박을
들고 다른 한 손으로는 탁자를 짚은 채 엉거주춤 서지도 앉지도 못
하던 그 애는 정작 나를 보더니 얼굴이 새빨개졌다. 검고 붉은 남

자의 얼굴을 한참 바라보던 나, 시선을 처리하지 못해 갈팡질팡하던 그, 우리의 첫 상면은 이랬다.

지금도 나는 그때의 새빨간 남기 얼굴을 선명하게 기억하고 있다. 남기는 그때 이후 나만 보면 늘 얼굴을 붉혔다. 동갑이라지만 나보다 훨씬 아저씨 같은 우람한 체구의 남자가 내 앞에서 쩔쩔매는 것을 구경하는 일은 별로 나쁘지 않았다. 그리고 얼마 지나지 않아 나는 이 바위 같은 남자를 어떻게 다뤄야 하는지 아주 자연스럽게 터득해버렸다.

요즘이야 나를 만나도 남기의 얼굴이 새빨갛게 물들지는 않는다. 대신 그 검은 피부가 반들거리도록 빛을 발하는 쪽으로 바뀌었다. 나는 그 광채의 이유를 알지만 여태 그랬듯이 앞으로도 내버려둘 판이다. 생각해 보라. 얼굴에서 빛이 나는 것까지 내가 상관할 일이 무엇인가 말이다.

식탁을 다 차렸다. 찌개에 숭숭 썬 파를 집어넣고 나는 백승하의 방으로 갔다. 그리고 세 번 노크.

"저녁 식사에 초대합니다."

백승하가 절망에 가득 찬 표정으로 나를 본다.

"식탁에 앉는 것까지는 명령입니다. 그다음은 당신 마음대로지만."

내 말에서 무슨 희망을 발견했는지 백승하는 벌떡 일어나서 방을 나온다. 그 뒤를 그림자처럼 남기가 따른다.

"앉으세요."

나는 식탁 의자를 뒤로 빼준다. 그는 잠자코 의자에 앉는다. 끓고 있는 찌개 냄비를 식탁 한가운데 받침 위에 내려놓고 나도 그의 맞은편에 앉는다. 남기는 백승하의 등 뒤에 서 있다. 저녁 식사의 풍경치고는 좀 이상하지만 하는 수 없는 일이다. 쫓기는 자는 언제 어디서고 구멍을 노리는 법이므로.

"드세요."

내가 먼저 수저를 든다. 백승하도 손가락으로 수저를 만지작거린다. 그러나 좀체 그것을 들어 올리지는 않는다. 나는 관계하지 않고 천천히 늦은 저녁 식사를 즐긴다. 나는 후닥닥 밥을 먹어치우는 스타일이 아니다. 그런 모습은 너무 천박하다. 그래서 남기도 내 앞에서는 뜸을 들였다가 숟가락질을 하느라고 애를 썼다.

내 밥공기가 반이나 비도록 백승하는 여전히 자신의 수저를 만지거리고만 있다. 내가 그의 손을 흘낏 노려보자 남기가 재빨리 백승하의 등을 쿡 찔렀다.

"그냥 둬. 이봐요. 백승하 씨. 미리 말해 두지만 나는 두 번씩 권하는 짓은 하지 않아요. 특히 식사 같은 것은 더욱."

나는 그를 개의치 않고 식사를 계속한다. 가끔 국물도 떠먹으며, 입안의 것을 씹는 동안에는 마주 앉은 백승하의 초라한 모습을 감상도 해가면서.

이상한 일이지만 오늘 저녁밥은 다른 날보다 특히 맛있다. 나는 오늘 백승하와 함께한 저녁 식사가 썩 좋았다고 평가하며 식후의 물 한 잔을 달게 마신다. 내가 식사를 다 마친 것을 안 백승하도 만지작거리던 숟가락을 놓는다. 제법 이제는 이곳에, 아니 나에게 익숙해졌다는 것을 그 동작이 말해준다.

잠시 후, 나는 커피잔을 들고 다시 그의 방을 방문했다. 그는 죽은 듯이 침대에 엎드려있다가 노크 소리가 나고 내가 들어서자 그제야 몸을 일으켰다. 온종일을 굶었으니 기운이 없을 법도 했다. 백승하의 커피를 마련하지 않은 것은 그의 빈 위장을 고려해서였다.

그는 잠자코 침대 머리맡의 담배를 집어 들었다. 나는 커피를 마시고 그는 담배를 피웠다. 남자가 피는 담배 연기, 식후의 커피 한 잔, 나는 이 고요함을 즐기기 위해 아무런 말도 하지 않았다.

우리는 마치 말다툼을 하고 난 부부처럼 그렇게 침묵 속에서 각자의 것을 마시거나 피우기만 했다. 이 시간이 지나면 나는 내 집으로 돌아간다. 그리고 다시 내일 저녁이 되어야 그를 만나게 될 것이다.

나는 내일쯤 소장을 만나야겠다고 계획을 세운다. 어차피 그만둬야 할 상담소, 빠를수록 좋을 것이다. 남기에게만 감시를 맡기는 것도 위험하다. 이 남자를 위해서도 그렇다. 백승하에게는 장승 같은 남기보다 감정과 논리가 풍부한 내가 더 필요할 것이다.

내가 앞날의 계획에 빠져있는 사이 백승하는 필터까지 타들어간 담배를 재떨이에 비벼 끈다. 그리고 체념이 가득한 음성으로 내게 묻는다.

"오늘 밤도 여기서 지내야 하는 거요?"

"물론이지요."

"내일도?"

"모레도, 그다음 날도 당신은 여기에 있을 거예요."

"왜, 왜요?"

"경고합니다. 당신은 또 룰을 어겼어요."

나는 빈 커피잔을 들고 일어났다. 백승하는 울컥 치솟는 것을 참는 듯 갑자기 고개를 푹 숙인다. 나는 그런 그를 버려두고 방을 나와 밖에서 자물쇠를 건다. 그때 안에서 둔탁한 소리가 들린다.

무엇인가 방문에 던진 모양이었다. 방음시설 덕분에 요란스럽지는 않았지만 힘껏 악을 쓰는 소리는 좀 거슬린다. 잠시 뒤에는 문짝을 걷어차기라도 하는 양 내 눈앞에서 방문이 덜컹덜컹 흔들리기도 한다.

"저 자식이……."

남기가 자물쇠를 열고 방으로 뛰어들려는 것을 내가 막는다.

"내버려 둬. 정신건강을 위해서도 그냥 봐주는 것이 좋을 거야. 그러면 적어도 딴생각을 하지는 않지."

정신의 에너지는 이동한다. 지금 폭발한 에너지는 결국 심연으로 가라앉게 되어있다. 폭발의 기회를 얻지 못한 에너지는 자해의 형태로 나타나는 수가 많다. 백승하라고 해서 다른 정신구조를 가진 것은 아니다. 그도 결국은 정신적으로 분석되는 유기체에 불과하다. 그리고 나는 지금 이 유기체의 정신분석에 흥미를 갖고 그것을 연구하는 심리학 전공의 대학원생이다.

나는 방문에 기대어 그의 발작이 일으키는 소리를 듣는다. 그의 앞이마를 가리고 있을 흐트러진 머리카락을 상상하면서, 분노에 일그러진 입술의 명료한 선을 떠올리면서, 나는 그의 발작조차도 음미하듯이 감상한다.

백승하, 너는 날뛰어라. 나는 그것을 감상한다. 너에게는 불행이겠지만, 너와 나의 관계는 바로 이런 것이다.

길들여진다는 것.

너는 나에 의해서, 나는 너에 의해서.

사춘기의 첫 느낌을 표현하는 연서에 단골로 등장하는 이런 문구는 다 아시다시피 여우의 말이다. '어린 왕자'를 만난 여우는 길들여지는 것에 대하여 저 유명한 한 말씀을 남긴다.

……나한테 너는 지금으로서는 십만이나 되는 다른 사내아이와 별로 다를 게 없는 사내아이일 뿐이지. 따라서 나는 네가 없어도 아무런 상관이 없어. 너 역시 내가 없어도 아무런 상관이 없을 거야. 네게 있어서 나는 십만이나 되는 다른 여우와 똑같을 뿐이니까. 하지만 네가 나를 길들이면 우리는 서로 떨어질 수 없게 된

단다. 너는 내게 있어서 이 세상에서 단 한 사람이 되는 거고, 나는 네게 있어서 둘도 없는 여우가 되는 거지……

그러나 나는 지금 연서를 쓰는 것이 아니다. 그래서 새삼스럽게 『어린 왕자』를 인용하는 것이 아니다. 나는 다만 일방적인 길들이기에 대하여 생각하고 있을 뿐이다.

백승하를 길들이기.

나는 백승하란 나무에 물을 주고 햇빛을 준다. 그는 내가 주는 물과 햇빛에 의해 길들여진다. 나는 그에게 특별한 존재가 된다. 그러나 그는 나에게 포로 이상의 특별한 의미를 지닐 수 없다. 이 일방통행이 우리의 주어진 관계이다.

백승하는 아직 이 관계를 인정하지 않는다. 그는 여전히 나의 의도적인 훈련을 거부한다. 그는 아직도 세상이 자기를 구하러 달려올 것이란 믿음을 버리지 않고 있다. 그는 여전히 나 말고 세상에 길들여지기를 원한다.

햇살이 눈 부시다.

나는 그에게 햇빛을 보여주고 싶어진다. 거실 깊숙이 들어온 영롱한 빛줄기를 보여주었으면 하는 마음이 든다.

세 번의 노크.

블라인드를 올리지 않은 방은 그대로 동굴이다. 그는 문을 등지고 앉아 있다. 남기의 보고에 의하면 종일 그렇게 앉아서 방바닥에 무언가를 쓰고 또 쓰는 것이 백승하의 일과라고 했다. 그러나 나는 방바닥에 앉아 있는 그의 모습을 처음 본다.

하기야 낮에 그를 보는 일도 사실은 처음이다. 나는 어제 날짜로 상담소의 상근 상담원 자리를 버렸다. 여전히 본인을 소중한 여성 지도자라고 생각하는 상담소 소장은 학교 선배로서의 부탁이니 아주 발을 끊지는 말고 가끔 나와서 관리를 해달라고 했다. 나는 소장의 부탁을 받아들였다.

물론 후배로서 소장의 부탁을 받아들인 것은 아니다. 나는 절대로 그런 관계에 얽매이지 않는다. 상담소에 적을 두는 것이 여러모로 내 일에 도움을 줄 것이라는 판단 때문이었다. 어쨌거나 이제 나는 백승하를 통한 내 계획의 실현에 철저하게 매달릴 것이다.

드디어 본격적인 시작이 도래했다. 나는 그 시작을 사뭇 우아하게 해보기로 한다.

"나오세요. 방에만 있는 것은 건강에도 안 좋아요."

부드러운 내 목소리에 백승하의 등이 움찔 움직인다. 문 열리는 소리에도 뒤를 돌아보지 않았던 그는 으레 남기려니 했던 모양이다. 나는 이 작은 반응에도 희망을 본다. 어쨌든 그도 우리의 관계에 길들고 있다는 것이니까.

돌아보는 그의 얼굴이 몹시 수척하다. 나는 문을 열고 그가 일어나 움직이기를 기다린다. 그는 다시 고개를 돌리고 아까처럼 방바닥을 손가락으로 문지르는 일만 계속한다. 내 말에 따를 생각이 전혀 없다는 뜻이다.

　말로 우리를 설득할 수 없다는 것을 깨달은 백승하는 두 번째 밤을 지낸 후 입을 봉해 버렸다. 묻는 말에도 전혀 대답하지 않아서 성질 급한 남기에게 적잖이 얻어터지기도 했다.

　백승하는 의외로 고집이 센 인간이었다. 나는 그가 경박하지 않다는 점에서 그 고집을 미워하지 않았다. 말하고 싶지 않을 때는 말하지 않게 해야 한다. 남기는 아직 그런 심리적인 문제에 서투르다. 남기에게는 침묵하는 포로 따윈 여간 성가신 게 아니다.

　"햇볕이 하도 따스해서 해바라기나 하라는 뜻이었어요. 싫으면 그만두죠."

　나는 그의 등에 대고 말을 한다. 내가 말을 할 때는 방바닥을 문지르며 무위의 글씨를 새기는 그의 손가락이 잠시 멈춘다. 그는 말을 하지 않는 대신 저 손가락 글씨로 속말을 다 뱉어내고 있는지도 모른다.

　그의 속말은 세상을 향하고 있다. 몸은 이 강민주에게 묶여 있으면서도 마음은 아직 세상에 속해 있는 것이다. 나는 그것을 알고 있다. 그가 종일 방바닥에 쓰고 또 쓰는 글들이 세상을 향해 보내는 긴급 구조 신호라는 것도 나는 알고 있다. 대신 그는 말을 포기했다.

　그는 침묵으로 나의 사육에 저항한다. 그는 침묵 속에서 홀로 기다린다. 그가 무엇을 기다리는 것인지도 나는 안다. 그러나 백승하가 기다리는 일은 아직 감감무소식이다. 세상은 아직 백승하의 구조 신호를 접수하지 못했다. 내가 마음만 먹으면 세상은 영원히 이 잘생긴 영화배우를 잃을 수도 있다. 모든 것은 내 수중에 있다.

"필요한 것이 있으면 언제라도 말하세요."

나는 묵비권을 행사하는 그에게 얼마든지 너그러울 수 있다. 마찬가지로 나는 언제라도 그를 학대하고 억압할 수 있다. 그는 나의 포로이고 나는 그의 주인이다. 주인은 언제 어떻게 마음이 바뀔지 모르는 존재다.

하지만 백승하는 가엾게도 이 사실을 깨닫지 못한다. 그는 마치 철부지처럼 굴고 있다. 내가 언제까지 너그러울 것이라고 믿는다면 큰 오산이다. 나는 하염없이 움직이는 그의 기다란 손가락을 한번 노려보고 방을 나온다.

"무슨 꿍꿍이속인지 모르겠네요. 일주일이 넘도록 이렇게 잠잠할 수가 있어요? 저 정도 되는 인기배우라면 세상이 발칵 뒤집히고도 남을 텐데 왜들 조용하지요?"

거실에서 신문을 보던 남기는 벌써 몇 번째인지 모를 질문을 다시 하고 있다.

"방심하면 안 돼. 이미 시작했을 거야."

남기는 아마 화끈한 신문기사를 볼 수 없는 것이 여간 불만이 아닌 모양이다. 좀 왁자하게 떠들어 주면 온종일 처박혀 지내는 지루함을 견디는 데 도움이 될지도 모른다. 그런데 너무 조용하다.

우리는 모든 일간지와 스포츠 신문, 그리고 주간지까지 샅샅이 뒤지고 있다. 그러나 백승하가 실종됐다는 기사는 어디에도 단 한 줄 실리지 않았다.

다소의 위험이 있을 것을 잘 알면서도 나는 남기가 충무로 바닥의 졸개들에게 정보를 얻는 일을 허락했다. 하지만 영화판에 어떤 의외의 사건이 있다는 소식은 전혀 건질 수 없었다.

누군가 백승하의 실종을 의도적으로 덮고 있는 것이 확실했다. 아직은 소속사 차원에서 자체적으로 실종 경위를 탐색하고 있을지도 모른다. 이미 경찰이 개입했어도 실종 당사자가 백승하라면 일단 비공개 수사로 시작했으리라. 어떤 내용의 사건이 된다 해도 사회에 일으킬 파장이 어마어마하기 때문에 섣불리 오픈할 수가 없을 것이다. 벌써 일주일, 이미 경찰의 손으로 넘어갔다고 보는 것이 정확한 판단이리라.

그러나 머지않았다. 언제까지 사건을 감추고 전전긍긍할 수는 없을 것이다. 모든 신문과 방송이 하루 스물네 시간 온종일, 하나에서 열까지 백승하를 해부할 날이 머지않다.

"남기야."

나는 냉장고에서 맥주캔 하나를 꺼내며 남기를 부른다. 백승하 방문 앞, 감시원 의자에 앉아 있던 남기는 민첩하게 내 앞으로 달려온다.

"너도 한 잔 마실래?"

"아닙니다."

남기는 단호하게 고개를 흔든다. 나도 남기와 더불어 대작할 생각은 없다.

"열흘만 기다리자. 열흘 후에도 신문이 우리를 심심하게 하면, 그때는 우리가 나서는 거야. 알겠니? 우리 쪽에서 백승하의 실종을 폭로하면 돼."

맥주 거품에 입술을 묻으며 나는 희미하게 웃는다. 그런 나를 남기는 홀린 듯이 바라본다.

"우리 셋만 알자고 시작한 일이 아니야. 내가 사랑하는 황남기를 이렇게 심심하게 만들다니, 정말 용서할 수 없어. 안 그래?"

내가 사랑하는 황남기.

이것은 내가 기분 좋을 때의 관용구이다. 이 관용구는 또한 남기의 기분을 급속도로 상승시키는 효과를 지니고 있다. 나는 남기의 눈이 이글거리는 것을 본다. 이 관용구 한 번이면 적어도 사흘간 남기는 힘을 얻는다.

나는 적당한 간격으로 그에게 힘을 주입한다. 힘을 너무 자주 주입하면 뜻이 희석되거나 위험할 수 있다. 그러나 염려할 것은 없다. 나만큼 남기를 잘 다룰 수 있는 사람은 이 세상에 없다. 남기는 이 세상에서 오직 나한테만 길들어 있으니까.

그가 내게로 온 지 여드레가 되는 날.

나는 잠에서 깨자 곧장 아파트로 전화를 한다.

"저 자식이 신문을 찾는데 어떡할까요?"

남기는 어제 나한테서 힘을 주입받았기 때문에 목소리가 우렁차다.

"결국 입을 열었구나."

마침내 입을 열기는 한 모양이었다. 입을 열어 우리에게 한 첫 요구가 신문이다. 나는 즉각 그의 요구를 수용하기로 한다.

"그렇게 해. 오늘 것까지 모두 넣어 줘. 자신의 실종으로 지금쯤 세상이 뒤집혔을 것이라 믿고 있는 그한테는 좀 잔인한 일이지만."

"알았습니다. 뭐, 다른 시키실 일은 없으세요?"

"없어. 시내에 나갔다가 곧장 그리로 갈 거야. 내가 가면 널 쉬게 할 테니 그동안 한눈팔지 말고 잘 지켜."

나는 빠르게 외출 준비를 시작한다. 오늘 나는 백승하에게 영화 비디오테이프를 사다 줄 생각이다. 종로에 나가면 전문적인 영화 테이프 가게가 있다. 그가 어떤 영화들을 원하는지 나는 모른다. 하지만 알 필요도 없다. 나는 내 방식대로 그에게 '볼거리'를 제공하면 되니까.

영화를 고른 다음에도 볼일은 또 있다. 나는 그 볼일을 떠올리면서 어쩔 수 없이 이마를 찡그린다. 이건 전혀 즐거운 일이 아니다. 그러나 나는 그 일도 처리해야 한다.

김인수라는 남자가 내게 전화질을 시작한 때와 백승하가 내게 잡혀 온 때는 공교롭게도 거의 같은 시기였다. 나는 은밀한 곳에 백승하를 숨겨 두고 낮에는 상담소에 앉아 김인수의 끈질긴 전화 공세에 시달려야 했다.

김인수라는 남자는 다른 것은 다 보통인데 그 끈질김만은 가히 특별하고도 남음이 있었다. 나를 그에게 소개하려던 상담소의 교장 사모님도 김인수라는 남자의 인내심, 혹은 집중력에 관해 거듭 강조했었다.

"요즘 젊은 사람들과는 달라. 얼마나 끈기가 있는데. 물려받은 재산 없이 혼자 사업을 일구는 일이 다 그렇겠지만 그동안 두어 번 아주 폭삭 망한 적이 있었어. 그래도 낙심하지 않고 기어이 다시 일어서고, 또 털어먹고 다시 일으켜 세우고, 하여간 지독한 구석이 있는 사람이지. 지금은 아주 탄탄하게 기반을 잡은 모양이지만 설령 잘못된다고 해도 우리 내외는 그 사람만은 믿어. 절대 인생을 포기할 사람이 아니거든."

나는 그 남자가 어떤 사람인지 전혀 관심이 없다. 애당초 교장 사모님이 중매를 자청했을 때도 칼로 자르듯이 거절했었다. 그가 나를 찾아왔을 때도 마찬가지였다. 이미 누누이 말한 바가 있지만 나는 남자 혹은 사랑에 대하여 눈곱만큼의 호기심도 없는 사람이다. 사랑이나 결혼을 중요한 것으로 생각했다면 백승하를 납치하는 계획에 이토록 정성을 다할 이유가 없다.

세상의 보통 사람은 사랑도 하고 결혼도 한다. 하지만 나는 다르다. 나는 결코 이 세상의 수많은 사람 중의 하나가 아니다. 나는 세상 그 자체를 초월해 있다. 나는 그 위에 있는 것이다. 그것은 내가 원했건 원하지 않았건 내게 주어진 몫이다. 나는 나의 이 역할을 진심으로 사랑한다.

김인수를 만나야 하는 이유는 단 하나다. 이 질긴 남자를 무시할 수도 있다. 내가 그의 분별없는 인내심까지 책임질 수는 없다. 그러나 지금 같은 중요한 시기에 자꾸 나의 신경을 건드리는 것은 용납할 수 없다. 지난번 상담소에 마지막 출근을 했던 날도 나는 그의 전화를 받았다.

"좋은 소식을 전할 수 있어서 다행이군요. 앞으론 이 전화로 나와 통화할 수 없다는 사실을 알립니다. 이제부턴 제발 상호 소통이 가능한 상대를 골라서 전화질을 하시도록."

그러나 전화 속 남자도 만만치 않았다.

"관계없습니다. 민주 씨 전화번호를 하나 더 가지고 있으니까요. 주소와 주민등록번호도 암기하고 있습니다."

기가 막혔다. 나는 이런 찰거머리 유형을 만나면 짜증부터 나는 약점이 있다. 논리적인 대화가 불가능한 상대에게는 유독 참을성이 없는 사람이 바로 나였다.

"뭐 이런 지저분한 인간이 있어. 원하는 게 뭐야?"

"한 번 만납시다. 그것이면 됩니다."

나의 폭언에도 불구하고 김인수는 끝까지 공손했다. 나는 이 중요한 시기에 이런 찰거머리한테 신경을 혹사당하고 싶지 않았다. 하필 이런 때 김인수 같은 재수 없는 인간이 걸리다니.

김인수를 만나려는 것은 그가 내 계획에 의외의 훼방꾼이 될 수도 있으므로 미리 그 싹을 뽑아 없애겠다는 조심성의 발로였다. 거치적거리는 것은 빨리 치워야 한다. 그따위 인간을 내 근처에 얼씬거리도록 놔둬서는 안 된다. 나는 지금 아주 중요한 일을 시작한 사람이 아니던가.

쓰레기 같은 것들.

나는 자동차 핸들에 손을 얹으며 세상의 쓰레기 같은 남자들을 향해서 한마디 내뱉는다. 언제나 중요한 시기에 일을 그르치게 하는 존재들이 바로 남자다. 남자들은 자기가 하고 싶은 일은 다 해야 한다고 믿는다. 얼마나 가소로운가.

멍청한 것들.

여자 따위가 운전하는 차에 추월당하다니, 절대 용인할 수 없다며 기를 쓰고 내 차 옆구리로 밀고 들어오는 한 사내의 회색 승용차를 향해서 나는 또 경멸을 퍼붓는다.

발정 난 짐승들.

신호를 기다리는 사이 옆자리 여자의 가슴을 툭 치는 중년 사내의 희고 살찐 손, 번들거리는 얼굴. 나는 거의 구역질의 지경에 이르고 만다. 나는 언제나 진화되지 않은 미개인 사내들 때문에 욕지

기를 느낀다. 그들만 아니면 세상은 얼마나 밝고 부드러우며, 또한
멋진가.

　"굉장한 부자라면서요? 돌아가신 어머님께서 유산을 많이 물려
주셨다고 들었습니다. 대개 그런 아가씨들이 신랑감 고르는데 일
종의 피해망상이 많지요. 혹시 재산을 노리고 접근하는 바람둥이
는 아닌지, 사기꾼하고 결혼해서 돈만 날리는 것은 아닌지, 하여간
진심을 헤아리기가 어렵기는 하겠어요."

　어럽쇼. 나는 김인수라는 남자의 말이 하도 어이가 없어서 그만
말문이 막힌다. 이거, 보통의 어리벙벙한 남자라고 만만하게 대했
다가 머리만 아프게 생겼다. 나는 작전을 바꾼다.

　"맞아요. 바람둥이한테 걸려서 몸만 버렸고, 사기꾼 남자한테
걸려서 노른자위 재산은 다 빼앗겼지요. 그러니 남자라면 치를 떨
만도 하잖아요? 더 뺏길 것도 없고, 더 뺏길 마음도 없고."

　나는 이 말을 아주 진지하게 한다. 김인수도 나의 이 말을 어디
까지 믿어야 할지 모르겠다는 표정이 역력하다. 내친김에 나는 이
거짓말을 완성하기로 한다.

　"난 거짓말을 못 해요. 손해 입을 게 뻔한데도 거짓말은 못 하는
것이 내 단점이에요. 어머니가 물려준 재산이 화근이었지요. 벌써
여러 차례 남자한테 당했어요. 그러고 나니까 이제 겨우 철이 드네
요. 사실은 김인수 씨한테 이런 이야기 털어놓을 생각으로 만나자

고 했어요. 믿기 어렵겠지만, 기왕 털어놓을 각오로 나왔으니 하나 더 말해야 하겠네요. 아이도 하나 있어요. 지금은 내가 키우지 않지만, 아, 교장 사모님한테는 말씀드리지 않았으면 고맙겠습니다. 상관은 없으나 이왕 모르고 계셨으니 굳이 알릴 필요도 없잖아요?"

거짓말일수록 당당하게 해야 한다. 나는 조금도 꿀릴 것이 없다는 표정으로 술술 이야기를 이어간다. 내가 이렇게 된 것은 내 잘못이 아니다, 라는 표정을 유지하면서. 나는 어떤 일이든 그 순간에는 빠져들고 마는 성격이다. 이런 연극도 유치하긴 하지만 재미없지는 않다.

"미안합니다. 제 잘못도, 김인수 씨 잘못도 아니지만 이런 이야기를 하게 되어서 정말 미안하네요. 당신이 나 같은 여자와 결혼할 이유도 없고, 설령 그럴 마음이 있다고 해도 나는 앞으로 결혼 같은 것은 절대 하지 않을 생각이니까 우리는 다시 만날 이유가 없겠죠. 자, 제 이야기는 여기까지입니다. 그럼, 전 이만 가보겠습니다."

이럴 때는 남자가 표정을 관리할 수 있도록 빨리 자리를 뜨는 것이 좋다. 여태 치근덕거린 과거가 있는 판에 아이까지 딸린 사연 많은 여자라고 당장에 태도를 바꿀 수도 없을 것이고, 그렇다고 아무래도 좋으니 그냥 나와 결혼해 주십시오, 라고 말할 수도 없는 게 남자의 처지 아닌가.

나는 세상 풍파 다 겪은 여자들이 흔히 그렇듯이 너그럽게 미소 지으며 김인수와 마신 찻값을 계산하고 커피숍을 나온다. 그리고 여전히 쓸쓸한 표정을 지우지 않은 채 주차장으로 걸어간다. 나는 알고 있다. 뒤돌아보지는 않았지만 김인수가 어딘가에서 나의 뒷모습을 지켜보고 있다는 것을.

차를 몰고 주차장을 빠져나오는 동안에도 나는 쓸쓸한 미혼모의 연기를 계속한다. 그 연기를 끝낸 것은 자동차가 강변도로를 달리기 시작하면서였다. 나는 조지 윈스턴의 테이프를 한껏 볼륨 높여 켜놓고 비로소 미친 듯이 웃어대기 시작했다.

얼마나 웃었을까.

나는 그렁그렁 고인 눈물을 닦아내다가 또 웃음을 터뜨렸다. 내 생애에 이렇게 미칠 듯이 터져 나오는 웃음은 아마도 처음일 것이었다. 나는 웃고 또 웃는 나를 내버려 두었다.

영화배우 백승하 씨 실종 8일째
야간 촬영 있다며 집 나간 뒤 행방불명
지난 13일 오후 9시경 야간 촬영을 위해 집을 나간 영화배우 백승하(35세, 강남구 청담동) 씨가 오늘까지 8일째 소식이 끊겨서 경찰이 수사에 나섰다.

가족들에 의하면 백씨는 영화 『야생화』에 주연으로 출연 중이었으며 13일 밤 촬영 장소인 종로구 구기동으로 가던 도중 승용차만 남겨 두고 소식이 끊겼다. 영화 『야생화』의 감독인 김진용 씨도 '백씨는 그날 밤 촬영장에 나타나지 않았으며, 그 이후 연락이 되지 않아 막바지 촬영 작업이 중단된 상태'라고 말했다.

경찰은 '남편이 갑자기 가출하여 잠적할 만한 개인적인 이유가 전혀 없다'는 백씨의 아내 문희연(30세) 씨의 신고를 접수, 영화 관계자들과 주변 사람들을 불러 정확한 원인을 조사 중이다.

지난 81년 영화 『슬픔의 길』로 데뷔, 그간 20여 편의 영화에 출연하면서 국내 각종 영화제의 남우주연상을 몇 년째 석권하고 있는 백승하 씨는 영화계에서 '드물게 만나는 타고난 명배우'라는 평을 받고 있으며 가족으로는 88년 결혼한 부인과 아들(3세)을 두고 있다.

사회면 머리기사.

마침내 세상이 나를 향해 선전포고를 시작했다.

옆 좌석에 신문을 던져두고 나는 침착하게 차의 시동을 건다. 아직도 잉크 냄새가 풀풀 나는 오늘 자 석간이다. 가판대에 진열된 석간 세 개에 거의 똑같은 내용의 기사가 실려 있다.

문희연. 30세.

그의 아내가 말한다. 남편이 갑자기 집을 나가 이렇게 오래 돌아오지 않을 이유가 전혀 없다고.

그래. 이제 그 이유가 서서히 밝혀질 것이다. 문희연, 당신이 믿고 있는 남편이란 사람이 어떤 인간이었는지 천하에 공개될 것이다. 우리말에 이런 경우를 두고 쓰는 아주 근사한 속담이 하나 있다. 털어서 먼지 안 나는 사람 없다.

백승하라고 먼지가 없겠는가. 나는 가만히 기다리기만 하면 된다. 그러면 경찰이, 혹은 신문이 앞장서서 백승하의 먼지를 털어줄 테니까. 그가 지금까지 앙큼하게 속여 왔던 여러 비밀이 실종의 이유가 될지 모른다는 빌미로 끌려 나와 뭇사람들에게 공개될 것이다.

숨겨진 백승하의 모든 것이 샅샅이 드러나고, 그의 매력적인 웃음 뒤에 숨겨진 추악한 본성이 밝혀지면 그것으로 나의 목적 하나는 달성된다. 그는 이제 연기자의 생명인 대중의 사랑을 잃게 될 것이다. 이제 카메라 앞에서 보이는 그의 매혹적인 웃음에 넋을 잃을 여자들도 없을 것이다.

환상은 깨어진다.

나는 단숨에 아파트까지 차를 몰았다. 쇼핑백들을 꺼내 양손에 들고 나는 아득한 저 위, 11층을 올려다본다. 말간 햇살이 뒹구는 베란다, 수상하게 보이지 않으려고 이것저것 들여놓은 잎 넓은 화분들, 비어있는 세탁물 건조대. 바로 저 집에 백승하가 갇혀있다고 누군들 상상이나 하겠는가.

"동생 되시는 분은 좋겠어요. 이렇게 자상한 누이를 두었으니."

결혼을 앞둔 동생이 혼자 살고, 그 누이가 돌봐주러 다니는 것으로 알고 있는 현관의 경비는 나를 보자 헤픈 칭찬을 늘어놓는다. 집수리할 때 남기를 시켜 넉넉하게 용돈을 쩔러주랬더니 아마도 그 효과인 듯 경비는 엘리베이터 단추를 눌러주는 친절까지 보인다.

"우리가 제보하는 수고는 줄었어. 봐라. 시작이다."

나는 문 앞에 서 있는 남기에게 불쑥 신문부터 내민다.

"벌써 석간이 나왔어요?"

남기는 먹이를 채가는 호랑이처럼 허겁지겁 신문을 펼친다.

"별일 없었지?"

"그럼요. 오늘은 점심도 어지간히 먹던걸요."

남기가 신문을 읽는 사이 나는 그의 방문을 세 번 노크한다.

"커피 한잔할까요?"

자욱한 담배 연기. 나는 창문을 열어젖힌다. 그런 나를 멍한 시선으로 바라보는 백승하.

"점심을 많이 먹은 상으로 선물을 사 왔어요. 당신 직업을 고려한 선물입니다."

나는 종이 가방에서 비디오테이프들을 하나씩 꺼낸다. 일곱 개. 덜 알려진 것들로 고르긴 했으나 그의 표정만으로는 이미 본 것인지 아닌지 구분하기가 어렵다. 하기야 촬영이다 뭐다 해서 네가 변변히 영화 공부나 했을까. 나는 얼굴만 팔아먹고 사는 이 영화배우를 경멸에 찬 눈길로 내려다본다.

"노트, 나에게 노트를 몇 권 사다 줄 수 있겠소?"

백승하는 비디오테이프의 제목을 훑어보면서 문득 노트가 필요하다고 말했다.

"그러지요. 그런데 노트는 왜 필요할까요?"

나는 그가 입을 연 것이 신통해서 질문을 던져 본다.

"답답해서 그렇소. 자신을 정리해 볼 필요도 있을 것 같고."

백승하는 흘러내리는 머리칼을 쓸어 올리며 찬바람이 들어오는 창 저쪽으로 시선을 돌린다. 그리고 혼잣말처럼 "달력도 갖고 싶소."라고 말했다.

"달력? 좋아요. 그런데 달력은 왜?"

나는 또 묻는다. 어쨌든 대화를 이어 보고 싶다.

"아들이 하나 있는데, 그 애는 할머니가 굳이 음력으로 생일을 차려 주지요. 그 애의 생일은 늘 우리 집안의 축제였소."

나는 불현듯 잔인해진다. 이 친구는 지금 내가 여자라는 것을 이용하고 있다. 여자들의 그 마음 약함에 한번 기대를 걸어 볼 작정인 것이다.

그러나 곧 알게 되리라. 백승하, 네가 마음대로 사로잡을 수 있었던 세상의 여자들과 내가 얼마나 다른지를. 하지만 서두르지는 않겠다. 우리에게는 앞으로도 함께 할 시간이 아주 많으니까. 내가 이 일에 싫증이 나지 않는 한 너는 자유의 몸이 될 수 없으니까.

아흐레째.

텔레비전의 아침 뉴스 시간.

진행자는 숨 가쁘게 백승하의 실종을 알리고, 화면에는 활짝 웃고 있는 백승하의 얼굴이 비친다. 이어서 굳게 잠긴 백승하의 집 대문을 보여주는 카메라. 그리고 다시 지난해 영화제 시상식 때의 백승하 모습이 나온다.

……경찰은 백승하 씨 주변 사람들을 불러 원한 관계의 가능성을 집중적으로 캐고 있는 한편 지난 13일 밤, 백승하 씨의 승용차가 발견된 종로구 구기동 부근의 주민들을 상대로 목격자를 찾는 데 수사력을 동원하고 있습니다. 또한, 백승하 씨의 부인 문희연 씨의 진술을 토대로 최근에 백씨에게 접근한 극성팬이 범인일 가능성도 배제하지 않고 나이 25세가량의 경상도 사투리를 사용하는 남자를 찾고 있습니다.

한편 백씨의 실종으로 제작 중인 영화가 중단되거나 기획단계의 새 영화들이 진행에 차질을 빚고 있는 사태가 속출, 영화계에서도 나름대로 백씨를 찾는 데 온 힘을 기울이고 있다는 소식을 지금부터 보도국 이경철 기자가 전해드리겠습니다……

그리고 바뀐 화면에서는 영화 『야생화』의 감독이 겨우 몇 장면만 남겨 두고 촬영을 중단해야 하는 황당함을 호소하고 있다. 가장 중요한 신의 촬영을 하지 못해 이미 찍어 놓은 필름 전체를 버려야 할 지경에 이르렀다는 그의 하소연은 아주 설득력이 있다. 저렇게 종일을 방구석에 틀어박혀 놀고 있는 백승하를 하루쯤 빌려줄까 하는 생각이 솟구칠 정도였으니.

　오후에 잠깐 슈퍼마켓에 갔는데 거기서도 여자들이 백승하 사건으로 떠들썩하다.

　"누가 알아? 백승하라고 잠적하고 싶은 마음이 없었을까. 내 생각에는 백승하가 스스로 가출한 것 같아. 영화배우들이라는 게 사실 스트레스가 엄청 많은 직업 아니니? 남자들, 누구나 한 번쯤은 어디론가 훌쩍 떠나고 싶은 마음이 있다고 그러더라."

　"그래. 나도 엊그제 어디 잡지를 보니까 일본에 그런 남자들이 아주 많대. 지하철이나 버려진 창고 같은 데서 노숙하는 부랑인들을 조사해 보면 동경의 대기업 간부가 직장이고 집이고 다 버린 채 그러고 다니는 경우도 있다는 거야."

　"하지만 그 예쁘장한 마누라하고 토끼같이 귀여운 그 아들은 어떡하니? 백승하 인터뷰 기사 보니까 그 사람 정말 식구들한테는 끔찍하던데. 미국으로 촬영 갔을 때는 국제 전화비가 얼마 나왔다더라, 하여간 부인 밍크코트 사려고 가져갔던 돈을 몽땅 전화비로 날리고 왔대."

　"글쎄 말이야. 백승하 마누라는 얼마나 좋을까 했더니 이런 일도 다 생기는구나. 모르지. 한 열흘 어디 가서 푹 쉬었다가 뒤통수 긁으며 나타날지도. 이상하지? 혹시 백승하가 그랬다고 해도 난 정말 밉지 않을 것 같아. 그 남자는 어떤 짓을 해도 다 용서해 주고 싶거든. 나, 왜 이러니? 우리 신랑 들을까 봐 겁난다."

이 동네 여자들의 대화는 수다스럽긴 해도 다소 분석적이어서 듣기에 역겹지는 않다. 나는 백승하라면 어떤 짓을 해도 다 용서해 주고 싶다는 빨간 스카프의 여자 얼굴을 유심히 살펴본다. 서른이거나 많으면 서른둘이겠다. 남편은 아마 그랜저쯤을 몰 것이고 자기는 은회색 쏘나타를 운전하고 다니는 수준이리라. 살면서 한 번도 절망의 구렁텅이에 빠져보지 않은 자들이 흔히 그렇듯 여자 또한 희고 말간 얼굴과 탱탱한 피부를 지니고 있다.

희고 말간 것은 싫다. 탱탱하고 반들거리는 피부도 싫다. 한 번도 깨져 보지 않아 굳은살이 배기지 않은 삶은 정상적인 삶의 행로라고 볼 수 없다. 그런 삶은 가짜다. 역사가 없는 것이다.

어머니.

나는 어쩔 수 없이 어머니를 생각한다. 너무나 많이 깨지고 차여서 굳은살밖에 남지 않았던 당신.

그러나 어머니는 가짜 인생을 살지는 않았다. 당신이 늘 말했던 것처럼 할 수 있는 만큼은 다하려고 노력했다. 나는 어머니를 좋아했다. 어머니가 아버지를 용서했던 것만 빼고는 살아생전 어머니가 하는 일에 반대한 적이 없던 나였다.

어머니도 나를 믿었다. 당신은 항상 이렇게 말했다.

"넌 다른 애들하고 언제나 달랐다. 나는 너를 어떻게 키워야 할지 몰라서 매번 당황했지. 하지만 이제는 알고 있단다. 널 낳은 사람은 내가 분명하지만 내 마음대로 널 키울 수가 없어. 왜냐면 난 다만 너를 잠시 맡아 보호하고 있을 뿐, 정말 너를 돌보는 것은 내가 아니고 신이니까. 너는 하늘의 어떤 신이 내게 잠시 보낸 자식이야. 너는 신이 키우는 자식이다."

물론 어머니의 말을 곧이곧대로 듣지는 않았다. 험난한 인생 고비를 넘어온 사람들의 경건함, 혹은 경륜의 한 표현으로 들으면 그만일 말이었다. 그러나 어머니의 그 말씀이 내게 큰 힘을 주었다는 사실만큼은 부정하지 않겠다.

나는 슈퍼마켓에서 영화배우에 대해 떠들고 있는 저런 여자들과는 확실히 다른 존재다. 나는 결코 굳은살 하나 없이 인생을 공짜로 사는 그런 부류들과 같은 궤에 있지는 않다. 나는 신의 자식이다, 아니, 이제는 꼭 신의 자식이어야만 한다.

"보세요. 첫 뉴스가 백승하 이야기네요."

밤 아홉 시의 텔레비전 뉴스. 남기는 신나는 표정으로 나를 돌아본다. 며칠간은 적어도 백승하의 실종 사건이 톱뉴스가 될 것이다. 이제 시작이니까.

"자식들, 아침 뉴스랑 똑같잖아? 온종일 수사는 안 하고 빈둥거리고만 있었나, 고작 저걸 가지고 왕왕거리기는."

남기는 계속해서 촌평을 가한다.

"승용차를 백날 뒤져봐라. 거기에서 만약 무슨 단서가 나오면 내가 성을 갈겠다. 저 작자는 제 손으로 얌전히 주차하고 빈틈없이 시동까지 끈 다음에 내 차로 왔거든요. 갑자기 차가 움직이지 않는 초보 운전자를 돕겠다고 혼자 까불다가 나한테 당했잖아요. 멀쩡한 차를 가지고 시동이 걸리지 않는다고 징징거리며 저 자식한테 사정했지요. 하기야 운이 좋았어요. 구기동 그쪽이 워낙 한적한 곳이긴 해도 그때는 마침 지나가는 차가 한 대도 없더라고요."

운이 좋았다고? 나는 남기의 말을 비난하지는 않지만 혼자서 코웃음을 쳤다. 운이 좋은 것이 아니었다. 그것은 하늘의 일이었고, 그 대리인이 나, 이 강민주였다는 사실을 저 멍청한 인간이 이해할 수 있을까.

나는 이 일을 도모하면서 한 번도 실패를 생각해 본 적이 없었다. 아니, 나는 늘 그랬다. 나는 모든 일에 실패를 겁내지 않는다. 실패할 일은 하지도 않지만, 일단 시작한 일에도 실패 따윈 없었다. 나는 인간이란 이름의 텍스트로 살아가는 운명이 아니다. 나는 아주 일찍 그것을 거부했다. 단호하게, 또한 확실하게.

열흘째.

신문은 아직 속보다운 속보를 내지 못하고 있다. 승용차에서 백승하의 것이 아닌 머리카락이 나와서 그것을 분석 중이라는 것이

유일한 새 소식이다. 경찰은 최근에 백승하를 만났던 모든 사람을 조사한다 했고, 용의자로 지목되었던 25세 극성팬의 신원을 파악하기 위해 수사력을 집중시키고 있다 했다.

이상한 일이었다. 오늘쯤에는 한두 가지의 비밀, 즉 백승하의 이미지 관리 때문에 알려지지 않았던 치부들이 적어도 하나는 나올 법한데 영 소식이 없다.

이러면 싱거워지는데.

나는 혼잣말로 중얼거린다. 가령 신출내기 여배우와 잠시 염문이 있었는데 그 여배우가 계속 백승하 주위를 얼씬거렸다던가, 아니면 금전 문제가 얽힌 어느 영화사와 지저분한 싸움을 하는 중이었다던가……

나는 조간신문들을 뒤적이다 말고 백승하의 방으로 들어간다.

"좋은 아침입니다."

나는 아주 명랑하게 아침 인사를 던져 본다. 백승하는 충혈된 눈으로 힐끗 나를 보더니 이내 비디오 화면으로 고개를 돌린다.

"아침 뉴스는 보셨겠지요?"

나는 들고 온 조간신문도 백승하 앞에 던져준다. 자신의 사건이 보도되면서 그는 다시 입맛을 잃었고 밤에도 영 잠을 못 이루는 것 같다는 남기의 보고가 있었다.

"당신들은 겁도 없소?"

그의 나직한 목소리.

"언론이 떠든다고 겁이 나요? 당신은 이제 희망이 보이는 것 같아서 힘이 나는 모양이군요."

나는 빙글빙글 웃는다. 백승하는 어이가 없다는 듯이 그런 나를 쳐다본다.

"아마 내일쯤엔 당신도 좀 괴로울걸요. 당신을 찾지도 못하면서 당신이 감추고 싶었던 비밀들만 잔뜩 파헤쳐 놓겠지요. 기자들에 대해 당신도 잘 알잖아요. 뭐든 써내야 하니까 케케묵은 과거까지 다 까발린다는 것을."

"걱정할 일 없소. 난 부끄럽지 않게 살았소. 비난받을 일은 하지도 않았고."

백승하는 자신의 감정을 억제하려고 애쓰는 눈치다. 그러나 나는 계속 빈정거린다.

"그러면 내가 심심해지는데. 어때요, 나한테 미리 털어놓을 가십거리는 없을까요? 당신 입으로 직접 듣는 것도 아주 재미있을 것 같은데."

"나가 주시오. 당신 같은 사람하고 이야기하느니 줄거리까지 다 아는 삼류 영화를 다시 보는 것이 더 낫겠소."

줄거리까지 다 아는 삼류 영화란 어제 내가 사다 준 비디오테이프 중의 하나를 가리키는 것이다. 속으로는 이것 봐라, 하면서도 나는 슬슬 구미가 당긴다. 이 남자는 나가 달라고 말하면서 사실은 나에게 말을 걸고 있다. 이것은 전에 없던 변화다. 백승하, 그도 조금씩 내 그물에 걸려들고 있다.

"오라, 그 사이 영화 일곱 편을 다 섭렵하신 모양이군요."

내 말에는 관심 없다는 듯 그는 흘러내리는 머리칼을 쓸어 올리며 짐짓 화면만 응시하고 있다. 그의 잘생긴 옆얼굴, 아무렇게나 앉아 있어도 아주 그럴듯해 보이는 저 진지한 태도는 보기 좋은 그림 같다. 나는 값비싼 그림을 감상하는 부호의 기분을 알 것 같다.

돈푼이나 있다는 사내들이 기를 쓰고 여자 연예인을 넘보는 이유도 여기에 있을 것이다. 만인이 공유하는 아름다움을 개인이 몰래 훔쳐 와 즐기는 기분은 남자나 여자나 모두 같다. 여배우들한테 씌워지는 추문이 남자 배우한테도 가능하다는 것을 나는 보여줄 것이다.

인기 여배우가 백지수표를 받고 몸을 팔 수 있다면, 인기 남자 배우도 여자한테 팔려갈 수 있는 것이다. 왜 안 되는가. 남자들의 동물적인 욕정, 노출된 여자들은 모두 노리개로 파악하는 공공연한 매춘, 구애의 권리는 남성에게만 있는 것으로 아는 이 사회의 고정 관념을 나는 역으로 깨부술 수도 있다.

그렇게 할 수도 있다. 무엇이든 나는 할 수 있다. 백승하라는 그림을 감상하면서 나는 한 번 더 다짐한다. 그 일이 무엇이든, 나는 할 수 있다. 그리고 내가 시간과 돈과 노력을 기울여 획득한 숨 쉬는 그림에 말을 건다.

"그따위 영화가 그렇게 당신 마음을 끈다면 얼마든지 테이프를 사다 줄 수 있어요. 얼마든지."

"영화에 대해 그렇게 함부로 말하지 말아요."

백승하에게서 뜻밖의 단호한 반응이 돌아온다. 그는 흡사 구정물을 뒤집어쓴 듯한 표정을 짓고 있다.

"당신은 얼굴과 웃음을 파는 영화배우가 아니던가요?"

"누구라도 그렇게 말할 수는 없소, 절대로. 나를 가두고 있다 해서 영화까지 함부로 모독해도 된다고 생각하면 내가 가만있지 않겠소. 알겠소? 영화는 내 삶의 전부요. 영화배우로 살아온 것을 한 번도 부끄럽게 생각해 본 적이 없었소. 한 번도."

나는 어떤 경우에도 단호한 것이 좋다. 지금도 마찬가지다. 나는 백승하의 결연한 태도를 존중해 주기로 한다. 그는 나의 포로이지만, 포로에게도 자기주장은 있는 편이 없는 것보다 한결 낫다. 그래서 나는 빈정거리는 어투를 버리고 진정으로 말한다.

"좋아요. 당신의 영화에 대해 함부로 말했다는 것을 인정하겠어요."

"고맙소."

그는 나의 포로가 된 이후 처음으로 희미하게나마 미소를 지었다. 그의 첫 미소, 비로소 길들기 시작한다.

"다시 비디오를 살 생각이면, 그렇다면,"

백승하는 리모컨을 눌러 화면을 사라지게 한 다음 말을 이었다.

"일마즈 귀니 감독의 영화들을 구해줄 수 있겠소? 당신도 터키의 대표적인 영화감독 일마즈 귀니에 대해서 알고 있으리라 믿소. 『욜』이나 『양떼들』, 『벽』을 구할 수 있다면 더 행운이겠지만."

그는 벽에 등을 대고 일마즈 귀니 감독이 만든 영화 제목들을 주욱 외웠다. 총알도 나를 못 뚫는다, 굶은 이리들, 도망자들, 고통, 적, 친구, 내일은 최후의 날, 불안, 희망······.

그의 입에서 흘러나오는 영화 제목들은 거의 동시에 내 마음속에도 하나씩 새겨졌다. 총알도 나를 못 뚫는다, 적, 친구, 불안, 희망······.

아무도 하지 않은 말, 아무나 할 수 없는 말. 나는 그런 미지의 언어를 원한다. 내가 가장 듣기 싫어하는 말은 '이 세상에 새로움이란 없다'는 식의 단언이다.

나는 낡은 생각, 낡은 언어, 낡은 사랑을 혐오한다. 나의 출발점은 그 낡음을 뒤집은 자리에 있다. 장애물이 나와도 나는 그것을 뒤집어 버린다.

세상은 나의 운동장이다. 절대 그늘에 앉아 시간이나 갉아먹으며 사는 어리석은 짓은 하지 않겠다.

_강민주의 노트에서

그의 실종은 한국 영화계 역사상 가장 충격적인 사건이 되고 있다. 그가 누리고 있는 영화배우로서의 위치는 거의 최고의 것이다. 최고의 자리에서 증발해 버리는 일은 그것이 자의이든 타의이든 간에 세간의 이목을 집중시키기에 충분하다.

_24일, K일보

이제까지 인기 여배우의 납치나 실종 사건은 종종 있었으나 남자 배우에게는 한 번도 일어나지 않은 일이 벌어졌다. 이번 사건이 납치라는 심증은 여러 군데서 발견된다. 한두 장면만 촬영하면 완료될 최근 작품을 남겨두고 사라진 점도 그렇고, 고의로 잠적했다 해도 그는 얼굴이 너무 많이 알려진 사람이어서 이렇게 오래 추적을 따돌릴 수는 없다. 경찰이 이번 사건의 해결에 시종일관 안이한 자세를 보였다는 일부의 비난은 백승하의 실종을 단순한 가출로 판단한 처음부터 예견된 일이었다.

_24일, C일보

경찰이 사건 발생 후 거의 보름이 가까워지는 시점에서야 전담반을 조직하고 원점에서부터 수사를 다시 시작하겠다는 각오를 보인 것은 여론에 밀린 결과였다. 담당 형사 중의 하나는 사석에서 모 신문 기자에게, '백승하가 이렇게 대단한 인물인 줄 미처 몰랐다. 왜 찾지 못하냐는 전화가 하루에도 수십 통이나 걸려오는 데 거의 여자들이었다. 그중에는 이름만 대면 알 만한 고위급 인사의 부인도 있었다.'라고 말한 것으로 전해진다.

신원을 밝히기를 꺼리는 한 제보자에 따르면, 세간에 알려진 것과는 달리 백승하는 부인과 성격 차이로 극심한 불화를 겪고 있다고 한다. 자유분방한 성격의 부인은 남편의 치밀한 인기 관리에 따른 구속감을 견디지 못해 수차례 이혼을 요구한 것으로 알고 있다는 것이다.

그러나 부인 문희연 씨는 기자의 이런 질문을 한 마디로 일축했다. 현재 그녀는 기자들과 만남을 극구 회피하고 있는데 전화를 통한 인터뷰조차도 일 분 이상을 허락하지 않았다. 측근에 의하면 부인 문 씨는 이번 사건 이후 정신적인 타격으로 건강이 극도로 나빠져 외부활동을 전혀 하지 않는 것으로 알려졌다.

_여성지 Y의 마감 특종, '백승하는 어디에' 중에서

본지 편집실에 전화를 걸어온 20대 초반의 젊은 여성은 현재 의류업계에서 모델로 일한다고 자신의 신분을 밝혔다. 그녀는 머뭇거리면서 자신이 몇 달 전까지도 백승하의 여자였다고 고백했다. 기자는 허위 제보일 가능성을 배제하지 않고 여러 가지 유도신문을 해봤으나 그녀는 백승하에 대해 아주 상세하게 알고 있었다.

그녀가 오랜 망설임 끝에 털어놓은 이야기는, 백승하는 틀림없이 살해당했다는 믿기 어려운 내용이었다. 그녀 자신도 기회가 있다면 그를 죽였을 것이라고 말하기도 했다. 백승하는 상습적으로 영화계 배우 지망생들을 농락했고, 한 번 농락한 여성은 영화계에 발을 붙이지 못하도록 아예 매장하는 수법을 썼다고 한다. 그렇게 해서 적어도 다섯 명 이상의 어린 여자들이 밤의 환락가로 흘러갔다고 이 여성은 주장했다.

그 다섯 여자 중의 하나가 백승하 살해 계획을 오래전부터 가지고 있었고, 실제로 치밀하게 계획을 세우기도 했으며 그는 이미 납치당해 살해되었음이 분명하다고 전화 제보자는 말하였다.

본지는 이 전화 제보를 즉각 경찰에 알렸다. 경찰은 이 제보의 상당 부분은 수사가 필요하다고 판단, 본지 기자와 함께 현재 은밀한 추적을 계속하고 있다. 지금까지 백승하와 관련이 있거나, 그를 알고 있는 여성 2명의 신원을 확보하여 사건과의 연관성을 조사하는 중이다.

_여성지 B의 긴급 단독 입수, '백승하는 살해되었다!'에서

"이건 유치한 허위 제보요. 이 기사가 허위라는 것은 누구보다 당신이 더 잘 알지 않소?"

백승하는 두 번 다시 보고 싶지 않다는 듯이 잡지를 저만큼 던져버린다. 그는 지금 막 '백승하는 살해되었다!'라는 제목의 여성지 기사를 읽었다. 물론 그 기사는 내가 제공한 것이다. 나는 그의

반응을 보고 싶었다.

"내가 한발 빨랐다고 할까요. 당신은 아주 운이 좋았어요. 내가 나서지 않았다면 당신은 지금쯤 이 세상 사람이 아닐 수도 있어요."

"말하고 싶지 않소. 나가 주시오."

그는 피곤하다는 표정을 짓는다. 저 얼굴, 세상의 더러운 장난에는 관계하지 않겠다는 저 오만한 표정을 보라.

그런 백승하를 용납할 만큼 너그러운 내가 아니다.

"그동안 몇 명이나 데리고 놀았지?"

나는 팔짱을 끼고 마침내 심문에 들어간다.

"용인 어디에 별장이 있다던데 여자들을 그곳으로 끌고 갔나?"

"무슨 소릴 하는 거요?"

사정없이 내려꽂히는 나의 반말에 남자는 파랗게 안색이 변한다. 흠, 이제쯤은 채찍의 매운맛도 보셔야지.

"야! 다 알고 있는 이야기야. 술술 털어놓으라고. 지금도 만나는 여자가 있지? 네 마누라 모르게 숨겨놓은 여자 말이야."

나는 방안을 빙빙 돌며 마구 남자를 헤집기 시작한다. 백승하는 입을 다물지 못하고 나를 쳐다본다.

"처음엔 사랑한다고 했겠지. 다음 영화에 여주인공으로 추천하겠다고 속삭였을 거고. 실컷 우롱한 뒤에는 배역을 따지 못하도록 도리어 훼방을 놓았다는 말씀인데, 그러고도 실실 웃으며 카메라 앞에서 무게를 잡았다니, 좀 심하지 않았나? 죽이겠다고 덤빌 만도 하잖아."

그는 숫제 이를 악물고 나를 노려본다. 노려보는 것쯤이야 귀엽게 봐줄 수 있다. 그러다가 나는 잔뜩 움켜쥔 그의 두 주먹을 보았다. 주먹을? 나를 치겠다고?

나는 갑자기 이 건방진 배우 녀석한테 무시당한다는 느낌을 받았다. 이건 도저히 참을 수 없는 일이다. 감히 누구를.

나는 침대에 등을 기대고 앉은 남자에게 성큼성큼 다가갔다. 그리고는 다짜고짜 있는 힘을 다해 남자의 뺨을 후려쳤다.

"명심해. 난 기어오르는 것은 질색인 사람이야."

파랗게 불꽃이 튀는 남자의 눈을 마주 보며 나는 한 마디 한 마디 정확하게 내뱉었다.

"네가 몇 명의 여자를 버려 놓았는지, 이 기사가 사실인지 따위는 아무 관심도 없어. 알아? 그런 것은 조금도 중요하지 않단 말이야. 설령 네가 안 했어도 너희들, 사내자식들이 밥 먹고 늘 하는 더러운 짓이니까. 중요한 것은 가짜든 진짜든 이런 기사가 많이 나와 줘야 한다는 거야. 그래야 세상 사람들이 계속해서 사라진 너한테 관심을 갖게 된다고. 그러면 나도, 너도, 다 같이 심심하지 않겠지. 난 너 같은 인간 하나만 상대하는 싸움은 지루해서 싫어."

손자국이 남아 있는 남자의 붉은 뺨을 눈으로 훑으며 나는 말을 이어간다. 남자는 이제 거의 겁에 질린 얼굴로 나의 말을 진지하게 듣고 있다. 진작에 그랬으면 저 잘생긴 얼굴에 다섯 손가락 무늬를 아로새기진 않았을 것인데, 바보 같은 자식.

"여기 잡혀 온 걸 너무 억울하게 생각할 것은 없어. 모든 게 다 당신 하기 나름이야. 난 폭군은 싫으니까 얌전하게 굴면 우린 사이 좋게 지낼 수 있을 거야. 가끔 파티도 열고, 같이 음악감상도 하고, 기분 내키면 토론도 하면서, 어때? 근사하지 않아?"

나는 꺾여진 남자의 얼굴을 손가락 두 개를 사용해서 들어 올린다. 이 정도의 설득으로 벌써 길이 들었는가, 백승하는 저항하지 않고 내가 하는 대로 가만 내버려 둔다. 그의 얼굴에 닿은 손가락 두 개를 통해 그의 체온이 내게로 전해진다. 그 느낌은, 몹시 따뜻하다.

나는 가늘게 떨고 있는 그의 긴 속눈썹을 본다. 만지고 싶을 만큼 아름다운 속눈썹이다. 나는 그의 아래턱에 닿아 있던 내 손을 옮긴다. 그리고 속눈썹 끝에 가만히 손가락 하나를 대 본다. 파르르, 잠자리 날개의 떨림 같은 움직임이 전해져온다.

속눈썹에서 옮겨온 손은 이제 그의 뺨으로 옮겨간다. 맞은 자리가 그새 부풀었을 만큼 남자의 살결은 여리고 부드럽다. 한 번도 땡볕에서 노동으로 그을린 적이 없는 얼굴, 한 번도 피땀 흘릴 기회를 얻지 못한 채 인위적인 조명에서 시든 얼굴.

그만 감흥이 사라지고 만다. 저 얼굴은 가짜다, 라는 속삭임이 내 속에서 들려온다. 어릴 때 아버지가 마루 기둥에 쪽 거울을 세워 놓고 비누 거품을 일구며 면도하는 모습을 볼 때도 그랬다. 저건 사람의 얼굴이 아니야, 저건 가짜야, 어쩌면 비누 거품에 때가 녹듯이 그렇게 아버지의 가짜 얼굴이 녹아버릴 수도 있어. 그러면 어떤 모습이 될까.

백승하가 만약 영화배우로서 승승장구하지 않고 다른 길로 풀렸다면 지금 어떤 모습이 되어있을까. 오로지 몸뚱이 하나로만 생계를 유지해야 하는 밑바닥 생활을 여태 계속했더라도 지금처럼 귀공자풍의 면모를 간직할 수 있었을까.

어림도 없다. 반들반들 윤이 나도록 황갈색으로 그을린 얼굴, 제멋대로 깎은 촌스러운 머리 모양, 힘든 육체노동으로 휘어진 등, 구부정한 어깨, 굳은살투성이인 굵은 손마디, 그리고 툭툭 튀어나오는 거친 말버릇. 백승하라고 비켜 갈 리가 없다.

이런 것들 위에 덧칠해진 저 가공의 세련미가 마치 진짜 자신의 모습인 양 연연하며 살아가는 피에로. 자본주의가 낳은 최대의 흥행사업에 끼어들어 운 좋게 한 시대를 풍미하는 이 허위의 사내.

느끼하다. 터무니없이 달게 만든 음식을 한 입 맛본 것 같은 느낌이다.

"토할 것 같아."

나는 그가 듣거나 말거나 기분 나쁜 이 달짝지근함을 말로 표현한다. 그리고는 정말 급하다는 듯이 그의 방을 나와 버리고 만다.

예상했던 대로 반란은 내가 그의 방문에 자물쇠를 채운 직후에 일어났다. 나는 일부러 덜그럭거리며 바깥에 달린 걸쇠를 소리 내서 걸었는데 바로 그 순간에 안쪽에서 거칠게 방문을 잡아당기는 기척이 있었다. 물론 잠금장치가 되어있는 문은 열리지 않았지만 그 완력만은 대단했다.

"열어! 문 열어! 야, 문 열라고!"

쇳소리가 섞인 그의 고함, 방음벽에 걸러져 나오는 둔탁한 음향들.

"문 열어! 다 죽여 버릴 거야! 다들 미쳤어!"

목구멍이 찢어지도록 악을 쓰고 있겠지만 그러나 바깥에서 들을 때는 아스라이 먼 곳에서 들려 오는 소리처럼 현실감이 없다. 마치 볼륨을 낮춘 채 보는 텔레비전 영화 속의 배경음 같다.

"저 새끼, 저거, 왜 저래요?"

손 좀 봐야겠다는 듯 남기가 얼른 다가왔다.

"놔둬 봐. 좀 뭉개줬어."

남기는 알 수 없다는 얼굴로 그냥 자기 자리로 돌아간다. 나는 한참을 팔짱 끼고 서서 내 의도대로 움직이는 피에로의 발악을 귀로 감상한다. 분노조차도 타인에 의해 휘둘리는 저 어릿광대의 모습을 슬로모션으로 상상하면서.

오랜만에 집으로 돌아왔다.

밤중에 드나드는 것이 남의 눈에 뜨이면 좋을 게 없을 것 같아 백승하가 있는 아파트에도 내가 쉴 방을 꾸며 놓았지만 가끔은 진정한 휴식도 필요했다.

역시 내 집, 내 침실이 편하고 아늑하다. 나는 모처럼 아주 느긋한 기분이 되어 외투를 입은 채로 침대에 길게 누워 본다. 잊고 있었던 나만의 냄새, 나만의 체취가 피곤한 여정에서 돌아온 주인을 맞는다.

나는 그렇게 얼마간 익숙한 집의 느낌에 젖어 있다. 이 집에서 혼자만의 생활 리듬에 맞추어 살았던 날들이 아득한 옛날인 듯 여겨지고, 문득 그때의 간결한 일상이 그립다는 생각을 한다. 그러나 이 그리움이 결코 후회는 아닌 것을 나는 잘 알고 있다. 지나간 것에 대한 습관적인 그리움, 다시는 돌아올 수 없는 시간에 대한 향수일 뿐이다. 고향을 그리워하면서도 고향으로 돌아가 살겠다는 사람은 거의 없듯이.

침대에서의 짧은 휴식을 마치고 나는 이내 현실로 돌아온다. 아파트로 가져갈 물건들을 이것저것 챙긴 다음 나는 어머니 살아생전부터 창고처럼 쓰고 있는 뒷방으로 간다.

그곳에 쌓여 있는 물건들은 어머니 살아서도 거의 쓰지 않던 것들이다. 정교한 옻칠이 돋보이는 교자상, 자수의 명인한테 거금 주고 산 열두 폭 병풍, 철철이 수십 명의 손님을 치러도 모자람이 없을 사철 이불들, 이제는 작동할지 의심스러운 선풍기도 두어 대, 그리고 물려줄 동생이 없어 그냥 쌓아둔 내 지난 시절의 앙증맞은 스케이트랑 멜로디언이랑 구식 녹음기들.

나는 먼지를 뒤집어쓴 그것들 사이를 뚫고 들어가 헌 서랍장 뒤에서 스크랩북을 꺼낸다. 만약을 위해서 나는 백승하에 관한 자료들을 여기에 숨겨 두었다.

만약을 위해서.

나는 백승하를 데려오고 감금하는 일에만 신경 쓰고 있었던 것은 아니다. 오히려 그보다 많은 시간을 이 '만약'을 위해서 할애했다. 나는 아주 사소한 실수로 일을 그르치는 사람들을 많이 보았다. 그러나 나는 아니다. 나는 결코 그렇게 어리석지가 않다.

만약을 위해서 남기에게 내가 강조한 주의사항은 헤아릴 수도 없이 많다. 남기는 지금도 집에 갈 때나 긴히 필요한 외출로 아파트를 나갈 때는 나에게 삼십 분 이상의 행동 요령을 듣고 있다.

알리바이를 만드는 일에는 남기도 천부적인 소질이 있다. 워낙 밤의 세계에서 온갖 크고 작은 범죄에 연루되어 살았던 남기인지라 자신의 신변 보호에는 본능에 가까운 놀라운 감각을 지니고 있다. 그랬다 해도 나의 치밀함을 능가할 수는 절대 없다. 그 점에서는 남기도 매일 혀를 내두른다.

"정말, 선생님은 어떻게 그리 모르는 것이 없지요? 학교에서 이런 것을 가르칠 리도 없을 텐데, 하여간 선생님은 천재인 게 분명해요."

그런 말을 할 때의 녀석을 보면 흡사 묘기 대행진을 구경하는 철부지 어린애 같다. 녀석이 나에게 바치는 헌사는 결코 입에 발린

소리가 아니다. 남기는 평생을 두고 나에게 헌사만 바치며 살라고 해도 틀림없이 그렇게 할 인간이다.

사실을 말하자면 나는 지금, 아주 조금, 자신만 눈치챌 만큼, 흥분된 상태다. 이제까지의 성공은 누가 봐도 완벽한 것이었다. 경찰은 여태까지 사건의 방향조차 잡지 못하고 우왕좌왕하고 있다. 꼬리를 잡힐 만한 어떤 단서도 흘리지 않고 여기까지 온 것은 확실히 대단한 성공임이 틀림없다.

지금까지는 완벽했다. 앞으로도 그럴 것이다. 나는 더욱 대담해진 자신을 발견한다. 그러나 나는 그런 나를 비난하고 싶지는 않다. 무모함과 용기의 차이쯤은 알고 있으니까. 대담할 수 있는 것도 아무에게나 가능한 것은 아니므로.

이제 나는 한 단계를 넘은 것이다. 그것도 아주 멋지게 해치웠다. 남아 있는 일들도 그렇게 성공해야만 한다. 나는 꼼꼼하게 현재 상황을 분석하고, 앞으로의 시간을 연구했다. 이런 일은 아무리 해도 질리지 않는 사람이 바로 나라는 인간이다.

백승하에 관한 세간의 관심은 곧 사그라질 것이다. 언론이란 원래 그런 것이다. 냄비처럼 금세 달구어져 바글바글 끓다가도 또 다른 사건이 생기면 언제 그랬냐는 듯 내팽개치고 떠나 버린다.

벌써 그런 조짐이 보인다. 텔레비전 아홉 시 뉴스에서는 이미 어제부터 백승하 실종 사건을 보도하지 않는다. 백승하 사건을 다루는 신문기사는 사회면에서 연예면으로 옮겨졌다. 그만큼 비중이 떨어졌다는 뜻이다. 월간으로 발행되는 잡지들은 아직 이 사건을 기사화하고 있지만 그것도 일회성으로 끝날 것이 분명하다.

백승하한테는 의외로 구린 구석이 없었다. 실종 미스터리에 얽힌 추악한 비밀들이 쏟아져서 사건이 자꾸 확대될 것을 내심 기대했으나 이 인간은 그럴 만한 위인도 못 되는 모양이었다. 여성지들이 몇 가지 흥미로운 추리를 내세우기는 하지만 말 그대로 추리에 불과한 것들이다. 그것마저도 뒤를 잇는 속보가 없어서 흐지부지 사라지고 말았다.

그렇다면 하는 수 없는 일이었다. 언론들이 흥미의 끈을 늦추지 않도록, 저잣거리의 무성한 소문이 더욱 증폭되도록 내가 나서는 수밖에. 그리하여 이 사건이 점점 절정을 향해 내달릴 수 있도록 그 불길을 내가 조정하는 수밖에 없다.

그렇게 해서 마침내 사건이 비등점에 이르면, 끓어 넘치기 시작하면, 그때 내가 어떻게 할 것인지는 지금 말할 수 없다. 그때를 위한 여러 복안을 밝히기로는 시기가 너무 이르다. 나는 말이 간직한 주술의 힘을 믿는 편이라서 '발설'이란 단어의 재수 없음을 상당히 경계한다. 천기를 누설하는 자에게는 반드시 재앙이 있나니…….

나는 스크랩북을 가지고 거실 의자에 앉는다. 그리고 한 장 한 장 그것을 넘겨본다. 그러다가 '스타의 가정 탐방'이란 기사를 다시 읽는다.

―남편한테 혹시 크게 감동한 기억 없어요? 가슴이 뭉클하도록

부인에게 사랑을 표현한 특별한 추억이 있으면 한 가지만 소개해 주시겠어요?

역시 이런 질문은 여기자들이 맡아놓고 하는 주제다. 기자는 질문으로도 부족해서 괄호 안에 그때의 분위기를 호들갑스럽게 적는다.

'문희연 씨의 미모는 요즘 활약하는 어떤 여배우 못지않다. 문희연 씨는 미소조차도 어찌나 화려한지, 이 질문을 받고 활짝 웃으며 남편을 보는 그 얼굴이 눈부시어 차마 마주 보기 어려울 지경이다.'

여기자는 곳곳에서 이런 헤픈 칭찬을 남발하고 있다. 나는 혀를 끌끌 차며 문희연의 대답으로 넘어간다.

—말해도 좋을지……(남편을 보며) 말해도 돼요? 몇 년 전, 제가 만삭일 때의 일인데요. 배가 이만하게 불렀을 무렵에 마침 제 생일이 돌아왔어요. 그때 이 사람이 저한테 자기가 새긴 목각 인형을 하나 주었는데……이 사람, 사실은 한 번도 그런 거 만들어 본 적이 없었어요. 그런데 굉장히 잘 만들었어요. 생일 전날까지는 일주일간 지방 촬영이었거든요. 촬영이 없을 때 틈틈이 나무를 깎았대요. 돈 주고 사는 선물보다 뭔가 의미 있는 정표를 주고 싶었다는군요. 그런데…… 손을 보니까 왼손에는 붕대가 칭칭 감겨 있고, 오른손도 일회용 반창고에 상처투성이에요. 왼손은, 정말 큰일 날 뻔했더라고요. 거의 동맥이 끊어질 만큼 상처가 깊어서 그 뒤에도

오래 고생했어요. 지금도 여기 흉터가 크게 남았어요. 그 목각 인형을 받고, 뭐랄까, 행복하다는 느낌이랄까, 그런 게 솟구치는데 이상하게 막 눈물이 나는 거예요. 많이 울었어요.

백승하가 왼손의 동맥까지 다쳐가며 만들었다는 목각 인형은 사진으로도 소개되었다. 선망의 대상인 스타 부부의 사랑이 스며 있다는 의미를 빼고 보면 그다지 볼품 있는 인형은 아니다.

나는 페이지를 넘겨 버린다. 스크랩북의 다음 장에도 이들 부부의 아늑한 보금자리를 소개한다는 제목으로 부엌까지 친절하게 사진으로 도배한 기사가 있다. 여자는 앞치마를 두르고 무언가를 만드는 시늉을 하고, 남자는 그 곁에서 청바지 주머니에 손을 찌른 채 함박웃음을 웃고 있다.

나는 앞으로 돌아가 예의 그 목각 인형을 다시 살펴본다. 단발머리의 여자, 머리 부분이 지나치게 커서 전체적으로는 가분수의 꼴이지만 그래도 백승하의 부인과 영 동떨어진 얼굴은 아니다. 특히 날카로운 콧날은 아주 공을 들여 다듬은 것이 분명하다.

흠. 나는 느닷없이 이런 인형을 하나 갖고 싶다는 생각을 한다. 어려운 일은 아니다. 백승하는 나를 위해서도 이런 인형을 만들어야 한다. 오직 나를 위해서.

나는 스크랩북을 덮기 전에 이미 알고 있었던 사실 하나를 거듭 확인하였다. 앞으로 닷새 후. 내 기억은 틀림이 없었다.

스크랩북은 아파트로 가져가는 것이 좋을 듯싶다. 그와의 대화를 위해서는 시시콜콜한 정보들도 꽤 도움이 될 것이니까. 말이 나왔으니 하는 소리지만, 여기 채집된 백승하의 기사들을 읽다 보면 참 하품이 나온다. 도대체 그가 돼지고기를 싫어하거나 말거나, 이발을 한 달에 한 번 하거나 말거나, 청바지가 여섯 벌이거나 말거나, 이런 것이 우리와 무슨 상관이 있단 말인가.

정작 알아야 할 많은 것들은 무시하고 천박한 정보들만 반복해서 강조하는 시대, 이런 세상을 향해 지금 나는 보다 중요한 것이 무엇인가를 내 방식대로 알리려고 애쓰고 있다. 아무도 생각해내지 못한, 오직 나만이 할 수 있는 방식으로.

"아무래도 아버지 마음만 하겠어요? 하지만 성의 없이 보이는 대로 사 들고 온 것은 아니니까 그리 나쁘진 않을 거예요."

나는 아주 부드럽게, 그리고 환하게, 또한 대단히 붙임성 있게 서두를 꺼내며 백화점 종이가방을 그 앞에 내놓는다.

그는 전혀 내 말의 의미를 이해하지 못하고 있다. 나는 이제 그의 표정만 보아도 그런 것쯤은 이내 알 수가 있다. 지금 그가 관심을 쏟는 것은 백화점 종이가방보다는 나의 부드러움, 명랑함, 뭐 그런 것이다.

이해할 수 있다. 우리는 오늘 지난번의 불협화음 이후 처음으로 대면하고 있다. 그의 뺨을 친 뒤 나는 꼬박 이틀 동안 일부러 그를 찾지 않았다. 그는 거칠고 냉혹한 나의 모습을 반추하며 이틀 동안 몹시 초조했을 것이다.

물론 그가 초조했을 것도 알고 있다. 나는 그를 묶은 줄의 강도를 늦추었다 당겼다 하면서 그 변화를 살피는 중이다. 그는 살아 있는 나의 실험 재료다. 그래서 나는 지난번 일은 아예 잊었다는 듯 행동한다. 실험 대상한테 일일이 상황을 설명할 필요는 없으니까.

"잊으셨나요? 당신 집안의 축제일, 아들의 생일."

나는 숫제 빙글빙글 웃기까지 한다. 그제야 백승하는 나의 얼굴에서 내가 가져온 쇼핑백으로 시선을 돌린다. 그러나 아직도 표정은 멍하다.

"아빠 없이 맞는 생일이라서 특별히 신경을 썼어요. 어때요?"

갈색의 양가죽 코트. 이제 네 번째 생일을 맞는 사내아이라면 다소 클지도 모른다. 그러나 품질만은 최고급이다.

"이걸, 직접, 당신이 사 왔단 말이오?"

남자는 아직도 믿어지지 않는다는 표정이다.

"그럼요. 오전 내내 강남 바닥을 다 뒤졌어요."

나는 그러나 이것을 사기 위해 약간의 변장술을 발휘했다는 말은 하지 않는다. 그리고 일부러 아주 값비싼 수입 의류를 고른 이유도 말하지 않는다. 어차피 나중에 알게 될 테니까.

"나는 아이에게 이런 비싼 선물은 하지 않아요. 어린애에겐 좀

과한 생일선물인 것 같소."

"최고의 인기배우를 아버지로 둔 아이에겐 그리 과분한 것도 아닌데 뭘 그러세요."

그는 나의 이 말에 대답하지 않는다. 아니, 하고 싶은 말이 있긴 한데 참고 있다. 그는 아마도 나와 다시 불화의 관계로 가게 될까 봐 두려운 모양이다. 그래서 일부러 나의 비위를 거스를 말은 생략하는 것이다. 그만하면 지난번에 내가 보여준 억압적인 태도가 상당한 효과를 보았다는 이야기이다.

나는 별수 없이 기분이 좋아진다. 백승하라는 존재도 역시 채찍과 회유가 필요하다. 나는 다시 잔인해지고 싶은 욕망을 품는다. 그러나, 지금은 아니다. 지금은 끈을 풀어줄 시간이다.

"자, 거기 카드가 있죠? 거기에 아들의 생일을 축하하는 말씀을 몇 자 적으세요. 정말 아빠한테서 온 선물이라는 것을 아들이 믿도록."

그러나 백승하는 카드와 옷을 만지작거리고만 있다. 나는 눈짓으로 그에게 빨리 쓰라고 재촉을 한다. 그러나, 한참 후 그의 입에서 나온 말은 너무 의외였다. 그는 머뭇거리면서, 하지만 아주 명료하게 말하였다.

"이런 일을 하게 되면, 그렇게 되면, 당신이 위험하게 될지도 모르는데."

"뭐라고요?"

나는 그의 말이 하도 재미있어서 다시 물었다.

"위험한 일인 줄 알면서 왜 이런 생각을 했냐고 물었소."

이건 너무나 재미있는 일이다. 백승하가 나의 신변을 걱정해주고 있다니. 자기가 빠져 있는 구렁텅이는 잊은 채 자기를 이 지경으로 만든 사람을 염려하고 있는 이 남자.

웃음이 터져 나왔다. 나는 백승하 앞에서 크게 웃기 시작했다. 그러나 이내 그 웃음을 멈추었다. 너무 웃는 것도 포로에게 실례니까.

"백승하 씨. 나에게 위험한 일 따윈 없어요. 아직도 그걸 몰라요?"

다시 그는 하고 싶은 말을 삼키는 모양이다. 그는 오늘 많이 참고 있다. 그는 나를 두려워하고 있다. 나쁘진 않다. 나는 그가 썩 기특하다.

그는 잠자코 카드에 글을 쓰기 시작한다. 나는 고요히 그의 글쓰기가 끝나기를 기다린다.

잠시 후 그는 내게 카드를 내민다. 나는 그것을 받는다.

'준아. 넘어져 다친 무릎의 상처는 다 나았니? 아침에 비타민 먹는 것도 잊지 않았지? 아빠는 잘 있다. 엄마가 많이 울면 네가 달래줘라. 넌 씩씩한 남자잖아. 곧 집에 돌아갈 수 있을 거야. 그때까지 네가 엄마를 지켜주렴. 네가 세상에 태어난 것을 늘 기뻐하는 아빠가.'

내가 카드에 적힌 글을 읽는 동안 그는 자기 아이가 입게 될 코트의 소매랑 깃을 찬찬히 어루만져 보고 품이 넉넉한지도 눈대중으로 살펴본다.

그리고 그는 말한다.

"좋은 옷이요. 내년까지도 충분히 입을 수 있겠소."

우리는 그 소포를 대전의 한 우체국에 접수했다. 남기는 단숨에 대전까지 차를 몰아 다녀왔다.

"내일이면 배달이 된대요. 늦어도 내일 오후에는 들어갈 수 있답니다."

그러면 아이는 생일 전날에 아빠의 선물을 받아볼 수 있을 것이다. 아이의 엄마가 그 생일선물을 어떻게 할 것인지는 나도 모른다. 감격하기 좋아하는 그 여자는 아마도 소포의 겉면에 적힌 남편의 이름을 확인하는 순간부터 징징 울고 다닐 것이다.

"벌써 한 달이 다 되어가네요."

남기는 달력을 보다 말고 문득 감회 어린 얼굴로 나를 본다. 정말이다. 바로 엊그제 그를 데려온 것 같은데 벌써 한 달이 얼마 남지 않았다.

"답답하니?"

"예? 아, 아뇨. 조금도 답답하지 않습니다."

남기는 손을 내저으며 황급하게 부정한다.

"다행이구나. 앞으로도 혹시 집안에 갇혀있기 지겨우면 언제라도 이야기를 해. 하루 이틀 바람도 쐬고 예쁜 아가씨도 만나고."

남기에게도 그를 따르는 여자가 있는 것을 나는 알고 있다. 남기의 무관심을 못 견뎌서 음독자살을 기도했던 아가씨도 있었다. 그러나 내가 알기로 남기는 한 번도 다른 여자와 본격적인 사랑놀이를 한 적은 없다. 남기는 늘 선생님 일이나 도와 드리며 혼자 살겠다고 말하곤 했다.

지금도 남기는 내 말에 펄쩍 뛰면서 얼굴을 붉힌다.

"무, 무슨 말씀을. 전 여기서 선생님이랑 지내는 것이 제일 좋아요. 아가씨들한테는 정말 흥미가 없는걸요."

그래 놓고는 또 자기 말에 실수는 없는지 걱정이 되어 쩔쩔매고 있다. 밤의 세계에서 만나는 잔인하고 용맹스러운 황남기와 이 강민주 앞의 황남기는 이다지도 판이하다. 다르다 못해 아예 다른 사람처럼 보이는 것이다.

하지만 나는 남기의 이런 양면성에 대해 전혀 의아하게 생각하지 않는다. 남기처럼 우직한 인간에게는 순수와 용맹은 한 이름의 다른 얼굴일 뿐이다. 순수하기에 용감한 것이고 용감할 수 있기에 순수한 것이다. 여기에는 옳고 그르거나, 추하고 아름답다는 식의 이분법적 논리가 발붙일 자리가 없다. 그 단순 명료함, 이것이 우직한 삶이 지닌 미덕이다.

남기는 붉어진 얼굴을 감추려고 주방으로 간다.

"저 자식, 밥 줄 시간이에요."

남기는 아주 능숙한 솜씨로 쌀을 씻기 시작했다. 기분이 내키면 내가 식사 준비를 하기도 하지만 대개의 경우는 남기가 취사 당번이다. 하기야 요리책을 들춰가며 만드는 음식들은 어지간한 여자들보다 훨씬 나은 편이다. 특히 남기의 새우튀김은 기름 아끼지 않고, 적혀진 시간 꼼꼼히 지켜가며, 최상급의 재료로 만드는 것이라서 아주 괜찮다. 남기는 내가 새우튀김을 좋아하는 것을 너무나 잘 알고 있다.

그래서 나는 남기를 즐겁게 해주기로 작정을 한다.

"어떡하지? 오늘은 꼭 네가 만들어 준 새우튀김을 먹고 싶은데."

그러자 남기의 얼굴은 금방 터질 듯이 부풀어 오른다.

"그러세요? 잠깐만요. 제가 얼른 슈퍼에 다녀오지요. 싱싱한 새우가 있을지 모르겠네요."

남기는 신이 나서 현관으로 달려가 신발을 신는다.

"아, 남기야. 어머님이 집 내놓았다는 말씀 안 하시더냐?"

"네? 모르는데요."

"그 집이 한옥이라 겨울나기가 춥잖니. 어머님 연세도 그렇고. 그래서 내가 지난번 주식 뺀 것을 갖다 드렸다. 그 집은 전세로 내놓고 네 이름으로 아파트나 하나 사시라고 했어. 너도 이젠 집 한 칸은 있어야지."

남기는 또 얼굴이 빨개지더니 말을 더듬기 시작한다.

"그, 그, 그러시면 제가, 어떻게, 정말, 그, 그러시지……."

"너 새우 사러는 안 가니? 난 네가 만든 새우튀김 먹고 싶은데, 왜, 하기 싫어? 그럼 관두고."

"아, 아녜요. 지금 가요."

남기는 후닥닥 튀어 나간다. 나는 남기의 허둥대는 뒷모습을 보며 흐뭇하게 미소짓는다. 남기는 귀여워. 아니, 남자들은 가끔 귀엽기도 해.

백승하 씨, 가족들에게 소식 보내와
경찰, 납치로 단정하고 본격 수사 나서

영화배우 백승하 씨의 실종 사건을 수사하고 있는 서울 강남경찰서 형사 2부는 지난 10일 백씨가 집으로 아들의 생일선물을 보냈다는 새로운 사실을 밝혀내고 수사에 활기를 띠고 있다.

경찰은 선물이 든 등기 소포에 대전 우체국 소인이 찍혀 있고 백씨의 필적으로 작성된 아들에게 보내는 편지도 들어있는 것으로 미루어 백씨는 대전 부근에서 누군가에 의해 감금된 것으로 보인다고 말했다.

경찰은 또 실종될 때 현금이나 카드를 소지하지 않았던 백씨가 상당한 고가품의 옷을 선물로 보낸 것으로 보아 이 사건이 돈을 원하는 범인의 소행은 아닐 것으로 추측하고 있다. 경찰은 이에 따라 백씨 주변의 원한 관계를 원점에서부터 재수사하는 데 주력하고 있으며, 우체국 직원과 대전 시내의 고급 의류상가를 중심으로 범인의 신원을 확인하고 있다.

13일 자 조간에 실린 기사.

백승하를 납치한 지 꼭 한 달 만에 다시 4단짜리 기사가 사회면을 장식하고 있다. 이건 재미도 있다. 사회면 기사치고는 너무 감동적인 내용이기도 하다. 납치된 영화배우가 자기 아들의 생일선물을 보낸 것이다. 돈을 노린 파렴치한 범죄도 아니라고 한다. 얼마나 신선한가.

나는 신문을 들고 백승하의 방을 찾아간다.

"대단히 가슴 찡한 기사가 실렸군요. 보실래요?"

그는 묵묵히 신문기사를 읽는다.

"세상은 참 친절해요. 우리가 보낸 소포가 정확히 도착했다는 것을 이렇게 신문에까지 발표하는 것을 좀 봐요."

백승하는 이제 이런 나에 대해 놀라지도 않는다. 오히려 희미한 웃음으로 내 말에 반응하는 정도로 발전을 했다. 그가 이렇게 나오면 서로가 훨씬 덜 피곤하다. 나는 말귀를 잘 알아듣는 사람을 좋아한다. 백승하도 그런 편에 속한다. 아주 바보는 아니라 참 다행이다.

"어쨌든 생일선물은 고마웠소."

보라. 그는 이렇게 인사성도 밝은 인간이다. 이럴 때는 나도 예의를 갖추어야 하는 법이다.

"뭘요. 당연히 할 일을 했을 뿐인데요."

그리고 나는 그의 방을 나온다. 그는 아마도 내가 어렵게 구해다 준 일마즈 귀니 감독의 비디오테이프들을 다시 볼 것이다. 그는 요즘 본 영화를 보고 또 보고 있다. 나는 그가 원한대로 『욜』, 『양 떼들』, 『벽』을 가져왔다. 가게 주인에게 그 밖의 다른 것들도 어떻게든 준비해 보라는 부탁도 잊지 않았다.

나는 이런 사람이다. 베푸는 것은 철저하게 베풀고, 또한 괴롭히는 것도 철저하게 괴롭힌다. 나는 어중간한 것은 정말 싫어하니까.

14일 자 조간에는 대전에서 보낸 속보가 실렸다. 이미 예상하던 내용이었다. 그날 소포를 접수한 우체국 직원은 연말의 우편량 폭주로 손님이 붐벼서 문제의 소포를 들고 온 사람이 남자인지 여자인지조차 기억이 안 난다는 것이고, 대전 시내의 수입품 의류를 판매하는 가게들을 일일이 확인해 보았지만, 최근에 어린아이의 가죽 코트를 팔았다는 곳은 없다고 했다.

나는 그 가죽 코트를 서울에서 샀다. 물론 경찰도 대전 다음에는 서울을, 특히 고급 수입의류점이 밀집한 강남 지역을 뒤지기 시작할 것이다. 사실을 말하자면 나는 경찰서와 그리 멀지 않은 곳에서 문제의 그 코트를 샀다.

코트를 사러 갔을 때 내 머리는 풍성한 퍼머넌트의 가발이었다.

화장은 전혀 새로운 방식으로 눈썹에서 입술까지 화사하게 시도했다. 그 스타일은 나를 40대 사모님으로 보이기에 부족함이 없었다. 게다가 나는 은빛 밍크 재킷에 가죽 치마를 입었다. 나를 아는 누구도 나의 그런 모습을 상상도 하지 못할 것이다.

물론 나를 감추기 위한 변장술의 주제가 부유한 사모님 스타일이기도 했지만, 그 주제를 택한 데는 나름대로 다 계획이 있어서였다. 생일선물로 신선한 감동을 준 백승하 실종 사건은 이어서 선정적인 은밀함으로 사람들의 저급한 호기심을 충동질할 것이다. 이렇게 고루 구색을 갖추는 나의 친절함, 이 배려를 거절할 사람이 누가 있을까.

속보

백승하 씨 실종 사건, 범인 목격자 나타나

40대 여인이 백씨 아들의 옷 구매

서울 강남경찰서는 14일 문제의 어린이용 가죽 코트가 강남의 수입 의류 전문점 '까르소'에서 지난 7일 40대 초반의 여자에게 판매된 사실을 확인하고 이 여성을 찾는 데 주력하고 있다.

'까르소'의 주인 박모 씨는 이 여인이 자신의 조카에게 줄 선물이라며 가죽 코트를 고른 뒤 현금으로 옷값을 지급했는데, 옷값 76만 원을 모두 만 원권 지폐로 계산을 한 점과 화려한 외모 때문에 확실히 기억할 수 있다고 진술했다.

경찰은 이에 따라 40세가량의 머리가 길고 다소 마른 편인 이 여자가 영화배우 백승하 씨 실종 사건에 깊숙이 개입됐을 것으로 보고 주변 사람을 상대로 또 다른 목격자를 찾는 중이다.

한편 경찰은 백승하 씨에게 여성 팬이 많았던 사실을 중시하고 이 사건이 인기 남자 배우를 흠모한 돈 많은 중년 부인의 계획적인 납치일 가능성이 크다고 판단, 실종 직전의 백씨 행적을 자세히 조사하고 있다.

이것으로 한동안 부드러웠던 우리의 관계는 끝나고 말았다. 신문과 방송은 많이 자제하고 있다는 듯이 용어 선정에 신경을 쓰는 척했지만 '성적 노리개로 선택된 남자 배우'라든가, '이런 일이 한 중년 부인의 분별없는 성적 욕구만으로 가능했겠는가는 여전히 의문이다.' 등의 선정적 내용은 무심히 흘려보내 백승하를 거의 미칠 지경에 이르게 하고 말았다.

나는 그런 백승하를 내버려 두었다. 그리고 서너 페이지씩 이 사건을 다룬 주간지들을 모두 사들여 그의 방에 넣어주는 친절도 잊지 않았다. 새로운 신문이나 잡지를 가지고 들어가면 이전의 신문이나 주간지들은 어김없이 갈가리 찢긴 채 휴지통 안에 처박혀 있었다.

그리고 다시 며칠이 지났다.

젊은 남자 배우를 자신의 성적 욕망을 채우려 납치했다는 중년 부인은 여전히 오리무중인 채 수사망에 나타나지 않는 모양이었다. 속보가 없는데 재미있다고 자꾸 기사를 쓸 수는 없는 노릇이라 신문도 점점 조용해졌다.

대신 백승하에 관한 유언비어는 굉장한 속도로 퍼져가는 모양이었다. 시내에 나갔다 온 남기는 히죽거리며 유언비어의 내용을 전해주었다. 그중에서도 압권인 것은 백승하가 이름만 대면 세상이 다 아는 어느 재벌 부인에게 잡혀갔다는 이야기였다.

깜찍한 유언비어도 있었다. 그것은 백승하가 동성연애를 즐기는 유명한 운동선수에게 납치되었다는 것인데, 거기에 덧붙여 백승하 스스로 한 달에 얼마를 받기로 계약한 뒤 자진해서 납치자에 봉사하고 있다는 식의 소설 같은 이야기도 난무했다.

어쨌든 이 유언비어 통신의 활약도 나쁘지는 않았다. 이건 예상밖의 수확이었다. 그래서 나는 하루하루가 아주 쾌적하고 즐거웠다. 백승하가 괴로우면 괴로울수록, 그 반대로 나는 몹시 즐겁고도 기뻤다. 야속한 일이기는 하지만 우리의 관계는 바로 이런 것이었다.

평화롭고 한가한 시간이 흘러갔다.

나는 햇볕 내리쬐는 거실의 흔들의자에 앉아 고양이처럼 다디단 낮잠을 즐기기도 하고, 욕조 가득 더운물을 받아 긴긴 목욕을 하기도 했다.

평화를 즐기는 방법은 여러 가지가 있었다. 생각할 수 있는 모든 맛있는 음식들을 사다 먹거나 남기에게 시켜 집에서 요리해 먹기도 했다.

때로는 몇 시간씩이고 텔레비전에 연결된 오락 기계 앞에 앉아서 버튼을 눌러대며 게임을 즐기는 것도 평화로운 풍경을 연장하는 한 방법이었다.

오락 기계를 사들인 것은 남기였다. 영화를 보거나 책을 읽으며 시간을 보내는 방법을 터득하지 못한 남기는 어느 날 싱긋싱긋 웃으며 그것을 사 들고 왔다. 그리고 단숨에 스물 몇 개나 되는 프로그램을 완벽하게 정복했다.

한 번 게임을 시작하면 시선은 화면에 고정한 채, 양손으로 정신없이 버튼을 눌러대는 남기의 모습은 영락없이 개구쟁이 꼬마와 닮아 있었다. 나는 그런 남기의 모습을 훔쳐보며 가끔 놀라곤 했다. 세상의 어떤 잡다한 티끌도 묻지 않은, 속임수도 갈등도 담기지 않은 남기의 그 무구한 눈빛은 정말이지 새롭고도 신선했다.

남기의 그런 모습은 나에게도 새롭고 신선한 느낌을 불러일으켰다. 군말 없이 복종하고 그림자처럼 엄호하고, 끝없이 나를 어려워하는, 그런 남기의 모습에서는 발견할 수 없었던 낯섦이 나는 좋았다.

"그렇게도 재밌어? 그럼 나도 한 번 해볼까."

그렇게 해서 나도 Ninja라든가 Road-fighter, Ice-climber 따위

의 제목을 단 게임을 슬슬 즐기기 시작했다. 오락게임의 도사가 된 남기는 옆에서 A 버튼을 누르라고 일러주거나 이러 저러한 경우에는 B 버튼을 사용해서 점수를 얻으라고 신이 나서 코치하곤 했다.

내가 가장 좋아하는 게임은 '빙벽 등반가'란 이름이 붙은 것이었다. 버튼을 누르면 위로 뛰어오르면서 머리로 빙벽을 뚫는 등반가, 그이의 손에는 날카로운 삽이 들려 있다. 그러나 그 삽은 빙벽을 뚫는 도구가 아니었다. 얼음은 늘 머리로 깨부수고 그 삽으로는 느닷없이 등장하는 훼방꾼들을 찍어 없애는 것이었다.

열심히 점프해서 벽돌 모양의 얼음을 깨부수다가, 왼쪽 오른쪽 가릴 것 없이 수시로 출몰하는 적이 있으면 얼른 돌아서서 삽으로 적을 쳐부수는 등반가의 모습은 그 내용의 잔인성에도 불구하고 대단히 우스꽝스러웠다. B 버튼을 눌러 삽을 사용할 때마다 나는 즐거움과 알지 못할 쾌감에 몸을 떨었다.

나는 이 전자게임이 현실을 조롱하고 있다는 것을 단박에 알아냈다. 잠깐의 휴식도 없이 날마다 싸우고, 뛰어오르기 위해 노력하고, 그리고 발을 동동거려야 하는 삶이란 이름의 이 게임.

내 즐거움과 쾌감의 근거는 바로 여기에 있었다. 나야말로 이 지루한 게임의 순서에 상관없이 단숨에 점프가 가능한 거의 유일한 인간이라는 사실. 자, 한 번 더 지리멸렬한 빙벽 깨기 게임을 살펴보면 내 쾌감의 의미를 더욱 선명히 알 수 있으리라.

프로그램 번호 13을 선택해서 그 번호에 숨어있는 암벽 등반가를 부른다. 나타난 등반가는 우왕좌왕 뛰어다니며 끊임없이 머리로 얼음벽을 깨뜨리거나, 삽을 휘둘러 적을 무찌르곤 한다. 그렇게 위로 또 위로 올라가면 어느 순간 하늘이 보이고 구름이 둥둥 나타난다. 수십 명의 적을 쳐부수고 머리가 터지도록 얼음을 깨부순 등반가는 마지막 힘을 모아서 구름 위로 사뿐 뛰어오른다. 구름을 잡기만 하면 보너스가 나오는 것이다. 보너스를 알리는 경쾌한 차임벨이 울리면 남기도 나도 같이 환성을 질렀다.

구름 위로의 점프.

손에 삽을 든 등반가가 사뿐 구름 위로 올라앉는 순간을 나는 특히 즐겼다. 그것은 마치 내 모습을 보는 듯한 기분이었다. 내가 왜 이 게임을 즐기는지 머리 나쁜 남기는 알 턱이 없겠지만, 마지막 순간에 구름이 등장하는 이 게임은 오직 나만을 위한 프로그램인 듯 여겨졌다. 나는 게임의 자질구레한 순서를 훌쩍 뛰어넘어 한번에 구름 위로 점프하는 사람이므로.

구름 위로의 점프.

다른 사람은 몰라도 내게 그것은 가능하다. 그 사실을 확인하기 위해 나는 가끔 백승하의 방을 들여다보곤 했다.

야월 대로 야윈 그는 늘 벽에 등을 붙이고 앉아 있다가 내가 들어가면 그래도 자세를 고쳐 앉는 시늉을 하며 최소한도의 예의는 보여준다. 자신이 추문의 주인공이 되어 뉴스에 오르내릴 때는 미칠 듯이 분노했지만 그래도 그때의 그는 싱싱하기는 했었다.

경찰의 무능으로 사건이 더는 진전될 기미가 없자 그의 싱싱함도 서서히 사라졌다. 남은 것은 한 중년 부인의 성적 노리개로 전락한 왕년의 인기배우 백승하에 대한 저질의 호기심뿐이었다.

그는 거의 희망을 잃은 듯이 보였다. 내가 한가하고 즐겁게 막간의 평화를 누리고 있을 때 백승하는 절망의 바닥을 더듬고 있었다. 나는 알고 있다. 그가 왜 절망의 바닥으로 추락했는지를.

그 이유를 설명하기 위해서 나는 다시 빙벽 등반가를 빌려야 할 것 같다. 구름 위로의 점프, 바로 그것이다. 백승하는 비로소 나라는 존재가 구름 위가 아니라 천국까지라도 점프할 능력이 있다는 사실을 깨달은 모양이었다.

그는 서서히 나를 두려워하고 있다. 그가 믿고 기대했던 사회의 질서는 전혀 내 앞에서 통용되지 않았다. 그가 간직하고 있던 하나의 소망, 무슨 수를 써서라도 자신을 구출해 주리라 믿었던 바깥세상은 오히려 그를 배반했다.

세상 사람들은 진실을 원하는 것이 아니라 그들의 담소 시간을 잠시 즐겁게 해줄 가십거리를 더 원한다는 사실을 백승하는 이제야 터득하기 시작한 것이다.

물기 없이 시들어가는 백승하를 위해 나는 아무것도 해 줄 수가 없다. 이것도 말하자면 오락의 한 프로그램인 셈이다. 나는 그 오락을 즐기기만 하면 될 뿐이지 프로그램에 손을 대서 내용을 바꿀 생각은 전혀 없다.

내가 구성한 프로그램에 의하면 그는 이제쯤에서 철저하게 절망하는 것으로 되어있다. 알 만한 사람은 이미 다 알고 있는 말이지만, 바닥까지 추락하지 않고서는 비상의 날개를 사용할 수 없는 법이니까. 더는 떨어져 내릴 곳이 없으면 별수 없이 기어서라도 다시 올라와야 하는 법이니까.

그래서 나는 퀭한 눈으로 나를 올려다보는 그에게 말을 아낀다. 나는 꼭 필요한 말 이외에는 절대 그에게 말을 걸지 않았다. 나는 기다리고 있다. 백승하가 먼저 나에게 매달릴 순간을. 그 스스로 세상을 버리고 이 강민주에게 다가오기를.

그런 까닭으로 나는 잠시 한가하고 평화로울 수 있었다. 어느 순간에는 내가 백승하를 거두고 있는 사실조차 완벽하게 잊고 휴식을 누리는 때도 있었다. 말하자면 나는 이 막간을 이용해서 재충전을 했던 셈이었다. 나에게도 때로는 힘의 재충전이 필요했다.

"어디까지가 당신의 계획인지 알고 싶소."

그 평화의 시간으로 거의 한 달을 채우고 있을 때, 마침내 백승하가 먼저 입을 열었다. 그것도 일부러 문을 두드려 나를 청해서였다.

우리는 백승하 방문을 바깥으로 잠그고 있다. 안에는 잠금장치를 아예 만들지 않았다. 나는 언제라도 그에게 들이닥칠 수 있다.

대신에 그는 언제라도 예기치 않은 방문을 당해야 한다.

백승하가 먼저 방문을 두드려 무언가를 요구한 것은 그를 감금한 이래 처음 있는 일이다. 하기야 그럴 만한 일이 있을 리도 없다. 나는 언제나 미리 살펴서 그가 필요로 하는 것을 준비해 주는 너그러운 포획자였으니까.

"강민주 씨를 불러주시오."

문 두드리는 소리를 듣고 달려간 남기에게 백승하가 했다는 말이다.

"짜식, 제법 웃겨요. 건방진 턱주가리를 한 방 먹여줄까 하다 참았어요."

백승하가 격식을 갖춰서 나를 찾은 사실에 대해 남기는 터무니없이 화를 냈다. 단지 나를 불러달란 말뿐이었는데도 남기는 온 얼굴에 가득 적의를 담고 있다. 물론 나는 남기가 왜 그러는지 알지만 그냥 모르는 체한다.

"어디까지가 당신의 계획인지 알고 싶소."

이것이 나에게 던진 백승하의 첫 마디였다. 그는 오랫동안 벼르고 있었다는 듯이 아주 진지하게 첫 말을 던졌다.

이미 여러 차례 말한 바가 있지만 나는 보통 사람과는 다른 두뇌의 소유자이다. 게다가 최근에 나는 심리학으로 석사학위까지 받은 사람이다. 내가 왜 새삼스럽게, 그리고 낯 뜨겁게 이런 소리를 하냐면 백승하가 나에게 무슨 말을 할 것인지 이미 알고 있었다는 사실을 전하고 싶어서이다.

우리는 그동안 안과 바깥에서 각각 다른 시간을 보냈었다. 나는 평화 속의 재충전 날들을, 그는 바닥까지 떨어지는 극대치 절망의 시간을. 그것이 합해서 한 달의 세월을 이루었다. 나는 이 각각의 시간이 한 달을 넘기지 않을 것도 알고 있었다. 한 달 정도만 기다리면 그가 바닥에서 기어 나오고 싶다는 뜻을 표출할 것을 예견했다.

그리고 나는 그의 첫 발언이 자신이 갇혀있는 이유가 무엇인지 알려달라는 질문일 것도 짐작하고 있었다. 생각해 보라. 날아오르기 위해서는 날아야 하는 이유를 알아야 한다.

"이제는 우리 두 사람 사이에 대화가 있을 때라고 생각하오. 당신은 왜 나를 가두는지, 나는 왜 여기에 갇혀있어야 하는지, 이제는 알아야 하지 않겠소?"

흠. 나는 대꾸도 하지 않고 백승하의 메마른 입술에서 새어 나올 다음 말을 기다린다. 그가 솔직해질 때까지 나는 입을 열지 않을 것이다.

"아직도 이런 질문을 해서는 안 되오?"

그는 무서워하고 있다. 그래서 그는 오래전의 규칙, 돌아가게 해달라거나 왜 자기를 가두고 있냐는 식의 발언은 금한다는 나의 경고를 상기하고 있다.

"그래도 할 수 없소. 당신이 왜 내 인생을 망가뜨리고 있는지 나는 정말 그 이유를 알아야겠소. 최소한 그 이유만큼이라도 당신은 내게 말해줘야 할 의무가 있는 게 아니오?"

의무? 하도 가소로워서 나는 피식 웃고 만다. 아직도 자존심을 팽개치지 못하는 남자가 정말이지 한없이 가련하다.

"좋소. 이유를 말하지 않겠다면 처음의 질문으로 되돌아갑시다. 어디까지가 당신 계획이오? 나를 죽일 작정이오? 바깥의 저 친구가 살인 청부까지 맡기로 되어있소?"

이것 봐라. 이 친구가 정말 죽을 작정을 했군. 찌를 듯한 빛이 쏟아지는 백승하의 눈을 쳐다보며 나는 여유만만하게 팔짱을 낀다.

"그래서, 이렇게 나를 죽여서, 당신이 얻는 이익이 뭐요? 누가 내 시체를 다이아몬드와 바꾸자고 합디까? 나를 죽여주면 굉장한 대가를 주겠노라고 약속한 놈이 있소? 그게 누구요? 나를 죽여달라고 부탁한 놈이 대체 누구요?"

백승하의 야윈 목에 핏줄이 도드라진다. 그가 언성을 높일 때마다 꿈틀거리는 흰 목의 핏줄은 상당히 선정적이다. 나는 이 작자의 발악을 아주 귀엽게 봐 넘기고 있다. 실제로 이 남자의 지금 모습은 차라리 매혹적이기도 하다.

"왜 대답을 못 하는 거요? 왜 내 말에 한마디도 답을 하지 않는 거요? 당신이란 사람은 도대체 어떤 사람이지? 왜 이런 엄청난 일을 저지르고도 이렇게 태연할 수가 있는 거지? 당신은 정신병자야. 틀림없어. 그렇지 않고서야 경찰이 눈에 불을 켜고 당신들을 찾고 있는 이 마당에 오락게임을 하면서 킬킬거릴 수 있을까. 당신들의 그 웃음소리를 들을 때마다 나는 소름이 돋곤 했어. 당신은 정신병자야. 나는 불행히도 정신병자한테 걸린 거야."

그는 부들부들 몸을 떨고 있다. 오랫동안 이발을 하지 않아서 그야말로 봉두난발이 된 머리칼도 함께 떨린다. 나는 서서히 그에게로 다가간다. 내가 가까이 가면 그는 뒷걸음질로 도망갔다.

"당신, 왜 그러는 거지? 가까이 오지 마! 제발, 날 가만 내버려 둬."

그의 등이 쇠창살을 질러 놓은 창에 닿는다. 나는 그의 앞에 우뚝 선다. 겁에 질린 그의 커다란 눈동자에 내 모습이 비친다. 나는 조용히, 아주 그윽하게 그의 눈 속에 잠긴 내 얼굴을 들여다본다. 그리고 나는 고요히 입을 연다.

"가만, 가만히 있어요. 가만히."

뭐라고 소리를 지르려다 말고 백승하는 입을 다문다. 그는 예민한 남자다. 내가 자기를 해치지 않을 것을 눈치챈 모양이다. 그는 가만히 내가 하는 양을 지켜본다. 그러나 아직도 머리카락은 심하게 떨리고 있다. 나는 그 떨리는 머리카락을 만져 본다.

백승하는 나보다 키가 크다. 나는 그의 겁에 질린 눈과 떨고 있는 머리를 가슴에 품어서 달래주고 싶었지만 단지 키 때문에 그렇게 할 수가 없다. 나는 결국 손을 벌려 그를 안는 형식을 취한다. 그의 가슴에 내 얼굴만 묻으면 외형상으로는 아주 그럴듯하게 보일 것이다. 그러나 나는 그의 가슴에 얼굴을 묻는 짓 따위는 하지 않는다. 내가 지금 그를 포옹하는 것이지 그가 나를 포옹하는 것은 결코 아니므로.

백승하는 조금씩 진정해 간다. 처음에는 떨고 있는 그의 몸을 확실하게 느낄 수 있었지만 점차 그 떨림이 약해지더니 얼마 후엔 이윽고 아주 고요하게 가라앉았다.

그 순간, 그러니까 그가 가라앉았다고 느끼는 순간에 우리의 자세에 약간의 변형이 있었다. 축 늘어진 채 무감각했던 백승하의 두 팔이 움직이기 시작한 것이다. 그는 자신의 두 팔로 내 등을 감았다. 그때까지는 나도 모른 체했다. 그러나 잠시 후, 내 등에 조금씩 힘이 가해졌다. 그가 두 팔에 힘을 주기 시작한 것이었다.

사실을 말하자면, 이것도 나로서는 익히 풀어낼 수 있는 인간 심리 중의 하나였으므로 전혀 놀랄 일은 아니었다. 극도로 쇠약해진 정신상태에서는 적에게라도 의지하고 싶은 것이 사람 아니던가. 그런데도 나는 원래의 각본대로 그를 향해 냉혹한 자세를 취해야만 했다. 바로 이렇게.

나는 단호하게 그의 두 팔을 풀어냄과 동시에 거의 기습적으로 그의 뺨을 후려쳤다. 백승하는 느닷없는 나의 공격에 벽에 머리를 부딪치고 주저앉았다. 허물어진 그를 일으켜 세운 뒤 나는 사정없이 남자의 무릎을 걷어찼다. 악, 하는 비명을 삼키며 남자는 다시 쓰러졌다.

덤벼. 덤벼보라고.

나는 마음속으로만 그에게 명령한다. 그러나 남자는 정말 다소 곳이 당하고만 있다. 아니, 어느 한순간은 얼굴 근육을 바싹 긴장하면서 나를 죽일 듯이 노려보기도 했었다. 그러나 그것은 실로 찰나에 불과한 짧은 순간이었다.

그는 마치 나를, 연약한 여자를 차마 때릴 수 있냐는 듯 허세를 부리고 있다. 감히 나를, 이 아니라 차마 여자를, 이라면 본때를 보여줄 필요가 있다. 백승하가 아직도 이 강민주를 자기가 참고 봐줘야 할 여자 정도로만 여기는 것은 절대 용납할 수가 없다. 나를 절대자로 섬겨서 감히 반항해볼 생각도 못 하는 것과 그것과는 질적으로 다르다.

나는 본격적으로 그를 손봐주기로 작정한다. 솔직히 말하자면 이쯤으로 그만두기에는 이 재미가 너무 각별하다. 백승하에게 주먹을 휘두를 때마다 느끼는 것이지만 인간의 가학 취미에는 어마어마한 가속력이 따라붙는다는 사실이다. 나처럼 자신을 통제하는 능력이 뛰어난 사람도 그 상승하는 가속력을 제어하는 데 늘 당혹감을 느끼는 판에 범상한 족속들이야 오죽하겠는가.

나는 전혀 배려하지 않고 백승하의 안면을 향해 주먹을 날린다. 언젠가 한 번쯤 말한 적이 있는지 모르지만 나는 대학 다니면서 주먹 쓰는 법을 제대로 배운 사람이다. 태권도와 호신술, 그리고 펜싱이나 검도 등의 무술에 어느 한 시절 매혹당했던 때가 있었다.

무엇이든 한 번 매료당하면 그 집착에서 미련 없이 벗어날 때까지 몰두하여 파고드는 성격을 가진 나였다. 더럽혀진 도복을 빨 때마다 혀를 끌끌 차던 어머니의 모습이 떠오른다. 어머니는 그러나 여자도 자신의 몸을 지킬 만한 힘이 있어야 한다는 논리로 내가 각종 도장을 섭렵하는 것을 모른 척해주었다.

물론 나는 내 몸을 지킨다는 차원에서 무술에 흥미를 느낀 것은 아니었다. 나는 응징하는 사람으로서, 신의 대리인으로서 마땅히 그 정도의 힘은 있어야 한다고 판단했을 뿐이었다.

어쨌거나 백승하도 내 주먹의 강도가 보통이 아니라는 것을 깨달은 모양이었다. 그는 자신도 모르게 방어의 몸짓을 취했다. 날아오는 내 주먹을 자신의 팔로 가로막은 것이다.

"그래, 일단은 그렇게 막아보라고. 패배의 순간까지 너도 죽기 살기로 덤벼보란 말이야."

나는 있는 힘껏 그의 정강이를 걸어차며 낮게 외친다. 나의 명령을 듣고서야 그도 비로소 정신이 번쩍 드는 듯했다. 그가 공격을 감행했다. 나는 볼이 욱신거리도록 뺨을 얻어맞았다.

이어서 내 몸의 기를 모은 심상치 않은 주먹이 그의 복부를 강타했다. 싸움깨나 한 사람은 알겠지만 자신의 펀치가 급소를 공격했는지 아닌지는 느낌으로 알 수 있는 법이다. 또한 자신의 펀치가 강했는지 약했는지도 금방 감각으로 전해져 온다. 나는 이번의 공격이 결정타였다는 것을 알았다.

백승하는 신음도 내지 못하고 그대로 주저앉았다. 그래도 마무리는 있어야 하는 법이라 나는 쓰러지는 백승하를 향해 마지막으로 짧으나 굵은 발길질을 선물한다. 백승하는 완벽하게 무너져서 한동안 꼼짝도 하지 못했다.

그 이틀 뒤, 백승하는 다시 나와의 면담을 청해 왔다.

이번에도 남기가 전달자 역할을 하였다. 점심으로 김밥을 가지고 들어갔더니 나를 찾더라는 것이었다.

"그 짜식이 또 건방지게 선생님을 불러대잖아요."

지난번에도 그런 것처럼 남기는 그가 나를 부르는 것에 상당히 예민하게 반응하고 있다. 심히 불쾌하다는 투다.

"상처는?"

나는 일부러 백승하의 상처를 언급한다. 그날, 나는 남기를 시켜서 그의 타박상을 치료하도록 했다. 남기는 신이 나서 얼굴은 말할 것도 없고 다리와 등에 퍼렇게 멍이 들었다고 보고했다.

나의 의도적인 질문에 남기는 다시 기분을 회복한다. 백승하가 나한테 늘씬하게 얻어맞았다는 사실을 상기하면 남기의 근심도 어느 정도 사라진다는 것을 나는 알고 있다.

"오늘 아침에 파스를 갈아주려고 했는데 저 자식이 싫대요. 얼굴은 아직 시퍼렇고요. 그러나저러나 저 자식이 또 얻어맞고 싶어서 몸이 근질근질한 모양이네요. 왜 자꾸 선생님을 불러대죠? 귀찮게 굴면 저한테 맡기세요. 며칠간 입도 뻥긋 못하게 손을 좀 봐

줄 테니까요."

남기는 내가 백승하에게 호감을 느끼게 될까 봐 초조해하고 있다. 나는 이미 눈치채고 있다. 백승하의 방에 들어가기만 하면 남기가 방문 앞에서 귀를 곤두세우고 있다는 것을.

그러나 어쩌랴. 바로 그런 남기의 조바심, 혹은 나에 대한 집착이 없었다면 내가 이 일을 도모할 수 있었겠는가. 앞으로도 나는 남기의 힘이 필요할 터이고 그러려면 남기의 조바심을 적당히 키우면 키웠지 잘라내서는 안 될 것이다. 남기의 에너지는 바로 나에 대한 맹목적인 추종에서부터 발현되는 것이니까.

내가 백승하의 방에 들어간 것은 하늘에 붉은 석양이 깔릴 무렵이었다. 점심때 면담 요청이 있었으나 나는 한껏 시간을 끈 다음에 그에게 갔다. 그 이유는 말할 것도 없이 모든 일의 주체세력은 바로 나라는 사실을 다시 확인시키기 위함이었다. 인간이란, 특히 남자들이란 지구가 자기들을 중심으로 돌아간다는 착각 속에 갇혀 사는 까닭에 매번 시시콜콜 상기시켜 주지 않으면 금방 자신의 주제를 잊고 만다.

일부러 시간을 끌긴 했어도 석양 무렵에 들어간 그의 방은 분위기가 아주 근사했다. 스러지는 옅은 햇빛에 섞여 방안을 물들이고 있는 주홍의 색조는 마치 잘 만든 영화의 한 장면처럼 여겨졌다.

게다가 백승하의 자세도 아주 그럴싸했다. 그는 창을 등지고 서 있었다. 역광으로 새겨지는 그의 실루엣도 의도적으로 연출해서 표현한, 그가 주인공인 영화 속의 한 스틸처럼 보였다.

나는 잠시 내가 키우는 이 잘생긴 남자의 얼굴을 감상하였다. 빛을 등진 탓에 얼굴의 멍 자국은 보이지 않았다. 나는 단지 남자의 굳게 닫힌 입술의 윤곽, 그림자를 만들 정도의 높은 코, 전혀 도드라지지 않는 얼굴의 선 정도만 볼 수 있을 뿐이었다.

그러나 남자 쪽에서는 나의 얼굴을, 아니 나의 모습 전체를 아주 잘 관찰할 수 있는 위치였다. 나는 잠시 우리 둘의 이 구도를 바꿀까 생각하다가 곧 그만두었다. 이 주홍의 부드러운 색조를 거스르면서까지 새삼 위압적일 필요는 없다는 데 생각이 미쳤던 것이다.

지금부터는 부드럽고 인간적인 강민주의 모습을 보여줄 차례였다. 이런 순서는 내가 계획한 바가 아니었다. 역사가 깊은 이 남성 중심의 사회에서는 억압과 회유의 반복이라는 양날의 통치 기술이 아주 성공적으로 쓰여 왔다.

작게는 가정에서부터 이 기술이 전폭적으로 사용되었다. 내가 상담소에서 채집한 가정폭력의 거의 일백 프로가 모두 이 악순환을 밟고 있다. 하루는 실컷 아내를 두들겨 팬 남편이 다음날에는 상처를 치료할 약과 아내에게 바칠 선물을 사 들고 와서 눈물겹도록 지극한 정성으로 아내의 몸과 마음을 치료하는 것이다. 더욱 희한한 것은 남편에게 두들겨 맞고 사는 아내의 대부분이 바로 이 회유의 단계에서 어김없이 남편을 용서하고 만다는 사실이다.

그런 남편, 아니 남자들이 지배하는 사회, 그러니까 우리의 정치사 또한 고스란히 이 병 주고 약 주기 수법을 남용하고 있지 않았던가. 멀리 갈 것도 없이 우리나라의 현대사만 살펴보아도 그 흔적은 여러 군데서 발견된다. 권력자는 민중에게 오락과 스포츠를 제공하며 이에 저항하는 세력에게는 막강한 폭력을 처방한다. 그리고 다음은 다시 회유의 정치가 시작된다.

지금 나는 바로 그 처방전대로 백승하를 다루는 것이다. 그러므로 지금 나는 아주 상냥하고 부드러워야 한다. 머지않아 이 남자도 반드시 나에게 길들 것이다.

"저를 보자고 하셨나요?"

나는 아주 깍듯하게 첫마디를 시작한다.

"우선 말씀드릴 게 있어요. 엊그제, 제가 조금 심했던 것, 이해해주세요."

백승하는 가만히 내 말을 경청하고 있다. 내친김에 나는 부드럽고 공손한 대사를 연이어 뱉어낸다.

"저는 우리 사이가 이렇게 악화되는 것을 원하지 않아요. 아마 당신도 그럴 거라고 믿어요. 우린 좀 더 사이좋게 지낼 수도 있어요."

이쯤에서 나는 잠시 침묵을 준다. 이런 공백은 말보다 백배 효과가 있는 법이다.

일몰의 시각, 방은 점점 어두워지고 백승하는 그린 듯이 창에 등을 기대고 서 있다. 이제는 그가 내게 화해의 손길을 내밀 때였다.

백승하는 이미 내가 조종하는 대로 쫓아오는 로봇과 다름없다. 그것도 기대 이상의 동작을 보여주는 제법 괜찮은 로봇.

그는 비로소 자신의 언어로 말하기 시작했다. 흔히 우리가 육성, 이라 부르는 바로 그런 것. 껍데기가 아닌 알맹이의 말.

나는 그와의 대화를 마친 뒤 곧장 내 방에 틀어박혀서 그와 나누었던 이야기를 할 수 있는 한 생생하게 기록하였다. 이런 식의 기록은 어릴 때부터의 특별한 버릇이었다. 상담소에서도 나는 내가 받은 모든 전화의 내용을 거의 원음에 가깝게 기록하려고 온갖 기교를 다 동원하고는 했었다.

백승하와의 대화도 나는 그렇게 세세히 기록하고자 애를 썼다. 불필요한 설명이나 군더더기 없이, 상황묘사가 필요하면 괄호를 사용하며, 별 의미 없는 접속사 하나라도 빠뜨리지 않는 성실함을 과시하며.

그 기록의 첫 줄은 이렇게 시작된다.

백승하의 고백―자신의 성장에 관하여.

'백승하의 고백―자신의 성장에 관하여.'

여덟 살, 아니, 더 어렸을지도 모르겠소. 웬일인지 그 무렵의 몇 년을 기억하려면 늘 기억에 혼동이 생기곤 하오. 하지만 나이는 사실 아무런 상관도 없소. 내가 하고 싶은 이야기는 벽돌집에 살던 노랑이 아줌마에 대해서니까.

노랑이 아줌마. 그렇소. 지금도 나는 그 아줌마의 얼굴을 선명하게 떠올릴 수가 있어요. 특히 밤마다 들려오던 그 무시무시한 비명은 지금도 가끔 떠오른다오.

동네에서는 누구나 그 여자를 노랑이라고 불렀다오. 아이들도 그 여자가 지나가면 뒤에 대고 "헤이, 노랑이!" 하고 불렀지요. 그래도 그 여자가 화를 내지 않을 것을 우리 꼬마들은 알고 있었으니까.

그 여자의 별명이 노랑이였던 것은 염색한 노란 머리칼 때문만은 아니었소. 단지 그 이유뿐이라면 똑같이 노란 머리로 염색을 한 케시 아줌마나 수잔 아줌마한테도 노랑이라는 별명을 붙였어야 이치에 맞지 않겠소.

참, 내가 그 설명을 빠뜨렸소. 철저하게 조사했으니 벌써 알고 있겠지만, 나는 동두천이 고향인 사람이오. 당신은 아마도 신문이나 잡지를 통해서 내가 사업가 아버지 밑에서 유복한 어린 시절을 보냈다고 알고 있을지도 모르겠소. 배우가 되어 인기관리를 하자면 이런 식의 잘못된 정보를 일일이 수정하지 못하고 넘어가는 경우가 많소.

영화배우 백승하의 보도자료에 늘 등장하는 사업가 아버지의 실체는 구멍가게보다 못한 세탁소 주인에 불과한 것이었소. 그것도 양공주들의 온갖 지저분한 빨랫감에 네 식구의 목숨을 건 그런 세탁쟁이였소(이 부분에서 백승하는 고개를 들고 천장을 올려다보았다.

벌써 어두워져서 그의 표정이 어떠했는지 살필 수는 없었다).

동두천은 우리 아버지의 고향이기도 했소. 말하자면 우리는 동두천 토박이였던 셈이오. 그러나 나중에 배우가 되어 소위 출세라는 것을 하니 소속사에서 가장 질색하는 부분이 바로 나의 고향이었소. 그들은 아예 고향을 서울로 바꾸라고 말하기도 했소.

그러나 나는 세탁소 주인 아버지를 사업가로, 지지리도 궁색했던 어린 시절을 유복한 유년 시절로 바꾸는 데는 합의했어도 고향만은 할 수 없다고 버텼소.

그건 어머니, 나의 어머니 때문이었소(어머니를 말할 때, 그는 잠시 감정이 격해지는 듯했다. 방안이 너무 어두웠으므로, 그리고 바깥에서 남기가 의도적으로 인기척을 자주 내고 있었으므로, 나는 이때쯤 방의 불을 켜려고 했다. 그러나 나는 불을 켤 수가 없었다. 백승하가 거의 울부짖듯이 불을 켜지 말라고 호소했다).

제발 이대로, 어둠 속에 있도록 해주시오. 어둠이 사라지면 나의 이야기도 어둠과 함께 사라지고 말 것이오. 난, 난, 정말 무슨 말이든 하고 싶소. 당신이 들어주기만 한다면.

고맙소. 당신은 좋은 사람이오. 나는 이제 당신을 원망하지 않기로 했소. 이건 내 진심이오. 나는 당신을 미워하지 않아요. 당신은, 당신이란 사람은 어쩐지 미워할 수가 없는 사람이오.

내 어머니에 대해 말했었소? 미안하오. 내 말에 두서가 없다는 것은 나도 알고 있소. 사실, 나는 너무 오랫동안 말이란 것을 하지 않고 지내서 말하는 법을 다 잊어버린 듯한 기분이오.

노랑이 아줌마보다 먼저 내 어머니에 관해 간단하게 설명을 하고 지나가는 것이 나을 것 같소. 우리 어머니는, 굉장한 미인이었소. 외가댁이 몹시 가난한 탓에 제대로 배우지도 못하고 되는대로 우리 아버지한테 시집을 오기는 했지만, 그 아름다운 외모만큼은 어디에서나 눈에 뜨일 만큼 대단한 것이었다오.

어머니는 당신의 외모에 자신만만한 분이었소. 그래서 끼니는 걸러도 화장품이나 옷치장에는 절대 인색하지 않았소. 그리고 어머니는, 형과 나와 동생을 늘 거추장스럽게 생각했소. 어머니의 날개를 부러뜨린 죄인들이 바로 우리 삼 형제라고 어머니는 믿었던 모양이오.

하지만 어머니는 스스로 날개를 만들어내고 말았소. 내가 다섯 살 되던 해, 세 살짜리 남동생과 일곱 살 형을 버리고 야반도주를 하고 말았으니까. 물론 내 아버지가 아닌 다른 남자와 함께. 아버지가 가게라도 하나 얻어보려고 꿍쳐놓은 우리 집 전 재산을 들고.

그때부터 아버지는 철부지 아들 삼 형제를 키우기 위해 동두천 바닥에서 안 해본 일이 없을 정도로 힘든 고생을 했소. 결국은 자신들의 속옷조차 빨기 싫어하는 기지촌 양공주들 덕에 먹고사는 세탁쟁이로 정착했지만.

세 든 집의 좁은 마당에는 언제나 깃발처럼 양공주들의 속옷이 나부끼곤 했었다오. 마당을 지나 비좁고 누추한 가게로 들어가 보면 아버지는 늘 여자들의 짧은 치마나 금박 은박이 휘황한 블라우스 따위를 다리느라 여념이 없었소.

아버지는 태어날 때부터 시력이 좋지 못한 분이었소. 지독한 약시 때문에 사실 세탁소 일도 무리였는데, 그러자니 노상 얼룩이 안 빠졌다거나 다림질이 잘못되었다는 여자들의 항의에 시달렸고, 두 번 세 번 같은 옷을 다시 손봐야 하는 탓에 벌이도 신통찮을 수밖에 없었소.

아, 이제는 노랑이 이야기로 돌아가기로 합시다. 당신에게 내가 살아온 헐벗은 어린 시절을 미주알고주알 털어놓을 생각은 없었는데 그만 부질없는 소리를 한 것 같소.

참, 노랑이라는 그 여자가 왜 밤마다 비명을 질렀는지 그 이유를 내가 이야기했는지 모르겠소(백승하는 어둠 속에서 나를 돌아보았다. 불은 켜지 않았지만 강변에 일렬로 늘어선 가로등 불빛이 새어 들어와 서로의 존재쯤은 얼마든지 확인할 수 있었다. 우리는 다정한 오누이처럼 침대에 나란히 걸터앉아 있었다. 백승하는 내 얼굴을 들여다보며 희미하게 웃기도 했는데 어둠 속이라 확실한 것은 아니었다. 손톱만큼의 적의도 담기지 않은 그의 나지막하고 부드러운 음성 탓에 그렇게 느껴졌는지도 모를 일이다).

노랑이라는 여자와 계약 결혼을 한 그 파란 눈의 미군은 동두천에서만도 수십 명의 여자를 갈아치운 유명한 인물이었소. 그 남자와 계약 결혼을 한 여자들은 단 일주일도 견디지 못하고 모두 도망간다며 사람들이 뒤에서 수군거렸소. 그에게 아주 몹쓸 버릇이 있다는 것이었소. 밤마다 여자를 혁대로 후려쳐야만 하는 그런 버릇. 그것은 아마도 버릇이 아니라 병이었을 것이오.

얼마나 끔찍한 병이오. 그래서 다른 미군들보다 돈에 후하다는 평판에도 불구하고 여자들이 견디지를 못하고 도망치는 것이었소. 그런데 노랑이라는 여자만큼은 그와 거의 반년을 함께 살았소. 물론 밤마다 여자 옷을 모두 벗기고 무지막지한 매질을 해대는 그 미군의 버릇이 없어진 것도 아닌데 그랬던 것이오.

당신은 그 찢어지는 비명을 들어보지 않아서 쉽게 이해할 수 없을 것이오만, 정말 노랑이가 질러대는 비명과 신음은 너무나 끔찍하고 처절해서 지금도 귓가에 쟁쟁할 지경이라오(백승하는 잠시 말을 끊고 자신의 귀를 만져본다. 마치 그 처절한 울부짖음 때문에 말을 잇기 어렵다는 듯이).

노랑이라는 별명은 그래서 붙여진 것이오. 그 여자는 단지 돈을 벌기 위해서 그렇게도 모진 매를 참고 견딘 것이었소. 원래도 지독한 구두쇠였는데 돈벌이를 위해 이 바닥에 뛰어들었으면 그까짓 매쯤이야 죽어라 참아야 않겠냐는 것이 그 여자의 주장이었소.

사람들은 그랬소. 노랑이가 질러대는 비명이 그처럼 처절한 것도 다 값을 올리기 위한 수단이라고. 얼마나 죽는시늉을 잘하는지 그 미군도 돈 아까운 줄 모르고 마구 지갑을 연다고.

그래도 나는 노랑이 아줌마가 가짜로 비명을 지른다고는 생각할 수 없었소. 그래서 밤마다 하늘에 대고 간절히 기도하곤 했었소. 제발 노랑이 아줌마가 죽지 않게 해달라고 말이오. 아침이 밝으면 맨 먼저 골목으로 뛰어나가 담을 기웃거리며 살폈소. 그때마다 노랑이 아줌마는 살이 환히 비치는 잠옷을 입고 베란다에 나와 이불을 널다가 나를 보곤 씨익 웃는 것이었소.

그 웃음을 보지 않고는 하루를 시작할 수 없었던 때가 있었다오. 무사하구나, 살았구나, 하는 안도감과 기쁨으로 나는 종일 지린내 풍기는 뒷골목을 신나게 헤집고 다녔소(아마 이쯤에서 나는 노랑이가 왜 반년 뒤에 그 미군과 헤어졌는지를 물었을 것이다. 실타래처럼 술술 풀려 나오는 백승하의 말을 중단시키고 싶은 생각은 추호도 없었지만, 부엌에서 들려오는 남기의 저녁 짓는 소리가 영 심상치 않은 것에 자꾸 신경이 쓰였기 때문이었다. 내가 백승하의 방에 지나치게 오래 있는 것이 남기의 기분을 상하게 하고 있음이 틀림없었다).

노랑이 아줌마는, 반년 후에 고향으로 떠났소. 암에 걸렸다는 소문이 자자했으나 사람들은 모두 너무 맞아서 골병이 들었다고 단정했소. 저 죽을 줄 모르고 돈만 밝히다가 결국 죽을병에 걸렸다는 것이었소.

노랑이 아줌마가 떠나던 날, 아마 나밖에 울어준 사람이 없을 것이오. 다들 자업자득이라고 입을 비죽거렸으니까. 하지만 나는 아주 많이 울었소. 그리고 최근에 이르기까지 까맣게 노랑이 아줌마를 잊고 있었소. 아주 까맣게(여기서 그는 다시 말을 끊었다. 뭔가를 골똘하게 생각하는 듯한 그의 표정이 어둠을 헤치고 어렴풋하게 떠올랐다.

어떤 생각을 하고 있을 때 백승하의 모습은 아주 괜찮다. 사람들은 그가 웃을 때 매력이 넘친다고 말하지만 그의 사색에 잠긴 모습만큼은 못하다는 것이 나의 생각이다).

그리고 엊그제 갑자기 노랑이 아줌마가 내 기억 속에서 튀어나왔소. 치 떨리는 비명 소리도 함께. 글쎄, 왜 그 여자가 생각났는지, 어머니에 대한 추억마저 지워버린 이 머릿속에 여태 그 여자가 담겨 있던 것은 왜인지, 나는 잘 모르겠소.

아마, 어쩌면 당신 때문인지도 모르겠소. 아니, 꼭 그렇다는 이야기는 아니오. 그날, 당신이 휘두르는 주먹에 사정없이 터지면서 문득 노랑이, 그 여자가 떠오른 것은 사실이지만, 그렇게 당하고도 당신을 증오하지 못하는 나를 위한 변명인지도 모르겠소.

나라는 인간은, 아마도 사람을 미워하는 신경 줄기 하나를 갖지 못하고 세상에 태어난 불구인지도 모르겠소. 아버지와 형제들이 그렇게도 저주하는 어머니조차 내겐 눈물겹도록 그리운 존재이니까. 행여 어머니가 나를 알아볼 수 있을까 해서 고향을 바꾸지 못하는 위인이 바로 나니까……(말끝을 흐리며 백승하는 고개를 푹 숙였다. 얼마를 더 기다려도 그는 더는 입을 열지 않았다. 한동안의 침묵 후에 나는 어둠을 향해 나의 오른손을 내밀었다. 허공에 떠 있는 나의 흰 손 위에 이윽고 백승하의 오른손이 포개졌다. 그를 나의 포로로 삼은 이후 처음으로, 나는 아무 의도나 목적 없이 그의 따뜻한 손에 내 손을 맡겼다).

희극에 관해 수식할 때 사람들은 보통 '재미있는'이란 형용사를 쓴다. 마찬가지로 비극에 대하여 말할 때 사람들은 슬프다거나, 가슴이 미어진다는 표현을 한다.

희극은 재미있어야만 하고 비극은 눈물이 쏟아지도록 슬퍼야 한다는 전제에 이미 합의하고 있는 이런 식의 관용적 어구들은 상상력을 제한하는 데 단단히 한몫하고 있다. 그것은 너무나 단순해서 폭소나 눈물 이외의 어떤 다른 감정도 용납하지 않을 듯이 여겨지기도 한다.

그러나 슬픈 희극도 있는 법이고 우스운 비극도 있는 것이 엄연한 사실이다. 특히나 삶이란 이름의 연극무대에는 어떠한 전제도 의미를 갖지 않고, 때에 따라서는 어떠한 반어(反語)도 수용한다는 것을 상기할 필요가 있다. 삶만큼이나 다양한 가치와 다양한 경험을 생산하는 것은 다시없다. 사람을 이야기하는 모든 예술의 그 무한정한 넓이와 깊이의 원동력도 바로 여기에 있는 것이다.

그리고 여기 황홀한 비극이 있다. 역시 삶이란 이름의 무대에 올려진 것이다. 희극에는 결코 황홀함이 없다. 희극이 허용하는 감정 이동은 페이소스 정도가 고작일 것이다.

그러나 비극에는 오르가즘이 있다. 비극만이 절정에 이를 수 있는 것이다. 절정이 없는 비극은 눈물의 배설에 도움을 줄 뿐 황홀함의 경지로 우리를 데려다주지 않는다. 천박한 비극이라면 우리는 이미 신물 나게 보아왔고 겪어왔다. 그것들은 때로 희극적이기조차 해서 누구의 눈물도 얻지 못하는 수가 많다.

비극은 이미 시작된 것이다. 우리 모두가 주인공인 비극 말이다. 한 인간이 세상에 태어나는 순간에 맞춰, 비극을 상연하는 무대의 커튼은 스르르 위로 말려 올라간다. 죽음만이 그 커튼을 다시 내릴 수 있는 지겨운 공연. 앙코르도 받을 수 없는 단 한 번의 공연.

할 수 있는 일은 이 비극이 황홀해지도록 노력하는 길밖에 없다. 사람마다 가치가 다르듯이 황홀함에 대한 척도도 물론 다르다. 모두 자기 방식대로 내용을 완성하고 자기주장대로 형식을 이끌어간다. 평가는 오직 신만이 할 수 있는 것이다.

하지만, 평가는 신이 내린다 해도 절정을 느끼는 것은 삶의 주인공인 바로 우리다. 황홀함은, 다른 모든 것은 다 절대자가 관장

한다 하더라도, 그 감정만은 우리가 소유한다. 인간이 움켜쥘 수 있는 유일한 것, 그래서 모든 비극은 황홀감을 지향한다.

_강민주의 노트에서

부인하지 않겠다. 백승하를 대하는 내 감정에 변화가 생긴 것을.

언젠가 말했듯이 나에게 예기치 않은 일이란 없다. 나는 모든 것을 다 살피고 일일이 대처하는 사람이다. 하지만 그 배려나 준비는 나 이외 외부 상황에만 적용되었다. 나 자신에 관해서는 전혀 신경을 쓰지 않았다. 아니, 그럴 필요조차 느끼지 못했다.

그것은 너무나 당연한 일이었다. 나 자신을 통제 못 할 어떤 일이 일어날 것이라고는 상상도 하지 않았다. 나는 신이 나에게만은 감정 대신 이성을 더 풍부히 주었다고 믿었다. 인간이 이성적 동물이라 하지만 제대로 이성적 인식을 하는 인간은 흔하지 않다. 그러나 나는 과도하게 이성적이다.

그런 내게 작은 이변이 일어났다. 이 사실을 부인하기 어렵게 되었다. 부인하고 변명하기보단 궤도를 수정하는 작업이 더 시급하다. 어리석은 자들은 변명에 급급해 파멸을 자초하지만 나는 아니다.

하지만 서두르지는 않겠다. 잠깐의 궤도이탈이 주는 의외의 신선함을 좀 즐겨보는 일도 나쁘지 않을 것 같다.

그래서 나는 백승하에게 이렇게 말하는 자신을 내버려 둔다.

"내 방에 놀러 오는 것, 허락할 수 있어요."

그리고 나는 백승하가 이렇게 말하는 것도 내버려 둔다.

"당신은 어릴 때 아주 개구쟁이였을 것이오. 지금도 언뜻언뜻 장난꾸러기 같은 표정이 스치는걸."

그리고 우리는 같이 다이아몬드게임에 몰두하기도 한다. 이 놀이는 게임판이 하도 작아서 서로의 말을 옮길 때마다 손을 부딪치는 경우가 잦다. 그가 내게 불리한 자리에 말을 놓으려 하면 나는 그의 손을 잡고 놓아주지 않기도 한다. 그도 아주 가끔 나처럼 그렇게 한다.

나는 또 그의 이야기를 듣기 좋아한다. 그는 아주 부드러운 음성을 지녔다. 나는 그의 이야기보다 그의 달콤한 목소리를 더 좋아한다. 백승하는 안정되고 평화로운 상태에서는 거의 솜사탕 같은 목소리를 낼 줄 아는 남자다. 사람에게서 그런 소리가 나온다는 사실에 대해 솔직히 나는 약간의 경탄을 하고 있다.

특히 그가 나를 지칭하는 그 '당신'이란 말은 그저 단순한 이인칭인 줄 번연히 알면서도 매번 다른 느낌으로 내게 온다. 어떤 때는 복받쳐 오르는 애정의 호칭으로, 어떤 때는 아스라이 먼 곳의 누구를 향하는 신비성으로, 또 어떤 때는 동지끼리 우호의 감정을 담은 부름으로 내게 들려지는 것이다.

백승하는 이제 칭얼거리지도 않는다. 어제였던가, 그의 방에 들어가니 침대 머리맡에 하루의 시간표가 붙어 있다.

"한 이십 년쯤 젊어진 기분이오. 고등학교 졸업하고는 시간표 따위 짜본 적이 없었소. 어떻소? 우습게 보이오?"

그는 이 집에 와서 거의 처음으로 저 유명한 '백승하의 파안대소'를 나에게 보여주었다. 소리는 전혀 없이 온 얼굴로 터지도록 웃는, 눈가에 모이는 주름조차 따스하게 보이는 그 웃음.

"여기, 당신과의 대화시간도 만들어 놓았소. 오후 4시부터 한 시간. 당신이 원한다면 오전에도 한 시간을 비워둘 수 있소. 물론, 수시로 내 방에 드나들 권리는 여전히 당신에게 있지만."

티타임.

그는 오후 4시의 대화시간을 티타임으로 명명하였다. 그리고 나는 그와의 티타임을 이의 없이 수락했다.

우리의 티타임이 세 번쯤 거듭되었을 때, 남기가 반기를 들고 나섰다.

"저 자식이 마실 커피는 못 만들어요."

커피 두 잔을 만들라는 나의 명령을 받고 남기가 내온 차는 단 한 잔이었다. 왜 한 잔이냐는 나의 물음에 남기는 퉁명스럽게 대답했다. 저 자식이 마실 커피는 못 만들겠다고.

"다시 두 잔으로 만들어 와!"

나는 남기가 보는 앞에서 김이 오르는 한 잔의 커피를 싱크대에 부어버린다.

잠시 후, 남기는 쟁반을 들고 내게 왔다. 그러나 놀랍게도 커피는 또 한 잔뿐이었다.

"선생님 드실 커피는 백 번 천 번이라도 다시 만들어 올 수 있어요. 하지만 저 자식 것은 죽어도 못 만들어요."

"이 자식이, 야! 너 왜 그래!"

나는 팩 소리를 지른다. 이거야말로 쿠데타가 아니고 무엇인가 말이다. 나로서는 도저히 묵과할 수 없는 일이다. 어딜 감히.

남기는 내가 정색을 하고 화를 내자 고개를 푹 숙여버린다.

"이거 도로 가져가. 한 번 더 말한다. 마지막 기회야. 커, 피, 두, 잔, 을 만들어 와!"

남기는 내가 내민 쟁반을 들고 묵묵히 서 있다. 작정을 해도 아주 단단히 한 얼굴이다. 명령 불복으로 목숨을 내놓는 한이 있어도 어쩔 수 없다는 각오가 선연하다.

나는 잠시 판단을 망설인다. 회유냐, 강압이냐. 선택의 길은 이 두 가지인데 섣불리 결정 내릴 일은 아니다. 그러나 나의 망설임은 길게 가지 않는다. 나는 강압 쪽을 택하기로 마음을 굳혔다. 이런 경우 회유를 택했다가 훗날 사단의 빌미를 만들 우려가 있다. 어리석은 작자들은 늘 고집이 센 법이니까.

"무릎 꿇어!"

서슬 퍼런 내 명령에 남기는 거구를 구부려 무릎을 꿇는다.

"건방진 자식!"

나는 남기의 무릎을 사정없이 발로 밟아버린다.

"네가 뭘 안다고 나서?"

나는 또 한 번 내 온몸의 무게를 실어 녀석의 두 무릎을 짓이긴다. 제아무리 밤의 황제인 황남기라 해도 이 뼈가 으스러지는 고통은 참기 어려울 것이다. 남기는 이빨 사이로 빠져나오는 신음을 삼키기 위해 안간힘을 쓴다.

"아직도 늦지는 않았어. 넌 이 일에서 손 떼! 당장 나가버려! 나가서 경찰에 찔러도 좋다. 그런다고 겁낼 강민주인 줄 알았더냐, 이 새꺄!"

화가 나면 나도 가끔은 물불을 가리지 않는 사람이다. 나는 있는 힘을 다해 녀석의 턱주가리를 걷어차 버린다. 남기는 그대로 벌렁 나자빠지면서 코를 움켜쥔다. 코를 감싸고 있는 녀석의 손가락 사이로 벌건 선혈이 흐르기 시작한다.

그래도 폭발된 내 분노는 가라앉지 않는다. 나는 쓰러진 남기에게 손에 잡히는 것들을 마구 던져댄다. 리모컨은 녀석의 이마에 정통으로 맞았고, 자명종 시계는 녀석의 심장 부근을 맞히고 나뒹군다. 묵직한 시사 종합지는 둔탁한 소리와 함께 녀석의 머리에 떨어졌다.

"제가, 제가, 정, 정말로, 자, 잘못했습니다. 서, 선생님, 한 번만, 요, 용서해 주세요. 하, 한 번만……"

그제야 남기의 더듬거리는 말이 터져 나온다. 저 더듬거리는 말이야말로 남기가 나에게 복종하겠다는 신호이고 증거인 것이다.

"서, 선생님. 제, 제발 화를 푸, 푸세요. 지, 지금 다, 당장 커, 커피를 만, 만들어 올리겠습니다."

남기는 발딱 일어나서 황급하게 주방으로 달려간다. 나는 녀석이 터진 코피를 수습하고 다시 커피를 만드는 동안 팔짱을 끼고 녀석의 허둥거리는 몸짓을 구경한다.

코피와 커피.

그렇다. 남기와 내가 다른 점은 바로 이 코피와 커피의 차이에 있다. 코피는 남기의 것이고, 커피의 향과 맛은 나의 것이라는 사실.

"무슨 일이 있었소?"

티타임에 늦은 나에게 백승하가 근심 어린 표정으로 묻는다.

"바깥에 무슨 일이 있는 것 같던데, 쿵쿵 울리는 소리가 들렸소."

방음벽도 진동까지는 흡수하지 못하는 모양이었다.

"남기가 코피를 흘려서요."

나는 예사롭지 않게 대답한다.

"그 사람이 어디가 아프오?"

"아뇨. 내가 좀 손을 봤어요."

백승하는 기가 막힌다는 얼굴로 나를 쳐다본다. 나는 그런 남자의 시선을 피해 무심한 척 커피잔에 입술을 댄다.

"그 사람을 당신이?"

"그럼 내가 그 자식한테 맞는단 말인가요?"

당연한 것을 묻는다는 투의 내 대답이다. 대답의 내용이 거칠어서인지, 아니면 대답하는 말투가 거칠어서인지 백승하는 표정을 굳히고 잠시 말을 잇지 않는다. 그리곤 이윽고 이 말만은 꼭 해야하겠다는 듯이 조심스럽게 입을 벌린다.

"당신, 어느 쪽이 진실한 당신의 모습이오? 전에도, 그러니까 이 일이 있기 전에도 당신은 남자들과 싸움을 하고 다녔소? 이 조그마한 손과 발로 남자들을 패고 다니는 것이 당신의 진짜 모습이오? 언젠가 당신이 말했듯이 대학원생이라는 신분은 그럼 단순한 위장에 불과한 것이오?"

"그 말에 약간의 수정은 있어야겠지만, 그 둘 다가 모두 나의 진짜 모습이지요. 진리에의 탐구, 그리고 남자들과의 전쟁, 이 두 가지가 모두 내 일생의 과제니까요."

"남자들과의 전쟁? 그건 무슨 뜻이오?"

"말 그대로 해석하시면 됩니다. 나는 억압받는 자들 쪽에 서 있어요. 진실을 향한 끝없는 모색과 투쟁이 결국은 이 세상의 불평등을 없애려는 노력인 것은 당신도 알고 있겠지요. 힘없는 집단에 가해지는 착취와 학대를 단죄하는 정의의 실현일 수도 있고요."

"그렇다면 당신은 아마도 여성해방론자인 모양이구려."

뭔가 단서가 잡힌다는 표정의 백승하를 보면서 결국 나는 이 남자도 한낱 인기배우에 지나지 않는다는 사실을 상기하지 않을 수 없었다. 나는 우리나라의 소위 인기배우들이 얼마나 지독하게 겹치기 출연을 하는지 알고 있었다. 그것은 물론 배우들의 잘못만은 아니었다. 자본주의 사회의 영화란 돈의 힘으로 승패가 판가름 나기 마련이며 그러자니 자연 최소한도의 배수진은 확보해야 한다는 조급성들이 판을 치게 되는 것이다.

인기배우가 그 최소한도의 배수진 역할을 하는 한은 영화 속 인물에 대한 철저한 분석과 연구로 얻어지는 깊이 있는 연기는 기대할 수가 없다. 연기의 깊이는 곧 내면의 깊이인 것이고, 내면의 깊이는 끊임없는 독서와 사색이 없이는 불가능한 법이다. 그러나 인기배우의 현실은 그렇지가 않다. 그들은 카메라 앞에 온전히 서 있을 수 있을 만큼의 수면시간조차 부족하다.

백승하도 어느 인터뷰 기사에서 그렇게 말을 한 적이 있다. 일 년에 한 작품 정도만 출연하고 싶다고. 그러나 내가 아는 한 백승하의 그런 소망은 근접하게나마 이루어진 적이 없었다. 그는 언제나 적어도 3편 이상의 영화에 동시 출연하고 있었다.

하지만 나는 쉽게 그를 경멸하지 않기로 한다. 지금은 티타임인 것이다. 이 시간의 평화는 백승하만이 아니고 나에게도 무척 소중한 까닭이다. 의아하게 생각할 것은 없다. 인간은 평화를 사랑하는 동물이니까.

그래서 나는 이 기회에 그가 왜 나한테 사로잡혀 왔는지 암시라도 해주기로 마음을 먹는다. 그가 나를 급진적인 여성해방론자로 규정해서 홀로 상상의 나래를 펴는 오류를 막아줄 필요도 있다.

"나는 행동하는 데 사상이나 경향에 경도되지 않아요. 경도되는 것이 하나 있다면 그것은 오직 자신에 대한 철저한 믿음뿐이지요. 여성해방론? 언제나 같은 담론의 반복 이외 실천은 없고, 탁상공론만으로 세상이 변한다고 믿고 있는 그것? 흥, 어림도 없어요. 나는 그들보다 위에 있어요. 아시겠어요? 나는 남이 뱉어놓은 말 몇 마디에 매달려 인생을 바치는 그런 바보 같은 짓은 하지 않아요."

"그래요, 당신은 확실히 특별해요. 나도 그 점은 인정하오."

백승하도 아주 바보는 아니다. 그가 이렇게 나오면 나도 이야기를 이끌어갈 맛이 생기지 않을 수 없는 것이다.

나는 그에게 몇 가지 이야기들을 던져준다. 역사적으로 가장 오래, 그리고 가장 치밀하게 행해온 억압이야말로 바로 남성에 의한 여성의 지배라는 것, 역사의 다른 불행은 선구자들의 반성과 참회로 최소한 극복의 시늉이라도 보여왔지만, 이 끈질긴 불행만은 일부 몇몇 여성들만이, 그것도 아주 최근에 이르러서야 거론하고 있다는 것, 그럼에도 불구하고 오늘에 이르기까지 남자들의 여성 학대는 아주 교묘하고 간악한 수법으로 끊임없이 자행되고 있다는 것들을.

"그렇소. 인정하오. 하지만 요즘은 많이 달라진 것도 사실 아니오? 예를 들면 최근의 핵가족 형태에서는 여성들이 경제권을 쥐고 가정을 주도하는 것을 많이 보았소. 우리 남자들은 그동안 많이 양보했다고 보는데, 그것만으로는 부족한 것이오? 남자들이 지난날처럼 일방적으로 횡포를 부릴 수 없게 법적인 장치도 상당히 바뀌었다고 알고 있소만."

"달라졌지요, 물론. 그러나 아직도 근본적인 평등과는 거리가 멀어요. 그리고 여자들이 쥐고 있는 것은 경제권이 아니라 소비권 정도겠지요. 법적인 장치도 확실히 예전에 비하면 나아진 것은 사실이에요. 하지만 법은 인간의 정서를 일일이 반영할 수 없다는 치명적인 약점을 가지고 있어요. 여자와 남자의 문제만큼 심정적인 것이 또 있을까요? 사회의 지배제도가 남자에게 유리하게 통용되는 한은 어떤 완벽한 법도 여자들의 고통을 보상해줄 수 없어요."

"그렇다고 세상의 모든 남자를 사라지게 할 수는 없지 않겠소? 그것은 여자들도 원하는 바가 아닐 것이오."

백승하도 결국 논리보다는 감정으로 돌아온다. 그리고는 나를 향해 싱긋 웃는다. 나는 이 남자의 매력적인 웃음에 언어의 칼을 꽂는다.

"세상의 모든 남자를 대신해서 백승하 씨, 당신이 내게 온 거지요. 나는 심사숙고 끝에 당신을 택했답니다."

예상했던 대로 그의 얼굴에서 웃음이 사라진다. 백승하는 내가 자발적으로 뱉어놓은 범행동기가 사실인지를 확인하기 위해 자못 긴장하고 있다.

"단 한 명으로도 이 세상이 결코 남자에게만 유리한 세상이 아니라는 것을 널리 알릴 수 있지요. 많이도 필요 없어요. 단 한 명이면 충분해요."

"그, 그 말이 진정이오?"

"지금은 티타임이 아니던가요? 우리들의 티타임은 우호와 신뢰가 넘치는 시간이라고 나는 믿었는데, 아닌가요?"

이번에는 내가 그의 멍한 얼굴을 마주 보며 싱긋 웃어준다.

"글쎄요, 당신의 열렬한 팬들이 거의 백 퍼센트 여자라는 사실이 아주 중요하게 작용했다면 이해할 수 있겠어요? 당신은 자신도 모르는 사이에 남자들의 지배 논리를 확산시키는 충실한 도구가 되었어요. 당신이 억울해하는 것도 이해는 해요. 어쩌면 당신의 죄는 바로 당신의 그 잘생긴 얼굴, 매력적인 웃음에 있는지도 모르지요."

"그건 말도 안 되는 소리요. 그것으로는 하필 왜 나인지 충분한 이유가 되지 않소. 당신은 아마 더 필연적인 이유가 있을 것이오. 나는 그 이야기를 듣고 싶소."

"그럴까요? 바로 그게 필연적인 이유라는 사실을 당신은 이해하지 못하는군요. 하지만 오늘의 티타임은 벌써 다 지났어요. 오늘은 티타임을 연장하고 싶은 기분이 아니에요. 난 그만 나가고 싶어요."

솔직히, 나는 아까부터 남기가 무얼 하는지 자꾸 신경이 쓰였다. 다른 날과 달리 너무 잠잠한 바깥의 기척이 내 신경을 거슬리고 있다. 한꺼번에 두 남자를 돌보는 일은, 칭얼거리고 변덕 부릴 기회만 노리는 정서불안의 갓난아이 둘을 한꺼번에 보살피는 것보다 훨씬 더 많이 피곤하고 정신을 혹사하는 일인 것이다.

백승하에게 향하는 내 감정에 다소 변화가 생겼다고 해서 내 계획에도 수정이 가해지는 것은 아니다. 단언하건대, 그런 일은 절대 일어나지 않는다. 나 같은 사람한테 사사로운 애착이나 달짝지근한 감정이 오래 남아있을 리가 없다. 설령 잔류의 시간이 길다 해도 그것이 내 정신에 영향을 준다고 생각해서는 큰 오산이다. 나는 처음부터 궤도 수정이 필요 없는 완성된 사람이다.

이제쯤 제3의 계획을 실행할 시기가 되었다. 게임의 휴식시간이 너무 긴 것도 좋지는 않다. 특히 대중을 상대로 한 게임에서는 그들의 흥미를 유발할 절묘한 시점을 찾아내는 일이 성패를 가름한다.

나는 지금이 그 시기라고 판단했다. 백승하가 내게 온 지도 벌써 두 달이 되어간다. 공사다망한 대중들은 서서히 한 인기배우의 존재를 잊어가고 있다. 그들에게서 잊혀지라고 그를 납치한 것이 아니다.

게다가 언론들은 지금 몹시 심심해하고 있다. 연말연시의 복잡다단한 사건들이 거의 시의성을 잃은 데다 구습과 악습으로 여전히 제자리걸음인 정치권 이야기도 다들 신물을 내는 형편이다. 주먹만 한 활자를 사용해서 비명 같은 제목을 달 수 있는 어떤 천재지변이 일어나지 않는 한은 지금처럼 기획기사를 톱뉴스로 밀거나 미담 발굴로 체면치레를 하는 신문제작의 느슨함이 당분간 이어질 전망이다.

바로 지금, 내가 등장하는 것이다. 신문과 방송의 화려한 스포트라이트를 받으면서, 먹이에 굶주린 기자들에게 보들보들하고 선정적인 기삿감을 던져주는 자선도 베풀면서.

나는 곧장 제3의 계획에 착수했다. 복잡한 절차도 필요 없는 간단한 계획이었다. 워드프로세서 앞에 두어 시간만 앉아 있으면 끝날 그런 일.

나는 내 방에 들어가기 전에 남기를 불렀다.

"오늘 오후에는 네가 나 대신에 백승하와 티타임을 가진다. 알겠니?"

"에이, 싫어요. 전 저렇게 허여멀건하게 생긴 자식하고는 오래 앉아 있고 싶지 않아요."

"이것도 작전이다. 나는 모른 척할 테니까 네가 적당히 묻는 말에 대답도 해주고 그래 봐. 너희 둘도 친해질 필요가 있어. 그래야 저 작자의 경계심을 완벽하게 풀 수 있는 거야."

"선생님은요?"

"오늘 중으로 신문사에 보낼 글을 만들 작정이다. 그럼 넌 내일 아침 비행기로 날아가서 이번엔 제주도 우체국 소인이 찍히도록 해서 발송한다. 비행기 표는 아까 예약해 놓았으니까 염려할 것 없고."

"예, 알았습니다."

남기의 눈이 반짝반짝 빛난다. 비로소 살맛이 난다는 얼굴이다. 제3의 계획이 추진되면 남기의 우울함도 가실 것을 나는 알고 있었다. 남기 부류의 굶주린 야수한테는 역시 사건이 필요한 것이다.

백승하의 근황에 궁금증을 품고 있는 여러분에게.

그는 죽지 않았습니다. 병으로 앓고 있거나 어디가 아프지도 않습니다. 제가 알기로 그는 지금 평안한 상태입니다.

물론 처음에는 환경의 변화에 길들지 않아 다소간의 마찰이 있기는 하였지만 그것도 잠깐에 불과했습니다. 인간들이 적응하지 못할 상황이란 없는 법이니까요.

적응의 문제라면 사실 그렇게 걱정할 것도 없습니다. 저는 그에게 안락한 잠자리와 그다지 나쁘지 않은 세 번의 식사와 무료를 달래줄 여러 가지 전자 기기들을 제공하고 있습니다. 그에게 필요한 것이라면 돈을 아껴본 기억이 별로 없습니다. 때로는 부드러운 위로와 감미로운 티타임을 갖기도 하니까 정신적인 배려도 충분하다는 것이 저의 소견입니다.

그렇다고 백승하가 완전히 만족한 생활을 즐기고 있다고는 말씀드리지 않겠습니다. 저로서는 성심을 다하는데도 누구나 그렇듯이 가끔은 불만이 있는 눈치입니다. 그런 불만을 다 받아줄 수 없다는 것쯤이야 여러분도 이해해 주시리라 믿습니다. 저는 무한정한 아량보다는 약간의 교육이 필요하다는 생각을 가진 사람입니다. 물론 여러분도 그렇게 생각할 거라고 저는 믿습니다.

다 자란 성인 남자를 교육하는 방법이야 그저 한 가지뿐이지요. 저도 별수 없이 그 한 가지 방법을 사용합니다. 가끔 그를 구타하는 수도 있다는 솔직한 말씀을 드리고 있는 것입니다. 우리 속담에는 북어와 같은 급수를 굳이 여자라는 성(性)에 한정 짓고 있습니다만, 사흘에 한 번은 두들겨 패야 다소곳하다는 점에서는 남자도 다를 바 없다는 것을 저는 이번 기회에 확인하였답니다.

이렇게 말씀드리면 또 다른 걱정을 하시는 분들도 있을 것입니다. 하지만 근심하지 마시길 바랍니다. 손찌검한 뒤에는 잊지 않고 상처를 어루만지는 후속 조치도 취하고 있으니까요. 값비싼 선물을 하니까 더 효과적이더라는 경험담까지야 일일이 말씀드리지 않아도 되겠지요. 다들 저보다 잘 알고 계실 테니까요.

백승하는 이토록이나 인간적인 품성을 지닌 보호자 아래 있습니다. 저보다 훨씬 악독한 부류도 많다는 점을 상기하면 백승하에겐 이만저만한 행운이 아닌 셈이지요. 그러나 백승하 본인은 이것이 행운인지 불행인지 식별할 능력이 없습니다. 감사할 줄 모르는 그 어리석음이 때로 한심스럽지만 저야 뭐 관계가 없습니다. 그의 두뇌가 명석하고 명석하지 않고는 아무런 문제도 되지 못하니까요.

오히려 너무 뛰어난 머리의 남자는 더불어 즐기기에 성가신 게 한둘이 아닙니다. 남자가 많이 알면 얼마나 많이 알겠습니까. 바깥일은 저 혼자만으로도 충분합니다. 저는 그저 잘생기거나 부드러운 남자면 족합니다. 일에 지치고 세상에 시달린 몸을 쉬기에는 그 정도가 적당하다는 제 견해에 여러분 역시 동의하시리라 믿습니다.

저의 이 말을 들으면서 여러분은 지금 부지런히 도덕의 잣대를 휘두르고 계시겠지요. 아마 틀림없을 것입니다. 그것이 바로 여러분의 버릇이니까요. 아니, 잠깐만요. 저는 지금 여러분을 비난하는 것이 아닙니다. 사회에 물의를 일으키는 사건이 생기면 적당한 수준의 양념을 쳐서 두루뭉술하게 이쪽도 나쁘고 저쪽도 나쁘다, 라고 한 말씀 참견하는 것이 세상 사는 지혜라고 여기는 것쯤은 저도 얼마든지 이해합니다. 융통성으로 말한다면 저도 여러분 못지않으니까요.

사실은 저도 도덕성에 관한 세간의 잡음을 고려해서 이런 글을 쓰고 있는 것이랍니다. 저처럼 양식과 지성을 갖춘 사람한테는 뻔뻔스럽게 시침을 떼고 앉아있는 일이 의외로 어렵다는 사실을 알았기 때문이지요. 개인적인 치정 놀음이야 간섭할 바가 아니지만 왜 하필이면 가정이 있는 유부남을 택했냐는 여러분들의 비난은 그르지 않습니다.

그러나, 그러나 말입니다. 바로 여러분 남성들이 유포하고 심화시켜온 성의 개방과 확장에 관한 논리에 의하면 그것은 제약 없이 자유로워야 합니다. 그렇기에 낮에는 짐승의 세계로 치닫는 이 땅의 성문화를 개탄하고 밤에는 동료들과 밀실에 앉아 영계를 주문하는 일이 자연스럽게 이루어지는 것 아닙니까. 입으로는 열심히 인신매매를 성토하면서 바로 그런 수단으로 공급된 밤의 여자들을 끼고 앉아 세상을 논하는 유능한 여러분들. 술자리에서도 어김없이 집에 전화를 걸어 내 딸과 마누라가 무사한지 잘도 챙기는 착한 여러분들.

기회만 닿으면 남의 부인이건 남의 귀한 외동딸이건 가리지 않고 성의 파트너로 삼고자 하는 여러분들의 그 고귀한 기회균등의 정신 앞에서 저는 참으로 보잘것없는 일 하나를 해치운 것에 불과합니다. 저는 그저 대중 앞에서 웃음을 파는 한 남자를 잠시 독차지했을 뿐이고, 그가 유부남이라는 사실을 고려해서 언젠가는 그의 가정으로 돌려줄 생각도 갖고 있으니까요.

이건 제 자랑 같아서 말씀드리기가 민망하지만, 인기 여배우나 미모의 여성 탤런트들, 혹은 자기 일을 하면서 공적으로 노출된 여자들한테 여러분들이 다반사로 내뱉는 지저분한 언사 같은 것은 저는 별로 즐기지 않습니다. 어떤 남성은 그런 여성들을 사진이나 화면으로 보면서 "야, 그거 맛있겠는데."라는 말까지 한답니다. 그녀들이 미혼이거나 기혼이거나를 가리지 않고 단순히 노리개로만 파악하려는 시각이 그런 야만적인 언사를 낳는 것이라고 저는 생각합니다.

맛있겠다니요. 혹시 식인종에서 진화된 종족이 남성 여러분이 아닌가 하는 의구심까지 생기게 하는 그런 언행들이 부끄럼 없이 통과되는 이 사회에서 잘생긴 남자 배우 하나를 잠깐 독식했다고 크게 누가 될 리는 없겠지요. 저는 그래도 상당히 점잖은 편이니까요. 그가 원한다면 저도 백지수표 한 장쯤은 간단히 던져줄 수 있습니다.

다시 여러분에게 민망한 말씀을 드리자면, 여러분 또한 아무 망설임 없이 백지수표 한 장 정도 날릴 재력을 지녔다면 눈 딱 감고 예쁘다는 누구누구 한 번 침대로 불러 볼까 하는 꿈을 지녔다는 것을 저는 잘 압니다. 그 꿈이 자신에게 이루어지면 영웅다운 호기이고 남에게 이루어지면 졸부들의 쓰레기 같은 짓이 되는 것이지요.

자, 이제는 서서히 이 글을 마쳐야 할 때가 된 것 같습니다. 백승하를 너무 심심하게 하면 안 되니까요. 거듭 확인해드리는 바이지만, 그는 아주 잘 있습니다. 때가 되면 여러분들에게 그를 돌려드릴 것이오니 잠시만 기다리시면 됩니다. 물론 백승하의 귀가는 전적으로 제 마음에 달린 일입니다. 아직 백승하는 상당한 신선감을 유지하고 있습니다. 따라서 그때가 언제가 될 것인지에 대해서는 확실한 언질을 드릴 수가 없습니다.

참, 약간의 오해가 있을까 봐서 굳이 밝힙니다만 저는 세상에 태어난 지 서른 해가 조금 못 되는 미혼여성입니다. 얼마 살지도 않은 이 세상에서 너무 많은 것을 배웠다는 것이 저의 결점이라면 결점일까요. 그밖에는 아무 내세울 것도 없고 주눅들 것도 없는 보통의 여성입니다.

추신.

혹시 의심을 품는 분들이 있을지도 몰라 제가 틀림없는 백승하의 보호자라는 몇 가지 증빙자료를 첨부합니다. 첫 번째는 백승하 본인의 친필로 쓰인 메모지이고, 두 번째는 지난번의 가죽 코트에 대한 두서너 가지의 확인입니다. 그 옷을 보낸 자가 바로 저라는 점을 상기시켜 드리기 위해 구체적인 옷의 색깔과 디자인을 상세히 적어 놓았습니다. 마침 코트의 라벨에 적힌 상품소개들을 일부러 옮겨놓은 것이 있어서 그것도 동봉합니다. 대조해 보면 동일 상품의 라벨임이 바로 드러날 것입니다.

세 번째는 지난 두 달간의 관찰로 알게 된 백승하의 여러 버릇과 신체적인 특성, 기호식품들을 낱낱이 적었습니다. 그의 친지들, 특히 그의 부인한테 확인하시면 사실이 입증될 것이라 믿습니다.

이 글을 읽어 준 귀 신문사의 무궁한 발전을 빕니다.

나는 이 글을 서울의 모든 신문사에 다 보냈다. 남기는 단지 이 우편물의 발송을 위해 제주도에 다녀왔다. 고속버스보다 더 일반화된 제주행 비행기 승객들을 일일이 확인할 리도 없겠지만 설령 그런다 해도 알리바이는 있었다. 남기는 일부러 그곳의 한 나이트클럽 지배인으로 일하는 친구를 만나고 돌아왔으니까.

남은 일은 신문사에서 이 제보를 어떻게 다루어주느냐 하는 것뿐이었다. 그 문제도 나는 자신이 있었다. 모든 신문에서 일제히 다루어줄 것이란 기대도 하지 않지만 모든 신문이 일제히 이 자료를 거부하지는 않을 것이란 판단이었다. 오직 하나의 신문에서만 다루어준다 해도 이 정도의 내용이라면 단 몇 시간 만에 저잣거리의 호기심을 사로잡을 수 있다. 그렇게 되면 다른 신문에서도 움직이지 않을 수 없는 것이다. 다소 늦은 것을 만회하기 위해서라도 경쟁적으로 나의 글을 샅샅이 까발리고 분석하는 등의 법석을 떨고야 말 것이 틀림없다.

"이번엔 상당히 오래갈 거야. 직격탄을 던졌으니까 쉽게 열기가 사그라지지 않을걸."

나의 말에 남기도 벙싯 웃었다. 상당 기간 햇빛을 못 보고 실내에서만 생활한 남기의 얼굴은 육체로 사는 인간답지 않게 누렇게 떠 있다. 간이 좋지 않아 요양 중이라는 것이 남기가 자신의 주변에 퍼뜨린 휴식의 변이다. 그 소문은 제주도까지 전달되어서 모처럼 만난 친구도 곧바로 자신의 누렇게 뜬 안색을 걱정했다고 남기가 말했다.

"너 정말 간이 나빠진 것 아니니? 밤마다 마시는 위스키가 너무 과한 것 같다."

나는 거의 얼굴이 닿을 정도로 가깝게 다가가서 남기의 안색을 살펴본다. 남기는 어쩔 줄 몰라 얼른 고개를 숙이는 것으로 지척에서 풍기는 나의 호흡을 피한다.

그래도 나는 모르는 척 그 애의 얼굴을 들어 갈팡질팡 흔들리는 시선에 내 눈을 맞춘다. 그리곤 남기의 별로 매끄럽지 않은 얼굴 표면도 진지한 손길로 이리저리 만진다. 내 손가락이 닿자마자 빨갛게 물들어 버리는 피부, 화끈거리는 열기, 남기는 마치 처녀 같다.

"너, 잠 못 이루고 왔다 갔다 하는 것, 내가 다 알아. 왜 그러니? 불안해? 나 때문에 불편해서 잠이 안 와? 그럼, 오늘부터 잠은 내 아파트에 가서 자도록 할까?"

"아, 아닙니다. 선생님 때문이 아니라 낮에 하는 일이 별로 없으니 식욕도 없고 잠도 잘 안 오고 하는 것이지요. 저, 정말입니다."

남기는 화들짝 놀라면서 완강히 부인한다. 그러나 나는 알고 있다. 남기가 어떤 이름의 병을 앓고 있는지.

　깊은 밤에 나는 남기의 발소리가 내 방 앞에서 한참 동안 멈춰 있는 기척을 듣는다. 문틈으로 스며드는 그의 홍건한 한숨 소리도 나는 들은 적이 있다. 거실에 두고 온 내 스카프를 가슴에 껴안고 열정을 달래는 남기의 모습을 엿본 적도 있다.

　남기의 나에 대한 흠모는 이제 돌이킬 수 없을 정도까지 깊어졌다. 내가 지금 남기에게 필요 이상의 관심을 보이는 이유도 그것이 상처가 되어 덧나지 않을까 염려해서다. 지나치지 않을 만큼씩은 애정의 손길을 보내어 남기의 뜨거운 가슴을 식혀 줄 필요가 있다.

　그러나 이런 처방은 일회성에 불과하다는 것에 나의 고민이 있다. 백승하와 나의 관계가 원만해진 것이 남기의 병을 깊어지게 한 원인이었다. 그 무렵부터 남기의 병은 급격히 진행되고 있다. 밤마다 줄어드는 위스키병이 그 증거다. 나는 그런 남기를 보면서 때때로 기분 나쁜 예감에 젖는다. 아무래도 보다 근원적인 대책을 세워야 할 것 같다.

　남자들이란 정말 피곤한 존재다. 자신의 감정을 통제하는 인간의 필수적인 기능조차 습득하지 못한 미개인들, 큰일을 도모하다 결국은 작은 이익에 빠져 일을 그르치는 반란자들, 이것이 바로 남자들이란 존재의 속성이다.

"그 상담 노트들은 정말 충격적이었소. 당신의 분노가 완전히 이해될 만큼. 그러나 상담 사례 속의 남자들 대신에 내가 당신의 표적이 된 이유는 아직도 모르겠소. 전혀 짐작도 할 수 없소. 단순한 복수심리로 되는대로 나를 표적으로 삼았다고 보기엔 당신은 너무나 뛰어난 머리를 가졌소."

오늘의 티타임에도 백승하는 계속 왜냐고 질문한다. 어제도 나는 그와 예정된 시간을 넘기면서까지 격렬한 토론을 나누었다. 그는 이 땅의 많은 여자에게 일어나는 불행과 고통에는 적극적으로 공감하지만 여성차별의 역사와 지배구조의 악의성에 대해서는 동의하지 않았다. 특히 현대에 이르러서는 모든 남성이 여성차별에 가담하는 것은 아니라고 강변했다. 단지 개개인의 성격 차이를 지나치게 확대해석하여 사회를 분열시키는 것은 옳지 않다고도 했다.

그는 복합화한 사회일수록 여성들에 대한 억압 또한 복합적으로 자행된다는 것을 이해하지 못했으며, 이 단순하지 않은 차별의 역사를 붕괴시킬 힘을 가진 존재는 인간이 아니고 신에 버금가는 어떤 특수한 인물이어야 한다는 점에도 동의하지 않았다. 그 특별한 초월자가 바로 강민주, 나라는 설명에 이르러서는 '망상'이란 어휘까지 동원해서 정면으로 부정하였다. 만약 티타임이 아니었다면, 그리고 그에 대한 나의 우호적인 감정만 아니었다면 또 한차례의 린치가 필요한 경거망동이었다.

내가 그에게 상담사례 노트를 보여준 것은 한 사람의 남자라도 더 교육하겠다는 내 인내심의 발현에 의한 것이다. 그러나 나의 이 갸륵한 인내심에도 불구하고 백승하는 오늘도 여전히 '왜'냐고 반문하고 있다. 정말이지 남자들이란 여간한 인내심이 아니고는 가르쳐볼 수 없는 아둔한 족속이다.

"물론 되는대로 백승하 씨 당신을 표적으로 삼은 것은 아니지요. 당신의 매력적인 외모와 특히 여성에게 치우친 인기가 이유가 된다는 점은 지난번에도 분명하게 말했습니다. 당신은 자신도 모르는 사이 여자들로 하여금 현실을 직시하지 못하게 만들었어요. 여자들은 당신을 통해 환상을 보게 되고, 현실을 극복할 힘을 잃게 되지요. 그게 당신 죄입니다. 나는 똑같은 말을 되풀이하는 것은 정말 참지 못하는 성격이에요. 그리고 이런 질문은 자신의 힘으로 해답을 얻어야 자신을 설득할 수 있습니다. 나는 당신 스스로 해답을 얻을 기회를 빼앗을 마음이 추호도 없습니다. 아시겠어요?"

나는 그에게서 상담 노트를 돌려받은 뒤 그만 나가겠다는 신호를 보냈다. 그도 더는 나를 붙들지 않았다. 그리고 내가 방문의 손잡이에 손을 대었을 때, 그는 흡사 혼잣말처럼 이렇게 중얼거렸다.

"당신은 사람을 잘못 택했소. 정말이오. 당신이 쌓은 제단에 제물로 올려지기에 나는 적합하지 않은 사람이오. 특히나 당신이 주장하는 그 고상한 인간성의 발현을 생각하면 더욱 그렇소. 당신도 알고 있지 않소. 내 어머니가 나의 아버지와 우리 형제에게 어떤 고통을 주었는가를. 그래도 나는 어머니를 원망하지 않았소. 몹시 그리워하기는 했지만. 그리워하지 말아야 할 사람을 그리워한 대가가 바로 이런 것이었소?"

그의 말이 끝나기를 기다려 나는 잠자코 문을 열었다. 그리고 조용히 방을 나왔다. 이상한 일이지만, 나는 그의 마지막 말을 머리로 듣지 않고 가슴으로 들었다. 내가 심각하게 생각하는 것은 그의 말이 아니라 바로 나의 이런 청취법에 대한 의혹이다. 이 문제는 좀 더 깊이 생각해 볼 필요가 있을 것 같다.

내 예상은 여지없이 빗나갔다!

신문마다, 석간이건 조간이건 가릴 것 없이, 내가 자료를 보낸 모든 신문사마다 전부 기사를 실은 것이다. 이토록이나 열렬하게 내 글에 화답할 줄은 미처 몰랐다. 이렇게나 아낌없이 지면을 할애할 줄 예상하지 못한 것은 완전히 나의 실수였다.

나는 흥에 겨워 내 실수를 인정했다. 이런 실수라면 백 번 천 번이라도 인정하고 항복할 것이다.

―성차별에 던지는 통렬한 도전장

―스스로 실종 미스터리 밝히는 대담한 범인

―백승하는 사육되고 있었다!

-경악할 만한 신세대 윤리, 문제점은 무엇인가?

-제보문서의 사실성은 거의 의심할 여지 없어

-범인은 높은 지능의 미혼 여성으로 경찰 추정

눈에 띄는 대로 읽어본 이 현란한 기사 제목들, 지면마다 대문짝만하게 박힌 백승하의 얼굴 사진들.

나는 남기와 함께 축배의 잔을 높이 쳐들었다. 브라보, 세상은 언제나 내 손 안에 있다.

역시 직격탄이었다.

이번에 내가 던진 돌멩이의 파문은 상당히 오래갈 것 같았다. 아니, 이것은 돌멩이 정도가 아니라 숫제 집채만 한 바위를 내던져서 호수의 밑바닥까지 뒤흔들어버린 꼴이었다.

내가 보낸 편지는 단어 하나하나 분해되고 또 분해되었다. 입달린 사람치고 한 마디씩 토를 달지 않는 사람이 없을 정도로 백승하 사건은 완전히 온 국민의 폭발적인 관심사가 되었다.

물론 이것은 절대 과대망상이 아니다. 과대망상이라니, 연이틀 동안 각 신문의 사설과 사회면 만화가 모두 백승하 사건을 언급하고 있는데도 과대망상이라 말할 수 있는가. 대다수 신문이 요란한 테두리를 둘러 내가 보낸 편지의 전문을 게재하였고, 그에 관한 공자님 말씀을 듣겠다고 이름 좀 있다는 인사들한테까지 연일 특별 칼럼을 쓰게 하는데도 과대망상인가.

그뿐만이 아니다. 발행 부수가 국내 최고라는 한 조간신문의 오늘 자 독자 투고란에는 담당자의 다음과 같은 양해의 글이 실릴 정도였다.

'영화배우 백승하 씨의 납치사건과 범인으로 추정되는 여성의 편지에 대한 독자 여러분의 의견을 담은 글들이 쇄도하여 일일이 지면을 할애할 수 없음을 알려드립니다. 그런 까닭에 다수의 의견을 비교적 정확히 반영했다고 판단되는 몇몇 분들의 원고만을 추려서 싣고 있습니다. 그 외에도 이 사건에 대한 독특한 해석이나 견해가 보이면 우선 게재한다는 것이 편집부의 방침입니다.'

이런 해명기사가 실리게 된 배경은 다른 면의 기자 칼럼에서 소상히 알 수 있었다. 칼럼의 제목은 "범인 지지율 70%"였다. 말하자면 나를, 이 강민주를 지지하는 구독자가 자그마치 70%라는 유쾌하기 짝이 없는 통계인 것이다.

그 기사에 따르면, 보도가 나간 이후 우편이나 팩스를 이용한 독자 투고가 엄청나게 쏟아졌는데 공식적인 집계는 아니지만, 창간 이래 단일 사건에 이렇게 많은 양의 투고는 처음이라는 것이었다. 더욱 흥미로운 현상은 독자들의 의견을 일일이 분석해본 결과 범인으로 보이는 익명의 여성에 동조하거나, 적극 동조는 아니지만 적어도 비난은 하지 않겠다는 의견을 제시한 투고가 놀랍게도 70%라는 사실이었다. 그 가운데서 이 사건은 형사사건으로 다루어서는 안 되고 설령 범인이 잡히더라도 무죄 판결을 내려야 한다는 적극 동조자는 30% 이상이었다.

쏟아지는 독자편지와 끊임없이 걸려오는 항의 전화, 그리고 쉴 새 없이 가동되는 팩스 때문에 사실상 편집부의 여러 기능이 마비되고 있다는 다소 과장된 문체의 이 칼럼은 '범법자에게 쏟아지는 이 요란한 갈채와 이상한 열기는 과연 무엇으로 설명이 가능한지, 산더미같이 쌓이는 우편물을 분류하다 말고 기자는 한 번 더 범인의 편지를 읽지 않을 수 없었다.'로 끝난다.

이것이 어디 신문사만의 일이겠는가. 텔레비전은 한술 더 떴다. 각 여성단체의 대표들을 소집해서 긴급좌담을 내보내는가 하면 매일 밤 뉴스 시간에 고정순서로 이 사건을 다루었다. 발 빠른 개그맨들은 벌써 내 편지를 원본으로 삼은 몇 가지 유행어를 만들기도 하였고, 영악하게도 어떤 채널에서는 백승하 주연의 영화를 주말에 특별편성했다는 예고를 수시로 내보내고 있다.

그리고 짐작한 대로, 경찰 수사가 전과는 비교할 수 없을 만큼 방대하게 활동 범위를 넓혔다. 전담 수사요원을 배로 늘렸고 범인을 신고하는 사람에게는 거액의 보상금을, 그리고 범인을 체포하는 경찰한테는 파격적인 승진과 포상금을 지급한다고 발표했다.

매일 밤의 텔레비전 뉴스가 상세하게 보도하는 내용을 분석하자면 경찰은 아직도 반신반의하는 눈치가 역력하였다. 범인은 일부러 여성임을 주장하는 남성이라는 것, 여성이 있다면 공범 정도라는 게 그들의 견해였다. 그렇지만 여자일 가능성도 아주 배제할 수 없다고 텔레비전 카메라 앞에서 그들은 횡설수설, 종잡을 수 없는 말을 하고 있다. 아마도 경찰은 자신들 추정대로 엉뚱한 방향에서 헛다리 짚는 수사를 되풀이하며 난감해하고 있을 것이 분명하다.

여자인 주제에 감히 이만한 일을 저지를 수 있겠는가, 라는 그 무작정한 고정관념을 수정하지 않는 한은 그들은 결코 나를 찾아낼 수 없다. 그리고 그들은 절대 자신들의 고정관념을 버리지 않을 것을 나는 잘 알고 있다. 설령 만에 하나 그들이 수사 방향을 바꾼다 해도 나의 뛰어난 지능을 따라잡을 자가 그들 가운데 있지도 않을 것이다.

그러므로 이 강민주는 체포에 대한 근심 따위는 전혀 하지 않는다. 나는 아무 근심 없이, 거의 천진난만하게 신문과 텔레비전을 즐긴다. 이만한 오락이 어디 있는가. 이만한 오락을 만들어내기 위해 사실 나도 애를 많이 쓰지 않았던가. 이제는 좀 즐겨도 좋은 것이다. 이것은 엄연히 내 노동에 대한 달콤한 과실이니까.

그래서 나는 모처럼 나의 애마를 떠올렸다. 사람들이, 자동차들이, 거리거리의 모퉁이들과 난잡한 간판들이 보고 싶다는 생각이 문득 나를 사로잡았다. 그동안 나는 너무나 그것들과 멀어져 있었다. 때로는 지긋지긋하고 몸서리쳐지는 세상이지만 이렇게 기분이 유쾌할 때는 그 지겨움마저도 음미할만한 가치가 있는 것처럼 여겨진다.

아니 더 솔직하게 말하자면 나는 내가 던진 돌멩이가 강물 위에 어떤 무늬를 만들어내는지 보고 싶은 것인지도 모른다. 신문이나 방송에서 말해주는 것은 이미 하나의 여과지로 거른 것이다. 나는 그것 말고 다른 것, 그러니까 날것 그대로의 생생한 무늬를 보고 싶었다.

참 아름다워라, 이 세상은.

나는 모처럼 산뜻하고 화려한 외출복으로 갈아입고 아파트를 나섰다. 화장에도 공을 들였다. 오랜만의 외출을 위해서, 그리고 그동안 수고한 이 강민주를 위해서 자신을 한껏 예쁘게 치장하는 것도 나쁘지 않다. 남기는 완전히 정신을 앗긴 표정으로 현관 밖까지 나를 배웅하였다. 그 애는 아마도 현관문을 잠그자마자 얼른 베란다로 달려가서 내가 자동차에 올라탈 때까지 넋을 잃고 지켜볼 것이다.

물론 나는 남기의 고개가 해바라기처럼 솟아있을 11층의 베란다에는 눈길도 주지 않고 날렵하게 내 애마에 올라탔다. 한동안 버려두다시피 했음에도 시동키를 돌리자 이내 부드러운 엔진소리가 들려왔다. 역시 제값을 하는 자동차였다. 엔진을 가열하는 동안 나는 창문 개폐 버튼을 눌러 네 개의 창을 활짝 열었다. 오래 묵혀 두었기에 환기가 필요했다.

바로 그 순간, 나는 백미러를 통해 보았다. 정복 차림의 경찰과 사복형사임이 분명한 남자 둘이 내가 방금 통과한 아파트 입구의 경비실로 들어가는 것을.

놀라지는 않았다. 경찰은 어디라도 다닐 수 있고, 경찰이라 해서 모두 백승하 사건에 매달려 뛰는 것은 아니니까. 그렇지만 남기 혼자 아파트에 있다는 것이 마음에 걸렸다. 나는 백미러 위치를 바꿔서 11층 베란다를 살펴보았다. 있었다. 해바라기같이 솟은 남기의 얼굴이.

나는 잠시 망설였다. 형사들은 경비원에게 무언가를 꼬치꼬치 캐묻고 있다. 나는 웃고 있는 경비원의 주름진 얼굴을 보았다. 형사들이 매섭게 추궁한다면 저 늙은 경비원이 마음 편히 웃을 수 있을까. 그때 내 머리를 스치고 지나가는 생각 하나.

나는 민첩하게 버튼을 눌러 창문들을 모두 닫았다. 그리고 시동을 껐다. 차에서 내린 나는 더욱 경쾌하게 구두 굽 소리를 내면서 경비실로 다가갔다. 또박또박 울리는 구두 굽 소리에 사복형사 하나가 나를 돌아보았다. 나는 무심하게 그들 곁을 스쳐 엘리베이터를 향했다. 엘리베이터를 기다리는 내 뒤로 경비원의 쉰 목소리가 들려왔다.

"에이, 그 배우를 본 사람이 있다면 누가 신고를 안 하겠습니까요. 글쎄, 확인하시나 마나 우리 아파트에는 백승한가 뭔가 하는 배우는 내가 경비원으로 일한 요 3년 동안 얼굴 한 번 비친 적이 없다니까요. 참, 그 탤런트는 봤지요. 왜, 이철민이라고, 요새 무슨 연속극에선가 부잣집 아들로 나오는 그 사람 있지 않습니까요. 지금은 이사 가고 없지만 그 사람 형이 여기 708호에 살았지요. 이철민이라면 그래서 가끔 얼굴을 보았고, 에, 요 옆 동에도 이름은 잘 모르지만 여자배우 하나가 살고 있습니다요. 아, 요새 갓난쟁이까지 다 아는 백승하인데 그이가 나타나면 가만히들 있겠습니까요. 안 그렇습니까?"

그러자 사복 중의 하나가 담배를 빼서 물며 말했다.

"어쨌거나 우리는 강남의 아파트 담당이니까 조사는 해야 한다고요. 누가 알아요. 서울 한복판에서 백승하를 찾아낼지. 혹시라도 아저씨가 지키는 이 구멍에 범인이 있을지도 모를 일이니까요. 잘 살펴보시고 수상한 사람이 드나들거든 곧장 신고하세요. 어이, 가자고. 제길, 한강에 빠뜨린 반지를 찾아내라는 식이지 이거야 원 팍팍해서 해 먹겠나."

그들이 경비실에서 나오기 전에 먼저 엘리베이터가 도착했다. 아무도 없는 엘리베이터 안에서 나는 홀로 싱긋 웃었다. 그들이 찾아 헤매는 범인은 바로 그들 코앞에 있었다. 그들의 말이 옳았다. 저 늙은 경비가 지키는 바로 여기, 이 구멍에 범인이 있다.

그렇지만 우연히 목격한 경찰의 탐문 수사는 솔직히 내게 약간의 긴장감을 안겨주었다. 저렇게 많은 인원을 투입해서 샅샅이 뒤지기로 하면 작은 단서라도 붙잡을 가능성이 전혀 없지는 않다. 나쁜 머리 대신 머릿수로 공격할 작정인가. 나는 여전히 코웃음을 치지만 께름칙한 마음은 숨길 수가 없다.

그래서 나는 왜 다시 올라왔는지를 묻는 남기에게 단호히 지시한다.

"함부로 현관문을 열어주면 절대 안 된다. 경비도 이미 끄나풀이 되었으니 철저히 말조심해."

그리고 다시 자동차로 돌아왔지만 이미 처음의 그 신선한 나들이 기분을 돌이킬 수는 없었다. 바깥세상을 보고 싶어 나온 것이라면, 나는 제대로 볼 것을 본 셈이었다. 경찰은 이 강민주를 잡기 위해 총출동 중인 것이다. 나는 가슴속 저 깊은 곳에서 솟구치는 뜨거운 불길에 부르르 몸을 떨었다. 신선함은 사라졌지만, 그 대신 강렬한 투지가 샘솟고 있다. 그래, 한번 싸워 보자. 나는 거칠게 내 애마를 출발시켰다.

그날 내가 고속도로를 달린 것은 순전히 끓어오르는 가슴속 투지 때문이었다. 외출을 하고자 했을 때는 번잡한 도심 속으로 뚫고 들어가 사람들과 차량의 물결에 휩쓸리려는 생각이었다. 하지만 경찰과 부딪친 이후 내가 원하는 것은 거침없는 속력이었다.

나는 달리고 싶었다. 속도를 가리키는 전광판의 숫자가 140에서 오르락내리락하는 동안 차 안에는 심장을 때리는 조지 윈스턴의 피아노 연주가 높은 볼륨으로 굴러다녔다. 윈스턴과 속력, 속력과 윈스턴은 너무나 절묘하게 어우러진다. 나는 듯한 속도는 내 몸을 구속하고, 감정의 변주를 연주하는 윈스턴의 피아노는 내 마음을 사로잡는다.

시종일관 추월선을 달려서, 앞을 가로막는 자동차에 사정없이 상향등을 쏘면서, 단 한 번도 쉬지 않고 나는 천안까지 달렸다. 달리면서 나는 아무런 생각도 하지 않았다. 나는 단지 달렸고 열린 귀로는 조지 윈스턴만 들었다.

정말 그랬을까. 천안 근처의 한 휴게소에 차를 세우고 자동판매기 커피를 한 잔 마시면서 나는 문득 깨달았다. 무서운 속도감과 퍼붓듯이 흐르던 피아노 음 사이를 흐르던 강줄기 하나를.

그것은 참으로 도도했다. 아무리 속도를 높이고 카 오디오의 볼륨을 있는 대로 올려도 사라지지 않고 흘렀다. 나는 윈스턴의 피아노 건반 사이사이에서 강을 만났고, 비상등을 깜박이며 앞차를 추월하는 그 짧은 찰나에도 출렁이는 강물에 정신을 담그고 있었다.

내가 아무 생각도 하지 않았다고 믿었던 것은 그 강물에 내 온 정신이 적셔 있었던 까닭이었다. 그랬다. 나는 내가 가진 심리학 지식으로 나를 분석하였다. 내 온 정신은 바로 그것 말고는 아무것도 생각하지 않았다. 바로 그것, 백승하.

어쩌면 그를 찾기 위해 혈안이 된 경찰들을 내 두 눈으로 똑똑히 보았던 때문인지도 모른다. 그들은 나에게서 백승하를 빼앗으려고 지금, 이 순간에도 사방을 뒤지고 있다. 오랜 시간에 걸쳐 길들여 놓은 나의 매혹적인 장난감 하나를 그들이 노리고 있다.

빼앗길 수 없다. 절대로 그를 빼앗길 수 없다.

내가 난폭하게 고속도로를 달려야 했던 것도, 있는 힘껏 가속페달을 밟고 귀가 먹먹할 정도로 윈스턴을 들어야 했던 것도, 모두 백승하를 빼앗기기 싫다는 내 정신의 붉은 신호등 때문이었다.

땅거미가 깔린 서울로 돌아와서 나는 나만의 삶을 담고 있는 내 아파트로 향했다. 서울의 번쩍이는 거리를 달리는 사이 나는 이미 고속도로에서의 강민주가 아니었다. 나는 한없이 냉정해졌고 다시 끝없는 자신감을 회복했다.

너희들이 나에게서 그를 빼앗아 갈 수 있을까? 세상이 나를 이길 것 같은가? 어림도 없는 소리였다. 나는 세상을 초월한 존재다. 나는 실수 따위를 허용하는 존재가 아니다. 백승하는 내가 원할 때 세상에 내놓으면 그만이다. 아니 영원히 그를 내 것으로 가질 수도 있다. 이 모든 것이 전부 내 마음에 달려있을 뿐, 절대 타의에 의해 바뀌지는 않을 것이다.

아파트에 오래 머무를 생각은 없었다. 나는 우선 어머니의 체취가 그대로 남아있는 작은방부터 들여다본다. 모든 것은 어김없이 제자리에 그대로 놓여있다. 나는 장롱을 열고 어머니의 베개를 꺼내 거기에 잠깐 코를 묻는다. 어머니 냄새가 난다. 어머니의 목소리도 들린다.

난 네 아버지를 미워하지 않아. 너같이 특별한 자식을 준 사람인데, 그 인간이 아니었으면 너 같은 딸은 구경도 못 했을 텐데 어떻게 미워하겠니. 난 복도 많지. 아무리 여기저기 이야기를 들어봐도 내 딸 같은 자식을 둔 이는 없더라.

나는 더욱 깊숙이 코를 묻는다. 어머니의 목소리도 한층 또렷해진다.

넌 무얼 해도 이 나라에서, 아니, 이 세상에서 최고가 될 거야. 너를 가르친 선생님마다 그랬잖아. 너처럼 지능이 뛰어나고 행동에 빈틈이 없는 학생은 전에도 그랬고 앞으로도 못 만날 것이 틀림없다고. 생각나니? 고등학교 2학년 때 네 담임 말이다. 국어 선생님이셨지. 그분이 그랬어. 민주 어머니는 민주 같은 딸을 키운 것만으로도 이미 위대한 분이라고. 정말 과분한 말씀이셨지. 참 좋은 선생님이셨는데, 점잖았고.

언젠가 내가 말한 적이 있는지 모르지만, 어머니의 베개는 세상과 나를 막아주는 차단막이면서 동시에 세상과 나를 이어주는 다리였다. 세상 어느 것도 두렵지 않은 이 강민주에게 단 하나 잃을까 두려운 대상은 바로 이것, 너무 오래 사용해서 머리 닿는 가운데는 움푹 파였고 보푸라기가 너덜너덜한 어머니의 베개뿐이었다.

작은방을 나온 뒤 나는 거실의 소파에 앉아 자동전화 응답기의 재생 버튼을 눌렀다. 상담소가 아니라면 내게 전화를 할 사람은 거의 없다. 난 친구도 없고 어떤 모임에도 끼지 않으며 설령 누군가를 만난다 해도 집의 위치나 전화번호를 나팔 불고 다니는 사람이 아니다. 도대체 세상과 가까이해서 이득 될 것은 하나도 없다는 것이 내 생각이다. 게다가 나로서는 세상으로부터 어떤 도움을 받을 일도 전혀 없다. 나 혼자만으로도 나의 삶은 너무 충분했으니까.

그래서 나는 자동녹음된 전화가 한 통도 없으리라고 생각했다. 있다면 상담소 소장이 자금을 후원해주는 후배에게 의례적인 안부를 묻는 정도라고 믿었다.

그러나 아니었다. 곧바로 녹음기는 아주 시건방진 한 남자의 음성을 재생해서 들려주고 있다.

'안녕하십니까, 저 김인수입니다. 설마 잊지는 않으셨겠지요. 옛말에도 도둑한테 당한 사람은 발 뻗고 잠을 잘 수 있어도 도둑은 마음 편히 잘 수 없다고 그랬잖습니까. 아닙니다. 민주 씨가 도둑이라는 말씀은 절대 아니니까 오해는 마십시오. 단지 제가 강민주 씨한테 톡톡히 당했다는 이야기니까요. 어떻습니까? 아이는 잘 크고 있겠지요? 오늘은 모처럼 결심을 단단히 하고 전화를 했는데 아쉽군요. 그럼 다시 연락 드리겠습니다.'

그리고 잠깐의 공백, 두 번째 녹음. 이어지는 같은 음성.

'오늘도 집에 안 계시는군요. 상담소 일도 그만두시고 몰두해야 할 바쁜 용건이 무엇인지 몹시 궁금하군요. 혹시 제 경쟁자가 생긴 것은 아닌지 걱정이 되네요. 내일 다시 전화하겠습니다.'

또 공백, 곧 이어지는 여전한 그 목소리.

'김인수입니다. 여기 제 전화번호를 남길 테니 들어오시는 대로

연락 주시기 바랍니다. 기다리겠습니다.'

　나는 그만 기계의 작동을 중단시켰다. 김인수라는 인간이 끈질기다는 것은 알고 있었지만 이건 지독했다. 그는 아마도 지난번의 내 말들이 모두 연극이었다는 것을 확인한 모양이었다. 아이는 잘 크고 있느냐는, 그 말을 할 때의 음성에 묻어있는 빈정거림이 그 증거였다.

　남자들한테 속아서 물려받은 재산 다 탕진하고, 처녀의 몸으로 아이까지 낳은 여자라는 주제의 연극은 내 기억으로 거의 완벽하게 연기했었다. 김인수라는 찰거머리를 떼어내기엔 유치하지만 가장 확실한 방법이라고 생각했었다. 김인수 또한 흙 씹은 얼굴로 내 연기에 속아 넘어가지 않았던가.

　나는 다시 재생 버튼을 눌렀다. 세상에는 내 상상을 뛰어넘는 찰거머리도 있다는 사실을 인정하지 않을 수 없었다. 그 사실을 인정했으면 또 다른 대책을 세워야 했다. 대책을 위해서는 어쨌거나 그가 남긴 메시지를 다 들을 필요가 있다.

　'김인수입니다. 정말 아파트에 없다는 것을 지금 확인했습니다. 이 전화는 지금 민주 씨 아파트 단지 안의 공중전화에서 하는 것입니다. 다시 연락 드리겠습니다.'

　'김인수입니다. 무슨 일이 생긴 것은 아닌지 걱정이 됩니다. 제가 경찰에 실종신고를 내기 전에 저한테 전화를 주시기 바랍니다. 이제는 두 번 다시 민주 씨한테 당하지 않을 작정이니 그리 아시도

록.'

갈수록 태산이다. 완전히 술 취한 곰이다. 나는 냉장고에서 맥주 캔을 하나 꺼내 목을 축이면서 술 취한 찰거머리의 이야기를 계속 듣기로 한다. 그러나 이번 메시지는 엉뚱하게도 상담소 소장이다.

'전화 여러 번 했는데도 늘 기계가 받네. 혹시 미스터 김 때문에 그러는 것 아니니? 하기야 한동안은 나도 그 사람 때문에 귀찮아서 혼났다. 너한테 단단히 속았다고 난리던데, 사람은 괜찮아 보이더라. 그리고 시간 나면 상담소에 한 번 들러. 지난번 네가 보낸 후원금이 너무 과해서 내가 근사한 저녁이라도 사야겠어.'

찰거머리 김인수가 내 뒤를 캐기 위해 이 사람 저 사람을 찾아다니는 모습을 상상하자니 갑자기 열이 치솟는다. 뭐, 이런 거지발싸개 같은 자식이 있어. 나는 숨도 쉬지 않고 단숨에 맥주 한 캔을 마셔버린다.

그리고 다시 녹음을 듣는다.

'김인수입니다. 긴말하지 않겠습니다. 연락 주세요.'

'나, 김인수라는 사람입니다. 혹시 듣고 있습니까? 그렇다면 당장 전화기를 들어요. 이젠 이놈의 숨바꼭질 따위 못하겠습니다. 경찰에 강민주라는 당돌한 여자를 찾아달라고 신고할 생각입니다.'

'김인수요. 한 번만 만납시다. 나, 이대로는 절대로 못 물러나요.

꼭 한 번만 만나야겠소.'

'김인수요. 지금 경찰에 실종신고를 했습니다. 거짓말 아닙니다. 이제는 경찰이 당신을 찾아다닐 것입니다.'

나는 더는 참지 못하고 거칠게 기계의 작동을 중단시켰다. 나 모르는 사이 이런 일이 일어나고 있었다니, 기가 막힐 일이었다. 나는 정말이지 이따위로 감정 헤픈 인간은 딱 질색이었다.

나는 두 가지로 생각을 정리한다. 김인수는 절대 경찰에 실종신고를 하지 않았을 것이라는 믿음. 이런 경우, 그에게 전화 연락을 하면 덫에 걸려드는 꼴이 되고 만다. 설령 경찰에 신고했다 치더라도 업무량이 늘 폭주상태인 경찰에서 김인수의 횡설수설에 성심껏 수사를 펼쳐줄 리가 없다. 서류상의 접수 이외 아무런 행동개시도 없을 것이 분명한 신고를 두려워할 필요는 없다.

그렇다면 내가 몰두해야 할 생각은 단 하나뿐이다. 당분간은 이 집에 있으면서 김인수의 동태를 살펴야 한다는 것. 저쪽 아파트는 남기에게 맡기고 나는 이곳에서 지시를 내리는 형식을 취해야 한다. 크게 걱정할 일은 없겠지만 그래도 어떤 실수도 없게 만반의 대처는 있어야겠다.

오늘은 참 이상한 날이다. 외출을 결심했을 때의 오늘 아침, 나는 참으로 상쾌하고 가벼웠다. 세상이 나로 인해 발칵 뒤집힌 것을 바라보는 기분은 정말 괜찮았다. 그러나 출발부터 일이 비틀어지기 시작해서 결국 마지막까지 이 모양이다. 나는 알 수 없는 무엇으로부터 강한 공격을 받은 듯한 기분을 떨칠 수 없다. 사방에서, 동서남북에서 모두 나를 향해 총구를 겨누고 있는 듯한 이 기분 나쁨.

"별일 없어요. 저 친구가 자꾸 선생님에게 무슨 일이 생겼냐고 귀찮게 물어보는 것 외엔."

아침, 나는 침대에 누워 내가 사육하는 두 남자의 안부를 묻는다. 남기는 이 기회에 편히 쉬다 오시라고 자신만만하게 말한다. 어제에 비교하면 내 기분도 상당히 말개졌다. 나는 문득 두고 온 내 남자들, 특히 백승하가 보고 싶다는 생각을 잠깐 한다. 예상외로 괜찮은 구석이 많은 남자.

백승하는 이번 일에 정말 놀라운 태도를 보여 주었다. 신문에 게재된 내 편지를 읽으면서 백승하는 웃었다. 그것도 아주 파안대소였다. 그는 재미있다고 말했다. 사람들이 어떤 반응을 보일지 궁금하다고도 했다.

"아무렇지도 않아요? 지난번 중년 여인의 성파트너 운운한 기사에서는 잔뜩 골을 내더니 왜 이번엔 한없이 너그러운 거죠?"

"그땐 내가 당신이란 사람을 잘 몰랐을 때요. 그리고 이 편지는 어디라고 딱 꼬집을 수는 없지만 당신이 날 위해 상당히 신경 썼다는 것을 느끼게 해줘요. 뭐랄까, 이건 질 높은 사회적 범죄이며 세상 사람들이 상상하는 더럽고 지저분한 불륜 같은 것과는 상당히 거리가 멀다는 것을 은연중에 암시하고 있다고나 할까."

"난 그런 배려 따윈 생각해 본 적도 없어요."

"당신이 뭐라던 내가 그렇게 느낀다는 것이오. 아니, 이런 생각도 해보았소. 이런 편지를 써서 당당하게 신문사에 보낼 수 있는 여성이라면 그 여성과 잠시라도 함께 시간을 보내는 일도 과히 나쁘지는 않다고 말이오."

"상당히 대범하신 면도 있군요. 미처 몰랐어요."

"당신이 모르는 사실이 또 있소. 당신이라는 여자, 정말 매력적이오. 당신이 그것을 원했거나 원하지 않았거나 간에 사실이 그렇소."

그 말을 할 때의 백승하는 얼마나 부드러웠던가. 하마터면 그의 부드러움에 녹아버릴 정도로.

요즘 들어 내 기분이 상승일로였던 것도 혹시 그의 부드러움에 영향을 입은 것이 아니었을까. 나는 침대에 누워 잠시 나의 내면을 점검한다. 예상한 것보다 훨씬 큰 반향을 불러일으킨 편지 사건으로 기분이 고조되었던 것은 인정한다 하더라도 내게는 생소한 그 정신의 가벼움, 들떠있음은 혹시 그 탓이 아니었을까.

만약 그랬다면, 어제의 몇 가지 일들은 정신의 가벼움을 경고하는 하늘의 신호였다. 단순하고 꽉 막힌 사람들의 비아냥을 피하고자 이런 말은 좀체 하지 않으려 애쓰지만, 그 조소를 무릅쓰고 한마디 털어놓지 않을 수 없다. 나와 하늘 위 절대자인 신은 늘 한편이라는 것을.

믿지 않아도 좋다. 그러나 사실이다. 보라, 어제만 해도 하늘이 나를 위해 얼마나 세심하게 경계신호를 보내는지를. 아둔한 무리는 설령 하늘의 신호가 자기에게 쏟아진다 해도 그것을 해독할 능력조차 없기가 십상이지만 나는 그렇지 않다. 하늘 편에서 보면 이만한 아군을 구하기도 쉽지 않을 것이다. 나는 보내준 신호 이상을 해독해버리니까.

기다리면 더디 온다는 말은 진실이다.

경찰에 신고해버리겠다고 엄포를 놓던 김인수의 전화는 내가 꼼짝하지 않고 아파트를 지키고 있는 오늘까지 사흘째 감감무소식이다. 나는 이 사흘 동안 이웃들이 나를 목격할 수 있도록 필요 이상으로 아파트 주변을 들락거렸다. 경비원과도 몇 차례 인사를 나누었지만 그에게서 수상한 기미를 읽어낼 수는 없었다. 만약 김인수가 실종신고를 냈다면 경찰이 한 번쯤 찾아왔을 것이고 경비는 모처럼 만난 나에게 그런 이야기를 안 해줄 리가 없다.

김인수의 말이 단순한 엄포였다는 것은 거의 확실하다. 이제 내일까지 기다려 봐서 전화가 없으면 나는 이 아파트에서 철수할 것이다. 나를 기다리는 두 남자에게로 돌아갈 것이다. 돌아가기 전에 김인수에게 전화해서 그의 방약무인함을 질타할 것인지는 조금 더 생각해볼 일이다.

한 번 마음을 정하면 절대 흔들림 없는 사람이 바로 나다. 다음

날 백승하에게 돌아갈 것을 결정한 뒤 나는 다시 바깥세상으로 시선을 돌렸다. 내가 일으킨 파문은 처음보다는 덜했지만 여전히 강한 기세로 대중들 사이를 흘러 다니고 있었다. 신문과 방송도 아직은 착실하게 나의 하수인 노릇을 해주고 있다. 저 경망한 언론의 생리가 없었다면 처음부터 내 계획은 성립되지 않았을 것이다. 저들은 나의 충실한 동업자이다.

이 동업자가 바로 그날, 나에게 예기치 않은 뉴스를 하나 전해주었다. 백승하의 부인이 확대된 사건의 여파를 견디다 못해 마침내 시내 모처의 병원에 입원했다는 것이다. 확인된 바는 아니지만 사건 발생 이후 신경쇠약에 시달렸다는 측근의 설명을 참작하면 정신적 피로감이 극심해진 것으로 보인다는 것이 기사의 내용이었다.

이 기사가 실린 신문은 석간이었다. 조간에서는 분명 빠져있던 기사였다. 나는 즉각 남기에게 전화했다. 그쪽에는 아직 석간이 배달되지 않은 모양이었다.

"지금부터 앞으로 따로 지시가 있을 때까지 백승하에게 신문과 텔레비전 뉴스가 닿지 않도록 조처해라. 모든 상황은 이제부터 내가 백승하에게 직접 전달한다. 실수 없도록."

"걱정하지 마세요. 그렇지 않아도 저 자식한테 바깥소식을 무한정 전하는 게 왠지 꺼림칙했거든요. 제 친구들한테 전화해봐도 저 자식 이야기로 난리예요. 세상이 이렇게 요란한데 경찰인들 가만

있겠어요. 절대 조심할게요."

　나는 다시 꼼꼼하게 백승하 부인의 입원 기사를 읽는다. 신경질적으로 기자들을 피해왔던 그녀는 남편이 실종된 이후 거의 언론에 노출되지 않았다. 그녀는 여태 자신의 친정에 아들과 함께 머물렀던 모양이었다. 백승하의 집은 사건 이후 아예 비워둔 채이고 지금 부인은 병원에, 아들은 외가에서 돌보고 있다. 단란했던 한 가족이 바로 나 때문에 이렇게 뿔뿔이 흩어져 있는 것이다.

　말하기 약간 민망한 일이지만 나 또한 심장이 뛰는 사람이다. 다시 말해 이런 기사를 읽고 나면 나 역시도 가슴이 아프다는 이야기다. 내가 감정보다 논리적 기질이 훨씬 강한 것은 사실이지만, 그렇다 해도 남아있는 정서가 남들보다 질적으로 뒤진다는 뜻이 성립되는 것은 아니다. 오히려 헤픈 감정의 남발이 불러일으키는 오글거림보다 훨씬 고급 정서를 나는 지니고 있다. 알고 보면 나라는 여자도 무한대로 부드러울 수 있다는 이야기를 지금 나는 하는 것이다.

　그래서 백승하에게 이 기사를 읽히고 싶지 않았다. 나는 백승하가 상심하는 모습을 보고 싶지 않다. 우리는 지금 기적적으로 아주 잘 지내는 중이다. 끔찍하게 아끼고 사랑하던 아내가 남편의 실종으로 인해 입원까지 했다는 사실을 알면 우리의 이 우호적인 관계에 금이 갈 것은 뻔한 일이다. 무엇 때문에 그런 관계로 자청해서 들어가겠는가. 백승하 또한 모르고 있는 편이 정신 건강에 좋을 것이다. 어차피 그는 달려가 아내의 병상을 지킬 수도 없다.

그렇지만 그의 아내가 이런 상황에도 불구하고 씩씩하게 아들과 함께 일상을 꾸려가는 모습을 보여주지 않는 것은 정말 유감이다. 여자의 삶이 남자와 상관없이 독립적일 수는 없는가. 남자가 사라졌다 한들 자식까지 돌보지 못할 정도로 무너지는 일이 부끄럽지도 않은가. 나는 연약한 이 땅의 여자들에게 절망한다. 내가 벌이고 있는 남자들과의 전쟁에서 진정한 동성의 협력자를 얻는 일은 정녕 불가능한가. 어차피 신의 대리인 자격으로 홀로 치르는 전쟁, 끝까지 혼자 가겠다는 내 결심은 더욱 굳어진다.

그리고 다음 날, 너무 늦지도 너무 이르지도 않은 때에 김인수의 전화가 걸려왔다. 오후에는 백승하가 있는 아파트로 가기 위해 상가에서 몇 가지 쇼핑을 하고 돌아온 직후였다. 나는 일부러 기계가 녹음을 위해 작동을 시작할 때까지 기다렸다가 수화기를 들었다. 역시 기계려니 여기고 있던 남자는 중간에 끼어드는 내 음성이 믿어지지 않는지 당황함을 감추지 못하고 되물었다.

"강민주 씨 본인이세요? 맞아요?"

"맞습니다. 댁은 누구세요?"

나는 일부러 그를 모른 척한다. 이런 사소한 시치미도 끈질기다는 것 말고 다른 대책은 전혀 없는 이 남자를 멍하게 만드는 모양이었다.

"제가 전화를 여러 번 드렸는데, 모르셨습니까? 김인수라고, 거기 녹음된 것으로 알고 있는데."

"전 그런 것 잘 안 들어요. 기계 고장 날까 봐 한 번씩 돌려보기는 하지만요. 그런데 무슨 일이시죠? 아직 저에게 볼일이 남았던가요?"

"글쎄, 이거야 원 갑자기 통화가 되니까 할 말을 다 잊어버렸어요."

기가 막혀서. 이 강민주가 이따위 머리가 텅 빈 남자를 상대하고 있다니, 한심하고 또 한심하다. 김인수라는 이 남자는 눈감고도 얼마든지 주무를 수 있는 수준밖에 안 된다. 공연히 아파트에 죽치고 앉아 시간만 버린 셈이다. 나는 슬슬 짜증이 나기 시작한다. 떠버리 약장수한테 깜박 속아 넘어간 기분이 아마 이럴 것이다.

"할 말을 잊어버린 것이 아니라 애초부터 할 말 따위 없었던 것 아닌가요?"

"아닙니다, 그게 아니고요. 오죽하면 경찰에다 민주 씨를 찾아달라고 청을 할 생각을 했겠습니까. 지난번에 저한테 하신 말씀은 다 거짓말이라는 거, 저 압니다. 어떻게 그러실 수가 있습니까. 이제는 민주 씨가 무슨 말을 해도 절대 믿지 않을 것입니다."

"그래서요?"

"별일은 아닙니다. 이렇게 통화가 되니 그냥 기쁘네요. 민주 씨가 괜찮다면 얼굴을 보고 말하고 싶습니다. 어때요? 시간을 정하시지요?."

이거 봐라. 김인수라는 남자, 조금씩 자신의 끈기를 되찾고 있다. 시건방진 그의 유들유들함을 확인하는 순간 나는 얼음처럼 차가워진다. 거기 더해 욕지기가 솟을 지경이다. 나는 침착하게 나만의 독설을 터뜨리기 시작한다.

"이봐요. 김인수 씨. 이따위 전화 한 번만 더 걸면 나야말로 당신을 경찰에 고발합니다. 미리 말하지만 난 시건방 떠는 인간과는 아예 상종하지 않습니다. 보아하니 머릿속에 뭘 채우기보다는 쓸데없는 고집만 잔뜩 키운 분 같은데 그 고집을 나한테 사용하면 두고두고 후회하실 겁니다. 당신만 후회하게 만들지도 않습니다. 당신같이 머리 나쁜 인간을 나에게 소개한, 당신이 존경하는 그 교장 선생님에게도 반드시 보상을 요구할 것이니 그리 아시길."

"강민주 씨야말로 나한테 함부로 굴다가 큰코다칠 겁니다. 이 김인수가 언제까지 당하기만 할 것으로 생각하면 큰 오산이지요."

"그건 김인수 씨의 나쁜 머리 탓이지 내 탓이 아닙니다. 내가 당신을 벌레만큼도 여기지 않는다는 사실을 여태도 깨닫지 못하는 그 아둔함이나 반성하세요. 아둔한 게 아니라면 소문으로만 그럴싸한 내 유산이 탐나서인가요? 당신이 입질할 재산이 있지도 않지만 설령 있다 해도 당신한테 주느니 돼지우리에 던져버릴 겁니다. 다시 경고하지만, 당신 전화질에 대꾸하는 것은 이게 처음이자 마지막입니다. 또 내 전화기 녹음테이프를 그 지저분한 목소리로 더럽혔다간 절대 가만있지 않을 겁니다. 당신 같은 쓰레기는 트럭으로 몰려와도 얼마든지 청소할 자신이 있으니까."

내 할 말만 빠르게 전하고 나는 전화를 끊어버린다. 김인수 말따위는 들어볼 필요도 없다. 그래서 나는 그 작자가 다시 전화벨을 울리기 전에 수화기를 내려놓는다. 이제 김인수라는 정신 빠진 인간을 상대할 일은 다시 없으리라. 이 강민주가 절대 호락호락하지 않다는 사실을 깨닫게 해주려면 귀찮지만 이 정도의 청소는 좀 필요했다.

김인수같이 현실적이고 계산에 빠른 인간은 자기의 먹이가 아니라는 것을 알게 되면 시간 낭비하지 않고 속히 되돌아선다는 특성이 있다. 물론 먹이에 대한 탐욕이나 고집은 여전히 남아있으므로 다시 만만한 상대를 찾아 새로운 사냥을 시작하겠지만, 자신에겐 버거운 승냥이를 잡겠다고 힘과 시간을 탕진하는 짓은 하지 않는다는 뜻이다.

나는 홀가분한 기분으로 홀로 있던 나흘간의 시간을 정리했다. 이제 백승하에게 가는 것이다. 예정에 없던 짧은 이별은 백승하에게 가는 나의 감정을 자못 감미롭게 만든다. 나쁘지는 않다. 세상을 살다 보면 이런 감미로운 느낌도 한 번씩은 가져봐야 정신의 불구를 면할 수 있으니까.

"좀 야윈 것 같소. 나쁜 일이 있었던 것은 아니오?"

향기로운 커피와 함께 나타난 나에게 백승하는 자상한 오라버니처럼 묻는다.

"내게 나쁜 일이면 당신한테는 좋은 일이 아니던가요?"

그의 자상함을 즐기면서도 내 입은 여전히 강민주의 말투에서 한 치도 어긋남이 없는 대사를 만들고 있다. 백승하는 짐짓 서운하다는 표정을 지으며 내게서 커피를 받는다. 이런 우리를 보고 누가 포로와 감시자라고 말할 수 있을까. 우리는 나란히 침대에 걸터앉아 뜨겁고도 향기로운 차를 마신다.

"갑자기 신문과 텔레비전을 차단한 이유와 당신이 며칠씩 집을 비운 것과 연관이 있는 것은 아니오?"

백승하의 이 말은 그러나 비난이 아니다. 나는 그것을 알 수 있다. 그의 부드러운 목소리에 묻어있는 수심은 오직 강민주의 안위를 걱정하는 것일 뿐이다.

"아뇨. 당신에게 뉴스를 차단한 것은 당신의 평화를 위해서였어요. 다른 뜻은 없어요. 이곳에 있는 시간만이라도 당신에게 절대적인 평화를 제공하고 싶다는 생각을 했었지요. 이 시간이, 세상에서 격리된 이 순간들이, 너무 아깝지 않아요?"

"맞는 말이오. 나도 그런 생각을 하고 있었소. 이제 나는 수긍하오. 당신에게 있는 동안은 결국 당신이 내 삶까지 운전해야 한다는 것을. 그 사실을 수긍하고 나니 이렇게도 마음이 편하오."

백승하는 내 얼굴을 들여다보며 환히 웃는다. 가늘어지는 눈, 가지런히 드러나는 치아, 웃음의 결을 따라 패인 부드러운 주름, 이 남자는 어디서 이토록이나 아름다운 웃음을 배웠을까. 내 손은 그의 얼굴을 만지고 싶어 자꾸 움찔거리고 내 이성은 움찔거리는 손을 자제시키느라 안간힘을 쓴다. 내가 만약 이 남자를 침대에 쓰러뜨린다면, 그런 일이 생긴다면 모두가 다 저 찬란한 웃음 때문이리라.

　"좋아요. 당신은 이제 평화의 시간에 무슨 일을 하고 싶지요? 우리 사이의 조건을 벗어나지 않는 범위에서 당신이 하고 싶은 일을 생각해봐요. 내가 도울 수 있는 일이라면 얼마든지 돕겠어요."

　"내가 하고 싶은 일은 무대 위의 연기요. 진작부터 내게는 무대를 향한 갈증이 있었소. 영화로는 채워지지 않는 연기에의 갈증, 그래서 연극을 동경하는지도 모르오. 나는 생생하게 살아있는 연기를 하고 싶었소. 강렬한 조명과 숨 쉬는 관객들 사이에 새겨진 내 그림자를 이끌고, 미지의 한 인간을 멋지게 재현하고 싶은 욕망은 날 내버려 두지 않는 영화 때문에 늘 저편에 밀려나 있곤 했소."

　"멋지군요. 그렇다면 지금이라도 당장 작품을 하나 고르세요. 그리고 즉각 연습에 들어가요. 충분한 연습이 있고 나면 내가 무대를 만들어 주겠어요. 관객은 나와 남기 두 사람뿐이겠지만 훌륭한 공연이 될 것이 분명해요."

이거야말로 근사한 일이 아닐 수 없다. 왜 진작 이런 멋진 게임을 생각하지 못했을까. 내가 적극적으로 자신의 제안을 수용하는 것을 보고 백승하는 또 예의 그 찬란한 웃음을 터뜨린다. 그리고 그 웃음 속에서 말한다.

"어쩌면 당신은 관객보다 무대에 서는 것으로 나를 도와야 할지도 모르는데 그래도 괜찮겠소?"

"당신의 대사를 받아주는 정도는 할 수 있을 거예요. 그 이상은 무리예요. 난 배우가 아니잖아요."

"좋소. 그럼 적당한 작품을 골라보겠소. 대본을 구하는 대로 바로 연습에 들어갑시다."

그러면서 백승하는 문득 내 손을 꽉 움켜잡는다. 마치 험한 길을 함께 가는 동지의 손을 잡듯이. 그런 백승하를 나는 가만 내버려 둔다. 비록 적군이라 해도 가끔은 동지가 되기도 하는 것이 삶이란 이름의 연극이므로.

한 가정의 가장이 남자가 아니고 여자라면, 만약 그렇다면 울타리를 넘어 새어 나오는 비탄과 한숨이 지금보다는 훨씬 줄어들 것이다. 술에 만취하여 귀가한 가장의 이유 없는 구타와 들볶임은 사라질 것이 거의 확실하고, 아내와 연인을 동시에 거느리고 싶은 남성들의 이중인격으로 인한 배신과 파탄의 인생 드라마도 점차 줄어들 것이다. 야수 같은 공격성을 자랑스러운 성징(性徵)으로 파악하는 야만인의 유전인자는 남성들에게 전폭적으로 전수되었고, 절제를 수치로 아는 무분별한 성생활은 역사상 거의 남성의 종족에서 횡행했으니까.

한 집단의 장(長)이 천편일률적으로 남자에게만 맡겨지는 지금의 제도를 고쳐 여성들이 모두 그 자리를 장악할 수 있다면, 만약 그렇다면 세상은 한결 고요하고 아늑하게 돌아갈 것이다. 관리의 조직적인 부패와 끔찍한 살인강도 사건, '있어서도 안 되고, 있을 수도 없는 일'을 만드는 정치 야바위 따위를 일상사로 대하는 고역은 사라질 것이다.

그녀들은 폭탄주를 마시며 밀실에서 음모를 꾸미는 대신, 분위기 좋은 찻집에서 향기로운 차를 마시며 조직의 미래를 논할 것이므로 약육강식의 논리를 금과옥조처럼 여기고 오직 밀어내기와 뒤집어씌우기에만 골몰해온 남성 무사들의 활극은 더 이상 보지 않아도 좋을 것이다. 아이를 낳아 기르며 끊임없이 생명의 존엄성을 생활 속에 구체화해온 여성, 지배보다는 평화를 욕망하고, 억압받아온 역사로 억압받는 자의 마음을 거울 들여다보듯 잘 느낄 수 있게 된 여성, 이런 여성들이 한 집단의 수좌가 된다면 세상은 적어도 지금보다 열 배 더 아름다울 수 있다.

이것은 결코 '만약'으로 시작해서 '만약'으로 끝나는 가정법이 아니다. 태초에 세상에는 두 개의 성(性)이 주어졌다. 인류는 역사의 시작을 지배와 억압으로 열어버리는 실수를 범했다. 남성은 지배하고 여성은 지배당했다. 남성 중심의 제도가 오류투성이였다는 사실은 오늘날의 세상을 보면 자명하게 드러난다. 정치는 오로지 권력 창출의 작업에 불과하고, 교육은 노예계급에서 기어오르려는 자들의 목숨을 건 혈투로 변모했다. 경제는 부익부 빈익빈의 악순환을 거듭하며 오직 자본만이 자본을 재생산할 수 있을 뿐이다. 도덕은 땅에 떨어져 진흙투성이가 되었다. 대낮 곳곳에서 사람들이 팔려가고 밤이면 인육 매매의 악취로 세상이 온통

시궁창이다.

　이제 나머지 하나의 방법을 실현해야 할 때이다. 남성 중심사회가 야기한 온갖 실패를 되풀이하지 않을 방법, 그 유일한 대안이 여성 중심의 사회와 그녀들의 지배이다. 고통은 인간을 보다 성숙하게 하는 법이다. 그런 의미에서 여자들은 고통 속에서 세계를 이해하는 눈을 키웠다. 거기에 여성은 생명을 귀히 여기는 성스러운 모성의 주체자이기도 하다. 남성 중심의 권력 구도에서 떨어져 있었기에 음모와 부패의 기교를 배우지도 못했다. 설령 향기로운 차 한 잔과 멋진 옷 한 벌의 유혹이 저지를 수 있는 잘못이 있다 해도 그것이 만들어낼 결과가 무에 그리 대수롭겠는가. 암살과 쿠데타와 전쟁, 그것은 모두 남자들이 기록한 역사의 페이지들이다. 피의 숙청과 무자비한 진압, 끊임없는 헤게모니 쟁탈전 또한 남자들의 유희로 굳어진 것들이다.

　바뀌어야 한다. 대안은 하나뿐이다. 하늘의 절반을 차지하고 땅의 절반을 차지하고 있는 또 하나의 성(性), 여성이 나서야 한다. 그리하여 굳어진 이 세상 것들을 모두 부드럽게 풀어줘야 한다. 목숨의 아름다움을 모르는 남성들에게 모성의 위대함을 가르쳐야 한다. 남성들이 강탈해간 권력을 되찾아와야 한다. 지배할 줄밖에 모르는 남자들에게 지배당하는 수모와 체념의 안락함도 가르쳐 주어야 한다. 경험은 아무리 많아도 지나침이 없으므로.

　혹자는 이렇게 빈정거릴지도 모른다. 역사의 뒤 페이지도 넘겨보라고. 거기에는 반드시 여성들이, 남성보다 더 잔혹하고 야만적인 여성들의 두툼한 활약상이 끼어있다고. 또 혹자는 그럴 것도 없이 한 가정으로 눈길을 돌리는 것만으로도 충분하다고 말한다. 호된 시집살이를 겪은 며느리가 나중에 시어머니가 되어서 어떻게 며느리를 괴롭히는지를 상기시키려고 들지도 모른다. 그러나 걱정할 일은 아무것도 없다. 애써 헐뜯으려 하지만 그 정도는 얼마든지 무시해도 좋은 험담이다. 걱정이 고작 그것뿐이니 험담의 깊이도 얕지 않은가.

무엇보다 먼저 우리가 기억해야 할 것은 세상의 모든 남성과 여성은 여자의 자식이란 사실이다. 누가 자식에게 독사를 주겠으며 누가 자식의 머리칼을 뽑을 것인가. 세상 누구도 믿을 수 없는 존재이지만 우리는 오직 어머니만은 믿는다. 경찰의 거듭되는 자수 권유에는 아랑곳하지 않던 흉악 인질범도 확성기에서 어머니의 음성이 들리면 확연하게 마음이 흔들린다. 어머니는, 여자는, 억눌리면서도 하늘을 보는 존재다. 자식만은 그것을 안다.

조금만, 아주 조금만 깨어나면 되는 것이다. 어려울 것은 아무것도 없다. 갖춰야 할 사전 지식이나 배움도 필요 없다. 단지 아주 조금만 이 세상을 바로 보면 된다. 남자가 여자의 위에 있다는 논리가 허위사실의 유포였다는 것만 알아도 반은 이루어지는 것이다. 언제나 시작이 어렵다는 말은 진리이다. 시작이 반이라는 말도 역시 새겨둘 만하다. 누군가 시작을 해야 한다. 언제까지나 책상 앞의 토론으로 머물러 있을 것인가. 언제까지나 시기상조론에 파묻혀 있을 것인가. 기회는 누군가 시작할 때, 바로 그때가 적당한 시기인 것이다.

　나는 많은 것을 원하지 않는다. 나는 단지 하나의 시작을 보여주고 싶을 뿐이다. 그래서 시작했다. 그러므로 나는 이미 반을 이루었다.

_강민주의 노트에서

교수: 안녕하십니까, 아가씨. 아가씨지요? 새로 온 학생이 바로 아가씨 아닌가요?

학생: (후다닥 돌아본다. 그리고 지극히 거리낌 없는 사교계의 처녀다운 태도로 일어서서 교수 앞으로 다가와 손을 내민다.) 네, 선생님. 안녕하세요? 이렇게 시간에 꼭 맞춰 왔어요. 지각하는 것은 싫으니까요.

교수: 잘하셨어요, 아가씨. 고맙군요. 하지만 서두르지 않아도 됐을걸. 오히려 내 쪽에서 아가씨를 기다리게 해서 얼마나 미안한지…… 실은 방금…… 일을 끝낸 참이라오. 정말 미안해요. 용서하십시오.

학생: 아니에요, 선생님. 별말씀을!

교수: 그럼, 괜찮으시다면, 실례가 되겠지만, 공부를 시작해야

할 것 같은데요. 단 일 분도 버릴 여유가 없으니까요.

학생: 네, 물론이죠. 선생님 좋으실 대로 하세요.

교수: 저 좋을 대로요? (눈이 번득이다가 이내 표정을 감춘다. 어떤
몸짓을 하려다가 그것도 이내 그만둔다.) 아니죠, 아가씨. 저야
말로 아가씨 좋으실 대로 하셔야죠. 저야 아가씨를 모시
는 사람에 불과한걸요.

학생: 아이, 선생님도……

교수: 좋으시다면, 그럼 우리…… 아니, 우선, 제가 먼저 아가
씨의 과거와 그리고 현재의 지식에 대해 간단한 테스트
를 하고…… 그래야 앞으로의 공부 계획을 세울 수 있을
테니까요. 자, 그럼 수학에서 복수의 개념이란 어떤 것이
지요?

학생: 그건 어째 애매하고…… 막연해서.

교수: 좋습니다. 그러면 거기서부터 시작합시다. (그는 두 손을 비
빈다. 신경질적인 동작이다. 순간 순간 여자를 쳐다보는 눈에서 빛이 나곤
한다.)

우리는 이미 연습을 진행하고 있었다. 우리의 티타임은 이제 연
습시간으로 변하였다. 찻잔의 바닥이 드러나기 무섭게 백승하는
대본을 집어 들었다. 그의 대본은 첨삭으로 원래의 활자를 거의 알
아볼 수 없을 지경이 되었다. 그는 끊임없이 대본을 수정하고 또

수정하였다. 그는 교수의 역할을 연기하기가 몹시 난해하기 때문에 어쩔 수 없노라고 하였다. 그러나 한 번은 꼭 해봐야 할 연기이기에 점점 빠져들고 있다고도 말하였다.

우리가 연습하는 작품은, 아니, 이렇게 말하면 좀 이상하게 들릴 수도 있을 것이다. 백승하가 빠져들고 있는 대본은 외젠느 이오네스코의 초기작인 『수업』이었다. 백승하는 처음부터 이오네스코를 염두에 두고 있었다. 그는 영화가 할 수 없는 작업을 원하였다. 줄거리를 사실적으로 쫓아가며 현실적인 상황만을 묘사해야 하는 영화의 연기와는 훨씬 다른 것을 원하였다. 그런 백승하가 반연극 (反演劇)의 작가 이오네스코를 떠올린 것은 자연스러운 일이었다. 나는 그를 이해하였다.

지금쯤에 이르면 내가 백승하를 샅샅이 파악하는 것 또한 지극히 당연한 일이 아닐 수 없다. 나는 백승하의 표정만 보아도, 혹은 그의 무심한 손짓 하나만 보아도 그가 무엇을 원하는지 알 수가 있었다. 우리는 때로 아무 말 없이도 서로에 대해 충분히 교감하였다. 충분히, 아주 충분히.

연극연습에 대해서도 나는 전혀 불만이 없다. 대본 선정도 나와 백승하는 취향이 같았다. 이오네스코의 작품에는 시시콜콜한 사실적 진술이 없다. 작가는 연극의 금기사항을 모조리 실천하려 든다. 이오네스코는 의도적으로 진부한 상황을 설정하여 말과 사물의 관계를 세밀히 드러내며 그것으로 현실의 부조리함을 지적한다. 내가 좋아하는 것도 바로 이런 것이다. 백승하가 삼류 영화의 억지 신파에 신물이 난 상태라면 나 역시 이 세상에 실재하는 통속 드라마들에 어지간히 지쳐있는 사람이다. 나 같은 사람한테는 이런 작품이 오히려 산뜻할 수 있다.

그래서 우리는 불평 없이 연습에 몰두한다. 우리는 때로 등장인물의 언어를 우리만의 언어로 바꾸고는 킬킬거리며 웃기도 한다. 감수성이라면 누구라도 백승하를 따를 수 없다. 그는 내 연기가 괜찮으면 스무 번쯤 칭찬하고 다음 날 다시 열 번 이상 나를 고무한다. 그것이 연출까지 겸임한 그의 작전이라 해도 나는 푹신하고 아늑한 백승하의 감수성에 매번 탄복하게 된다.

연습에 임하는 동안은 그가 나의 지휘자다. 나는 기꺼이 그의 통제하에 있다. 그가 웃으라면 웃고, 그가 신호를 보내면 언제라도 발딱 일어선다. 가끔 백승하는 연기의 동작선을 교정하기 위해 내 허리를 안고 같이 걸음을 옮긴다. 그럴 때 그에게서 풍겨오는, 연애소설마다 빠짐없이 등장해서 이제 식상한, '은은한 비누 향기'도 나에겐 정말 첫 경험이다. 나는 이 첫 경험에 실신하지는 않지만, 그러나 심장 박동이 평소와 달라지는 것은 확연히 느낄 수 있다.

언젠가 나는 시치미를 떼고 나의 이런 생리적 변화에 대해 백승하에게 털어놓은 적도 있다. 물론 연습시간의, 내가 그의 지배를 행복하게 받아들이고 있을 때의 이야기다.

"선생님, 선생님께서 제 허리에 손을 대면 심장이 빨리 뛰는데 이것은 왜 그러지요? 수학 공부는 잠시 뒤로 미루고 먼저 이것부터 배웠으면 좋겠는데요?"

나는 대본 속의 호칭을 빌려 그에게 이렇게 말한다. 그러면 감수성 좋은 백승하도 대본 속의 호칭으로 내게 대답한다.

"어이구, 그건 아가씨 나이로는 대단히 늦은 현상인데요. 너무 늦게 나타나긴 했지만 나쁜 일은 아니에요. 정상이지요."

연극에서의 교수 말투를 훔쳐 쓰고 있어도 백승하는 빨라지는 내 심장 박동에 굉장한 즐거움을 느낀다는 사실까지 감추지는 못한다. 그는 이 고백 이후 언질만으로 얼마든지 고칠 수 있는 자세 교정에도 내 허리에 손을 댄다. 그런 백승하를 나는 제지하지 않는다. 그러면 다시 그에게서 비누 냄새를 맡을 수 있으니까.

우리는, 아, 나는 지금 너무 자주 우리는, 이라고 말하고 있는 것 같다. 우리는, 우리는, 우리는.

우리는 결코 하나의 단어로 묶을 수 있는 사람들이 아니다. 나는 그를 납치했고, 그는 내게 감금당한 상황이다. 이것은 엄연한 사실이다. 지금도 바깥세상에서는 그를 구출하고 나를 체포하려는 형사의 독수리 같은 발톱이, 날카로운 매의 눈초리가 시시각각 조여오고 있지 않은가.

연습시간 중에 나는 아주 가끔 우리의 현실이 떠올라 연극연습이 정말 무의미해지는 기분에 맥이 풀릴 때가 있다. 이상하게도 백승하는 이런 갈등, 허탈함이 발생하지 않는 모양이다. 그는 한 번도 연극에서 현실로 내려서지 않는다. 나는 그런 그에게 일부러 현실을 일깨워주곤 한다. 이럴 때도 내 언어는 역시 연극 투의 가면을 쓰게 된다.

"선생님, 선생님께서는 어떻게 교수가 되셨지요? 언제부터 저를 가르치셨나요? 그리고 언제까지 저를 가르칠 수 있다고 생각하시지요? 저는 그게 궁금해요. 말씀해 주세요."

"아가씨. 교수가 된 것은 내 운명이랍니다. 아가씨가 내 제자가 된 것도 운명이지요. 이 수업은 아가씨도 아시다시피 종료를 알리는 벨이 울려야만 끝낼 수 있답니다."

"그 벨은 어느 날 어느 시각에 울릴까요?"

"글쎄요. 그것까지는 나도 모르겠군요. 하지만 한 가지 확실한 것은 있지요. 수업 종료를 알리는 벨은 수업이 끝나야 울린다는 것, 바로 그것 말이요."

"당신은 세상으로 나가는 것에 이제 관심이 없나요?"

나는 그쯤 해서 정색을 하고 강민주의 언어로 되묻는다. 남자 또한 내 눈을 똑바로 바라보며 한 마디 한 마디 힘을 준다.

"연기를 할 수 있는 지금, 내겐 여기가 나의 세상이오. 모르겠소? 이 연극을 마치기 전에 누군가 나를 데리러 온다면 나는 정중하게 사양하겠소. 당분간은 당신과 함께 있고 싶다고 당당히 말하겠소."

그의 말이 거짓이 아니라는 것을 나는 믿는다. 그의 빛나는 눈빛을 보면 그것을 알 수 있다. 이제 나는 남자의 눈빛을 얼마든지 읽어낸다.

백승하는 정말로 이 연극을 상연할 계획이다. 그것은 내가 봐도 가능한 일이긴 했다. 우리의 연극 『수업』은 전혀 무대장치가 필요하지 않았다. 책상과 의자만 있으면 얼마든지 무대에 올릴 수 있다. 무대는 거실쯤이 적당할 것이고 남기 하나뿐이지만 관객도 있다. 별 볼일 없이 구석에 처박혀 있는 비디오카메라로 공연실황을 담아놓아도 재미있을 것이다.

백승하의 생각이 옳다. 무엇이 문제인가. 우리의 인생 수업은 훼방 없이 계속될 것이다. 백승하 스스로 이 수업을 즐기고 있다. 포로가 되어 적지에 갇힌 인간이 포로임을 다행으로 여기며 자진하여 아군이 되는 경우는 허다하다. 적어도 나는 한 사람의 적군을 내 편으로 포섭하는 데 성공한 것이다. 게다가 바깥세상에서 무언의 응원을 보내고 있는 협력자들까지 계산하면 이 강민주의 진영은 자못 철옹성인 것이다. 문제는 없다. 계속 전진이다.

"우울증이래요. 상당히 심한 상태라네요. 아들도 만나려고 하지 않는대요."

백승하 부인이 입원한 병원에 다녀온 남기의 보고다. 기자라고 둘러대고 담당 간호사에게 얻어낸 정보다.

"참 웃겨요. 어느 병원인지 알아내는 게 힘들었지 막상 병원을 알아낸 후에는 마냥 허술하기만 해서 되려 싱겁더라고요. 워낙 철저하게 병원 이름을 숨겨 놓았기에 안심하고 그러는 모양이에요. 입원실도 내과 병동 바로 옆이라서 마음만 먹으면 언제라도 환자 얼굴을 볼 수 있어요."

백승하 부인이 어느 병원에 입원했는지는 기자들조차 모르는 사실이었다. 남기 역시도 내 지시를 받고 사흘이 넘게 헛걸음만 했었다. 그럴싸한 정보라고 해서 강남과 강북의 병원들을 거의 열 군데도 넘게 뒤지고 다녔지만 허사였다.

이럴 때 내 머리를 따라올 자는 없다. 나는 직접 백승하 본인에게 정보를 얻을 생각을 했다. 물론 그는 자기 아내가 병원에 입원한 것을 알지 못한다. 말하자면 나는 일종의 유도신문을 한 셈이고 내 유도신문에 걸려든 백승하의 말이 정확한 단서가 되었다. 나는 우선 일반적인 여자들에 대해 말을 시작했다.

"난 여자들이 연약함을 내세워 남자들의 보호 본능을 자극하는 것을 혐오해요. 남자들이 연약한 여자들에게 매력을 느끼는 것도 그런 작태를 부추기는 꼴이지요. 여자라는 존재는 약하다고 믿고 싶은 게 남자들 희망이거든요. 그래야 여자들 위에 군림할 수 있으니까요. 어쩌면 그것도 하나의 집단 최면인지도 몰라요. 여자는 연약하다, 여자라는 존재는 벌레 한 마리도 못 죽이는 가냘픈 존재다, 라고 자꾸 떠들어주니까 여자들이 정말 점점 약해지는 거예요. 남자들은 강한 여자들에 대해 공포를 느끼고 있어요. 그들도 그걸 알아요. 여자라는 종족이 사실은 남자보다 우월한데 거기다 힘까지 강해지면 절대로 휘어잡을 수 없다는 것을요. 그래서 끊임없이 연약한 여자가 아름답다고 외치지요. 그 말은 곧, 여자들이여, 제발 힘을 버려달라, 라는 주문에 다른 표현이라고요."

그런 다음에 나는 본론으로 들어간다. 이렇게.

"당신도 아내에게 늘 최면을 걸고 있지요? 당신 아내 또한 즐거이 당신의 최면에 걸려들고 있을걸요. 당신 앞에서는 바퀴벌레만 보아도 기절하는 흉내를 내겠지만, 속지 마세요. 당신이 보지 않는 곳에서는 바퀴벌레쯤이야 수십 마리라도 때려잡을 힘과 용기가 있으니까요."

백승하는 내 말에 배를 잡고 웃었다. 최근 들어 그에게 생긴 새로운 버릇이 바로 그것이다. 내가 아무리 가시 돋친 말을 해도 이 남자는 그저 웃어버리고 마는 것이다. 나는 좀처럼 백승하를 화나게 할 수 없을 지경이었다.

"당신이 뒤집어 보여주는 세상은 정말 재미가 있소. 내 아내가 연약한 사람인지 아니면 연약한 척하는 여자인지는 잘 모르겠소. 지금은 어떻게 지내고 있는지 알 수 없지만, 그러나 내가 곁에 있었을 때 내 아내는 매우 건강했소. 하지만 신경이 무척 예민한 사람이라 이 상황을 어떻게 견디는지 걱정이 되오."

그런 다음 백승하는 아스라한 눈길로 자신이 사랑하는 그 여자가 어떤 사람인지를 말했다. 그 여자가 낳아준 잘생긴 아들에 대해서도 꿈길을 더듬는 표정으로 이것저것 털어놓았다. 사적인 이야기가 늘 그렇듯이 그의 아내 이야기는 점차 범위를 넓혀서 마침내 한때 심한 정신적 충격으로 착란 증세를 보인 적이 있다는 처남에 대한 언급까지 나왔다. 결혼 전의 연애 시절이었는데 그의 여자가 동생 때문에 걸핏하면 슬프게 울었고 그 울음을 달래주다 점점 더 여자를 사랑하게 되었다는 고백에 묻어서 처남 이야기가 나온 것이었다.

나는 내가 심리학을 공부하고 있다는 사실을 내세워 어렵지 않게 처남이 입원했던 병원과 의사 이름을 알아낼 수 있었다. 지금은 건강을 회복해 정상적으로 살아가는 처남에게 해가 될까 봐 절대 비밀이라는 말에서 나한테 오는 직감이 있었다.

내 직감은 틀림없었다. 그의 아내는 바로 자신의 동생을 담당했던 의사에게 치료받고 있었다. 내가 구체적으로 병원과 의사를 짚어내는 것을 보고 남기는 숫제 마술을 보는 듯한 얼굴로 넋을 잃었다. 남기는 내 입에서 지식으로 무장된 말이 나오거나 재빠른 머리 회전으로 어떤 결론을 내리는 것을 보면 늘 그런 얼굴을 했다. 남기는 자기 머리가 나쁜 만큼 천재들에게 엄청난 외경심을 품고 있는 인간이었다.

남기가 교양과 지식에 정도 이상으로 열광하는 것과 나한테 맹목적으로 충성하는 것과는 서로 상관관계가 있다. 나는 그것을 잘 안다. 남기가 소속된 세계에서는 나처럼 말할 줄 알고 나처럼 학문의 혜택을 받은 부류를 만나기가 쉽지 않다. 특히 남기가 보아온 그쪽 여자들과 나는 판이하다. 남기는 나 같은 사람을, 아니, 나 같은 여자를 처음 경험한 것이었다. 그것은 놀라운 경험이었으리라. 게다가 나는 얼마든지 남기의 황홀을 유지할 능력과 힘을 가지고 있다. 남기는 절대 환상에서 깨어날 수 없다.

어쨌거나 나의 사랑스러운 심복 황남기는 백승하의 부인이 어떻게 지내는지 소상하게 정보를 얻는 일에 성공했다. 내가 백승하의 부인에게 관심을 보이는 것에 불안한 생각을 할 필요는 전혀 없다. 내가 누구인가. 나는 절대 그녀에게 해를 입히지 않을 것이다. 백승하를 납치하는 과정에서 본의 아니게 그녀를 괴롭힌 일은 있었지만 정말 어쩔 수 없는 일이었다.

나는 이제부터 서서히 인간적인, 너무나 인간적인 감동의 미담을 만들 작정을 하고 있다.

사람들은 백승하 납치 범인이 얼마나 인간적인지를 발견하고 뜨겁게 감격할 것이다. 나는 범인에게 호의적인 세상의 여론을 배반하고 싶지 않다. 지지표는 얼마든지 많아도 나쁘지 않은 법이다. 특히 내가 벌이는 이 일은 범인한테 쏟아지는 절대다수의 지지표가 곧 목적이기도 한 사업이니까.

나는 만인이 감동하지 않고는 못 배길 미담을 만들고 싶다. 만인에 앞서 나의 백승하가 먼저 감격해 할 그런 사건을 나는 궁리한다. 이 기획은 물론 상당한 위험부담을 감수해야 한다. 그러나 모험 없는 기획이 무슨 재미가 있겠는가. 나는 위험을 피하지 않을 것이다. 대신, 위험이 나를 피해 가도록 만들면 되는 것이므로.

초저녁.

우리는 나란히 침대에 걸터앉아 텔레비전을 지켜보고 있다. 거실에 있는 남기도 같은 프로그램을 보고 있다.

그동안 골방에 처박혀 있던 백승하 방의 텔레비전이 다시 등장한 오늘은 특별한 날이다. 특별한 날이기에 나는 백승하에게 양복을 입도록 명령했고 그는 순순히 내 명령에 복종했다.

그는 지금 나한테 묶여 여기에 있지만 사실은 샹들리에 휘황한 대연회장에 있어야 할 사람이다. 그곳에서 티끌 하나 묻지 않은 흰 장갑에 연미복을 입고 사람들에 둘러싸여 빛나게 웃어야 할 사람이다. 그런 그를 위해 비록 대연회장은 아닐망정 테이블엔 샴페인까지 준비하고 나 역시 화사한 정장 차림으로 의복을 갖추었다. 나는 오늘 밤, 끝까지 주인공을 위해 각별한 배려를 아끼지 않을 생각이다. 나는 이토록이나 세심한 인간이다.

특별한 이 날, 오늘은, 모든 영화인이 꿈꾸고 기다려온 축제의 날이었다. 영화에 관련된 수많은 사람의 가슴을 뒤흔드는 축제의 장이자 경쟁의 장인 영화제가 오늘 열리는 것이다. 수많은 영화 팬들의 열화 같은 관심 속에 30년의 역사를 쌓아온 국내 최고의 영화제 시상식이 바로 오늘 이 시각에 거행된다. 그래서 지금 우리는,

나와 백승하는, 영화제의 권위에 걸맞은 신사 숙녀가 되어 막이 오르기를 기다리고 있는 것이다.

시상식을 앞두고 신문들은 다시 백승하를 기사로 다루기에 여념이 없었다. 남우주연상의 유력한 후보로 점쳐지는 백승하, 과연 납치된 상태의 배우에게 이 최고의 상이 수여될 것인가. 만약 그렇다면 이런 수상은 전 세계에서도 유례를 찾아보기 힘든 일이 될 것이라고 신문은 호들갑을 떨고 있다.

나는 영화제 관련 기사들을 스크랩해서 백승하에게 보여주었다. 그리고 영화제 실황중계 프로그램은 텔레비전으로 같이 시청할 수 있음을 약속하기도 했다. 백승하는 천상 영화배우였다. 연극 연습에 쏟아붓던 정열도 영화제 날짜가 다가옴에 따라 적잖이 흔들리고 있었다. 자신이 지금 어떤 상황에 놓여있든 그는 이 최고의 상이 자신에게 돌아올 것인지 기대가 큰 모양이었다. 긴장하고 있을 때의 백승하 모습을 보는 일도 나쁘지는 않았다. 그럴 때 이 남자는 마치 심술이 난 어린 사내아이처럼 보인다. 건드리기만 해도 그 큰 눈에서 마구 눈물을 쏟을 것 같은 아슬아슬함이 있다. 그럴 때 나는 다 자란 이 어린 남자를 껴안아 주고 싶은 충동을 느낀다.

시상식 시간이 다가오자 백승하의 표정이 또 아슬아슬해진다. 그런 백승하가 귀엽고 한편 안쓰러워서 나는 다정한 음성으로 말해준다.

"당신은 이 영화제에서 두 번이나 남우주연상을 받았잖아요. 다른 사람에게 상이 돌아간다고 해도 실망할 것은 없어요."

생방송 중계에 앞서 광고가 나오는 사이 백승하는 연거푸 담배를 피웠다. 새 담배에 불을 붙일 때마다 그는 나를 돌아보며 계면쩍게 웃었다. 백승하는 연극연습에 들어가면서 담배를 끊었다. 목소리를 위해서, 라고 했다. 그러나 지금은 목소리 따위는 안중에도 없는 듯이 보인다.

"글쎄, 당신이 이해할 수 있을지 모르겠소. 이 상을 받게 되면, 그래서 그간의 노력을 인정받게 되면, 끝없이 계속되는 자기와의 치열한 싸움을 잠시라도 멈출 수 있는 것이 기쁨이라면 기쁨일 것이오. 말하자면 내면의 싸움에 휴전이 선포된다고나 할까, 자신에게 다소 너그러워지면서 평화도 얻고 용기도 충전하고, 그런 다음 다시 온몸을 바쳐 영화판에서 뛰는 것이라오. 어떤 상이든 무조건 격려의 의미가 가장 크고 중요한 법이라오."

나는 남자의 넥타이를 바로 잡아주는 것으로 그의 말에 공감한다는 신호를 보낸다. 이 넥타이도 오늘을 위해 내가 특별히 마련한 것이다. 내가 고른 넥타이는 남자에게 너무나 잘 어울렸다.

마침내 요란한 팡파르가 울렸다. 그와 나는 동시에 텔레비전에 시선을 집중했다. 영화제의 개막을 알리는 팡파르와 함께 카메라의 조명은 비어있는 무대의 이곳저곳을 비추었다. 곧이어 눈부시게 성장을 한 여자 아나운서와 역시 격식 갖춘 복장의 남자 아나운서가 무대에 나타났다. 성대한 행사가 있을 때마다 단골로 사회를 맡는 낯익은 얼굴들이었다.

그때 남기가 노크와 동시에 문을 열고 얼굴을 들이밀며 소리쳤다.

"시작했어요!"

녀석은 그러면서도 나란히 앉아있는 우리 두 사람의 자세를 힐끔 확인하는 일도 잊지 않는다. 두 사람이 방에 같이 있을 때 노크와 동시에 문을 확 열곤 하는 버릇이 남기한테 새로 생겼다. 녀석이 왜 그러는지 내가 모를 턱이 없다. 나를 보는 녀석의 눈빛이 갈수록 이글이글 타오르고 있다. 데어버릴 것처럼 한껏 뜨겁다. 더 늦기 전에 대책을 세울 것이다.

하지만 오늘만큼은 참기로 한다. 나는 냉정한 얼굴로 남기한테 경고의 신호를 보낸다. 남기는 얼른 문을 닫고 거실로 되돌아갔다. 나는 다시 화면으로 시선을 보내며 속으로만 혀를 끌끌 찬다. 미련한 것.

"언제라도 그랬지만 올해는 한층 더 치열한 경쟁이어서 심사위원들의 고민이 많았다는 말씀을 전해 들었습니다. 엄중한 공정성, 삼십 년 역사의 무게로 수많은 영화인의 진정한 축제가 되어온 본 영화제를 축하하기 위해 대통령님을 비롯하여 각계의 원로 여러분이 축전을 보내주셨습니다. 순서에 앞서 먼저 축전을 소개하겠습니다."

남자 아나운서가 소개하는 첫 번째 축전은 대통령의 것이다. 장내에 우레와 같은 박수가 터지고 있다. 백승하의 얼굴도 터질 듯이 빛난다. 카메라가 비춰주는 낯익은 영화배우들의 얼굴도 모두 백승하처럼 상기되어 있다. 나는 문득 소외감을 느낀다. 나만 빼놓고 희희낙락 즐기는 저들한테, 그리고 내 옆의 남자한테 묘한 질투심이 느껴진다.

소외감, 혹은 질투심은 시상식이 진행되는 동안에도 내내 계속되었다. 특별상에 이어 본상의 수상자와 작품들이 발표되기 시작하면서 백승하는 나에게 한 번도 시선을 돌리지 않았다. 빨려 들어갈 듯이, 흡사 시상식장에 그들과 함께 있기라도 하듯이 자기들의 세계에 나를 들여놓지 않는 것이었다. 수상자가 무대에 오를 때도, 물론 그는 무대에 오르는 모든 수상자를 너무나 잘 알기 때문이겠지만, 화면 속의 수상자를 향해 혼잣말을 던지곤 했다. 나한테가 아니라 화면 속의 움직이는 그림에 말을 거는 것이었다.

"그럼요, 정 선생님 아니면 누가 조명상을 받겠어요. 당연하지요. 당연하고 말고요."

또는 이런 식으로.

"저런, 최 형이 섭섭하겠어. 이번에는 자네 말고 최 형이 받아야 하는데. 어쨌든 축하하네. 한잔 사야 해. 자네야말로 삼 연패일세."

하기야 그가 화면에 몰두하는 것도 지극히 당연한 일이었다. 그가 주연을 맡은 작품 『황야일기』가 무서운 기세로 각 부문을 휩쓰는 중이라 과열되는 그의 감정을 이해할 수도 있다. 게다가 그는

재일 교포의 뿌리 찾기를 추적한 이『황야일기』로 유력한 남우주
연상 후보에 올라았다. 이 역을 연기하기 위해서 아내와 떨어져 두
달이나 일본에 머물다 온 그리움의 추억도 가지고 있는 그였다. 또
영화 속 일본어 대사를 소화하려고 학원의 새벽 강의에 등록까지
했다고 말한 것을 나는 기억한다. 이 작품이 이제까지의 출연작품
을 통틀어 가장 내면 연기에 공을 들인 것이라고 은연중에 털어놓
기도 했었다. 그러므로 오늘만은 이 남자가 하는 대로 내버려 두어
야 옳을 것이었다. 그리고 나는 착하게도 전혀 그를 건드리지 않았
다.

　본상을 휩쓰는『황야일기』의 열풍으로 미루어 남우주연상은 백
승하의 것이 거의 분명했다. 시상식이 연기상 순서로 넘어가 신인
상과 남녀조연상을 발표하기 시작할 무렵부터 장내의 열기는 점
점 더해갔다. 트로피를 받기 위해 무대에 오르는 화려한 배우들의
모습도 영화제를 시청하는 사람들의 기대를 배반하지 않았다. 시
상을 맡은 이들도 현역 인기배우거나 지난해 수상자들이어서 무
대는 그야말로 선남선녀들의 잔치에 조금도 모자람이 없었다.

　드디어 남녀주연상을 발표하는 시각, 백승하는 어쩔 수 없이 담
배를 하나 꺼낸다. 그러나 사회자는 뜨거운 열기를 식히기 위해서
초대가수의 노래를 한 곡 듣는 순서를 가져야 할 것 같다고 말한
다. 백승하는 특유의 찡그리는 웃음을 지으며 그제야 겨우 나를 한
번 돌아본다.

"『황야일기』가 최우수 작품상을 받은 것만도 난 너무 기쁘오. 스텝 모두가 정말 몸 아끼지 않고 일했던 작품이었으니 부끄럽지 않은 상이오."

거기에 덧붙여진 그의 한마디.

"언제 당신과 함께 이 영화를 볼 수 있기를."

그 한마디로 나의 소외감은 눈 녹듯이 사라지고 만다. 백승하는 준 만큼 보답할 줄도 아는 인간이다.

"이제 여러분이 기다리고 기다리시던 대망의 남녀주연상을 발표할 시간이 된 것 같습니다. 이 자리에 모이신 여러분들도, 그리고 댁에서 이 생방송을 보고 계시는 시청자 여러분들도 잘 알고 있듯이, 올해의 남우주연상 후보 중 한 사람이 지금 이 자리에 참석하지 못했습니다. 뛰어난 재능과 노력으로 우리 영화계에 커다란 기여를 했던 백승하 씨, 바로 그분입니다. 우리 모두는 백승하 씨가 이 축제에 참석하지 못한 것에 큰 슬픔을 느낍니다. 정말 안타깝습니다."

바로 자신에 관한 사회자의 말이 이어지는 그 순간, 놀랍게도 백승하의 손이 내 손을 찾았다. 그리고 그 손은 내 손을 부드럽게 한 번 쥐었다가 놓았다. 나는 갑자기 가슴이 철렁했다. 그는 정말 대단한 남자라는 생각, 그동안 내가 그를 너무 쉽게 다루지는 않았나 하는 서늘한 충격이 내게 온 것이었다. 백승하는, 나에게 자신의 인생을 맡기고 있는 이 남자는, 사회자의 말로 행여 내가 상처를 입을까 걱정해주고 있는 것이었다.

"그래서, 올해는 매년 여우주연상에 스포트라이트가 집중되던 현상이 사라지고 남우주연상에 관심이 고조되어 있습니다. 바로 이 시각에도 백승하 씨의 수상 여부를 묻는 팬들의 문의 전화가 끊임없이 걸려오고 있습니다. 감사합니다. 백승하 씨도 어디선가 이 방송을 보고 있으리라고 저는 믿어 의심치 않습니다. 따라서, 본 영화제의 남우주연상 시상은 예년의 관례에서 벗어나 후보작과 후보의 호명 없이 바로 수상자를 발표하는 형식을 취할까 합니다. 노파심에서 말씀드리는 일이지만, 이 시상에는 어떠한 동정표도 개입되지 않았습니다. 본 영화제의 권위는 엄정한 심사에서 얻어지고 있음은 널리 알려진 사실입니다. 백승하 씨는 이제껏 볼 수 없었던 감동적인 영화 한 편을 우리에게 선물로 남겨주었습니다. 『황야일기』에서 보여준 그의 깊고 성숙한 연기가 심사위원들로 하여금 만장일치로 남우주연상에 표를 던지게 하였음을, 지금 이 자리에서 분명히 말씀드리는 바입니다."

그리고 사회자는 숙연한 분위기의 장내를 향해 높은 목소리로 외쳤다.

올해 최고의 남우주연상, 백, 승, 하!

이름이 호명되자마자 시상식장을 꽉 메운 그의 동료들은 자리를 박차고 일어나 일제히 기립박수를 보내기 시작했다.

백승하는 거기서부터 고개를 들지 못하였다. 그는 울고 있는 것일까. 예상보다 훨씬 높은 강도로 밀려온 감격에 사실 나도 눈시울이 뜨거워지긴 했다. 더욱이 실종된 그를 향해 보내는 기립박수가 한없이, 그칠 줄 모르고 하염없이 이어지고 있다. 이럴 때 나는 어떻게 해야 할까.

그러는 사이 기립박수 속에서 한 어린 신사가 나타났다. 나는 자신도 모르게 고개 숙인 남자의 어깨를 흔들었다. 정말이지 이것은 절대 나답지 않은 행동이었다. 그러나 분명 내가 저지른 행동이기도 했다.

"보세요. 준이가 나왔어요! 당신 아들이 당신 대신에 트로피를 받으러 나왔다니까요."

그의 어린 아들은 세련된 머리 스타일과 나비넥타이, 그리고 흰 양복 차림으로 무대에 모습을 드러냈다. 아이의 아버지는 흐르는 눈물을 감출 생각도 없이 홀린 듯이 자식을 바라보고 있다. 아이는 역시 제 아버지를 빼다 박았다. 잘생긴 얼굴이며 조금도 멈칫거리지 않고 제 역할을 깜찍하게 해내는 것 하며, 내가 보아도 탐이 날 정도로 의젓했다.

"여러분. 백승하 씨를 대신해서 그의 아들 백준 군이 남우주연상을 수상하겠습니다. 꼬마 준이는 하루도 빠짐없이 아침마다 아버지를 돌려달라는 기도를 하고 있답니다. 이 의젓한 어린 아들에게 여러분, 격려의 박수를 보내주십시오."

백승하의 아들이 실종된 아버지를 대신해서 남우주연상을 받는 장면은 정말 완벽했다. 영화제의 절정은 바로 그 장면이었다. 이 꼬마 신사의 등장으로 극적인 감동이 유감없이 폭발했다. 눈물을 닦는 여배우들의 얼굴과 잘생긴 꼬마의 얼굴을 카메라는 집요하게 비춰주며 화면은 계속해서 분위기를 이어갔다.

무대에서 아이의 모습이 사라진 뒤에도 백승하는 시선을 거둘 줄 몰랐다. 그는 사라진 아이를 찾아 화면 너머 어디, 아득히 먼 곳을 더듬으며 눈물을 흘렸다. 떨리는 그의 입술, 축축하게 젖은 창백한 얼굴.

소리 없는 통곡이 있다면 바로 저런 것이리라. 그는 오직 남우주연상 수상 여부만 생각했었다. 수상이 결정되면 누가 대신 무대에 오를 것인지는 그도 나도 전혀 생각하지 못했다. 백승하의 소리 없는 통곡을 지켜보면서 나는 한 방 크게 당했다는 느낌을 떨치지 못하였다. 나 말고 누가 백승하를 이토록 아프게 할 수 있단 말인가. 내 직감은 이 사건이 내게 결코 이롭지 못하다는 것을 뚜렷하게 경고하고 있었다.

손해와 이익을 떠나서라도, 내겐 백승하의 마음을 다치게 하고 싶은 마음 따윈 정말 없다. 이건 진심이다. 마지막이 언제일지 그것은 아직 모르지만, 나는 그날까지 이런 관계로 지내기를 바라는 사람이었다.

그러나 이미 그는 마음을 다치고 말았다. 그는 자신의 상처를 숨길 줄도 모르는 사람이었다. 그는 벌써 아까의 백승하가 아니었다. 우선 내 얼굴을 바라보는 일을 극구 피했다. 남기가 들어와서 텔레비전을 내가도, 내가 샴페인 병의 뚜껑을 소리 나게 따고 있어도, 흡사 말하는 법을 잃어버린 사람처럼 굴었다. 그랬다. 백승하는 자신이 떠나온 세계를 다시 찾은 대신 말을 잃고 말았다. 그는 하나를 얻으면 바보같이 하나를 내놓는 사람이었다.

영화제는 그렇게 끝났다. 예기치 않은 반란을 남기고서. 나는 그 밤, 백승하를 홀로 있게 내버려 두었다. 그것만이 최선이었다. 그 밤에 나 또한 홀로 밤을 새우면서 많은 것을 생각했다. 너무 서두르는 것은 아닌지, 그런 의혹은 있었지만 그래도 나는 그날 밤 하나의 결론을 얻었다.

"안 돼요. 그건 너무 위험해요. 제발 그만두세요. 왜 긁어 부스럼을 만들려고 그러십니까?"

남기는 강력하게 내 계획에 반대했다. 간밤에 내가 깊이 생각해서 얻은 결론이고 계획이었는데 그것을 남기는 한마디로 부정해 버렸다. 위험천만이라는 이유를 들어서.

"나도 알아. 이번 일은 다른 때와 달리 직접 우리의 모습이 드러나니까. 하지만 남기야, 너도 슬슬 무료할 때가 되지 않았니? 난 그래. 이런 평화는 내 적성에 맞지 않아. 더 강한 긴장이 없이는 이런 나날들을 견디기 어려워."

남기는 나의 말이 믿어지지 않는다는 듯 퉁명스럽게 반문한다.

"저 자식을 위해서 이렇게 위험한 일을 하시려는 것, 난 다 알아요. 그렇지요? 제 말이 맞지요?"

남기는 나를 의심하고 있다. 다른 때 같으면 이런 불손한 언사를 그냥 보아 넘길 내가 아니지만 지금은 참아야 했다. 남기의 도움 없이는 이 일이 불가능한 것이 나를 너그럽게 만든다. 그만큼 나는 다급했다. 아, 나는 자꾸 변하고 있다. 나는 변하고 있는 스스로가 불안해서 더욱 새로운 계획에 매달린다. 위험한 것은 바로 나 자신이라는 것을 나는 안다. 그러나 어쩔 수가 없다.

"넌 정말 한심한 아이구나. 내가 왜 저 작자를 위해 이런 일을 하니? 너도 텔레비전을 봤잖아. 오늘 아침에 나온 영화제 관련 기사도 바로 그 이야기였어. 백승하의 어린 아들을 본 사람들은 누구라도 그 애의 아버지를 납치한 범인을 증오하게 되어 있어. 여태는 여론이 확실하게 우리 편이었지. 하지만 지금은 아니야. 하루아침에 그간 쌓아놓은 인심을 다 잃게 생겼는데 가만있어야 하겠니? 억울하지도 않아? 빨리 여론을 우리 편으로 돌려야 해. 그러려면 이 방법밖에 없어."

남기는 내 말에 아무 대답도 하지 않는다. 이 자식이, 감히 내 말에 반기를 들다니. 나는 갑자기 초조해진다. 백승하도 남기도 마치 전혀 다른 사람들처럼 굴고 있다. 그때 남기가 불쑥 입을 열었다.

"이제 저 녀석을 돌려보내요. 그리고 저랑 함께 아무도 모르는 외국으로 떠나요."

"미쳤군. 중간에 끝낼 것 같았으면 이 일을 시작하지도 않았다."

"그럼, 저 자식을 없애버려요. 저한테 권총도 있어요. 제가 해치울 테니 아무 걱정도 마시고요."

나는 남기의 얼굴을 멍하니 쳐다보고만 있다. 이 애가 지금 무슨 말을 하고 있을까. 그러다 문득 정신이 들었다. 미친놈. 나는 있는 힘을 다해 녀석을 후려친다.

"싫으면 넌 빠져! 내가 한다. 내가 그의 아들을 데려오겠어! 얼마든지 성공할 수 있단 말이다. 단 하루만 그의 아들을 데려온다고. 백승하에게 하룻밤 자기 아들을 품고 자는 은혜를 베풀 거야. 내가, 이 강민주가 얼마나 인간적인 범인인지 백승하와 세상 사람들에게 다시 보여줘야 해. 나쁜 자식. 넌 빠져. 이 일은 내가 한다!"

내가 할 것이다. 다른 누구도 시키지 않을 것이다. 나는 나를 자제할 수 없다. 내 속의 또 다른 나는 말한다. 강민주, 냉정해. 냉정하라고. 그러나 그날 나는 조금도 냉정해질 수 없었다.

교수: 모든 언어는…… 아가씨, 기억해둬요, 죽는 순간까지 잊지 말고. (백승하는 내 얼굴을 보지 않고 침울하게 대사를 처리한다.)

학생: 아, 네, 죽는 순간까지요. 그럼요, 선생님…….

교수: 그리고 이것 역시 근원적인 원리인데, 모든 언어는 결국

언어 이외에 아무것도 아니라는 점이에요. 그건 필연적으로 음성에 의해서…… 구성된다는 것을 의미하지요. 혹은…….

학생: 음소(音素)에 의해서…….

교수: 내가 지금 그 말을 하려던 참이었소. 있는 지식을 늘어놓을 건 없어. 그저 듣기만 하라고. (백승하의 이 대사는 정말 나한테 던지는 말처럼 들린다. 그는 정말 귀찮은 듯이 느릿느릿 대사를 처리하고 만다.)

학생: 네, 선생님, 알겠습니다. (나는 자꾸 백승하의 눈치를 보게 된다.)

교수: 발음할 결심이 서면, 가능한 목과 턱을 높이 쳐들고, 발끝으로 서야 한단 말이오. 자, 이렇게. (그러나 백승하는 전혀 동작을 보여주지 않는다. 그의 시선은 거의 다 외운 대본의 행간에만 머물고 있다. 서먹하다. 이 남자가 내 허리를 감으며 동작선을 지시해주던 그 남자인가.)

학생: 이렇게 하면 되지요, 선생님? (나는 일부러 큰 몸짓으로 목과 턱을 높이 쳐들어 보인다. 그런 나를 백승하가 쓸쓸한 눈빛으로 잠깐 일별한다.)

교수: 가만! 그대로 앉아있어요. 제발, 내 말에 뛰어들지 말라고. (아, 나는 정말 헷갈린다. 그의 말들이 연극 속의 교수 대사인지, 아니면 현실 속의 백승하 대사인지 정말 모르겠다. 아니 이 수

업이 연극의 『수업』인지 현실의 인생 수업인지도 구별할 수 없다. 나는 문득 대본을 던져버리고 싶은 충동에 사로잡힌다. 하지만 나는 그렇게 하지 못한다. 말했듯이 이 시간, 나의 지배자는 백승하, 바로 그 남자니까. 지배받는 여자, 강민주는 그래서 다음 대사를 찾아 황급히 대본을 뒤적인다.)

어머니는 늘 나한테는 흰옷이 어울린다고 말하곤 했다. 어려서는 어머니가 지어준 흰색의 옷들을 많이 입었다. 황톳길을 십 리나 걸어 학교에 가야 하는 시골에서 아이에게 흰옷을 입히는 어머니는 없었다. 시골아이들에게 흰색은 금기의 색이었다. 흰색은 더럽혀짐과 동의어였다. 그러나 그런 것은 아무 상관도 없었다. 어머니는 내게 흰색이 어울린다고 말했고 나는 그것을 믿었다.

일곱 살, 혹은 여덟 살쯤의 나이에 줄곧 입었던 린넨 천의 하얀 옷은 지금도 그 모양이 선연히 떠오른다. 나는 하늘하늘한 그 옷을 특히 좋아했다. 소매와 허리는 같은 천의 끈으로 묶는 스타일이고, 주름을 많이 잡은 치마는 바람이라도 불면 망망대해를 가르는 돛처럼 팽팽하게 부풀어 올랐다. 금빛 해가 하늘에서 반짝이고 상쾌한 오월의 공기가 신록을 간질이는 봄날에 린넨 천의 흰옷을 입고 학교에 가는 내가 떠오른다. 옷을 더럽힐까 봐 친구들은 근처에 얼씬거리지도 못하게 하고 나는 치마폭으로 스며드는 바람을 느끼며 날을 듯이 걷는 것이다.

린넨 옷은 가볍다. 어린 나는 날 수도 있다고 생각한다. 나의 몸은 한없이 가볍고 흰 날개는 나를 부추긴다. 어머니가 그랬다. 아가야, 너는 하늘에서 떨어진 흰옷 입은 천사 같구나. 눈부셔 차마 볼 수 없는 천사 같은 내 딸아.

나는 하늘을 본다. 저기, 내가 있던 곳에 흰 구름이 펼쳐져 있다. 어린 나는 날개를 달고 하늘로 다시 올라갈 꿈을 꾸었다. 그 린넨 옷은 하늘에서 떨어질 때 입었던 날개 달린 하늘 옷이었다.

린넨 옷의 어린 시절, 그러나 내 날개는 어머니의 눈물 때문에 언제나 젖어있었다. 젖어있는 날개로는 날 수가 없었다. 내게 하늘을 만들어 준 어머니는 지상에서 고통과 상처로 신음하고 통곡하였다. 통곡이 끝난 뒤에, 상처를 봉합한 후에, 어머니는 또 내게 입힐 흰옷을 만들곤 했다. 때로는 만들고 있는 옷에조차 어머니의 핏물이 번지는 일도 있었다. 어머니를 통곡하게 하고 내 날개를 적셔 놓는 인간은 남들이 내 아버지라고 부르는 그 남자였다. 그러나 나는 그 남자를 아버지라 부르지 않았다. 어머니도 굳이 강요하지는 않았다. 아니, 오히려 어머니는 내게 말하곤 했다. 넌 하늘에서 떨어졌단다……

나는 날고 싶었다. 날고 싶어 하는 사람은 반드시 날 수 있다는 것을 나는 알았다. 그래서 나는 내 날개를 말리기 시작했다. 더불어 나는 세상의 모든 젖어있는 것들에 강한 연민을 품었다. 내가 대학에서도 하지 않던 심리학 공부를 시작한 것도, 나아가 고통받는 여성의 폐쇄적 심리를 공부의 주제로 삼은 것도 사실은 내 운명의 행로가 그렇게 시켜서였다.

그리고 난 날았다. 분명 날았다. 그리고 지금은? 그렇다면 지금도 나는 날고 있는가? 내 꿈은 사람들에게 하나의 날개를 보여주는 것이었다. 맑고 투명하고 아른아른 결이 비치는, 거의 신성하게 보이기까지 하는 그 천사의 날개를.

난 그 꿈을 이루었는가? 맑고 투명함을 실현했는가? 나는, 나는, 정말 날아보기나 했는가……

그래도, 우리 두 사람에게 각각 다른 상처를 안겨준 영화제 시상식 이후에도, 우리는 연극연습을 계속했다. 백승하는 연습으로 상처를 잊으려 했고 나는 연습으로 그를 위로하고 싶었다. 나는 이제 백승하가 괴로워하는 모습을 냉정하게 지켜보던 예전의 강민주가 아니었다.

그의 괴로움이 깊으면 깊을수록 반대로 즐거움이 깊어지던 그런 강민주는 어느덧 사라지고 말았다. 나는 그 사실을 지난 영화제 시상식 때 확인했다. 그때 그의 눈물을 바라보던 내 가슴은 얼마나 찢어졌던가. 그날 이후 몇 날 동안 계속되던 백승하의 침울한 모습 때문에 나는 또 얼마나 안절부절못했던가.

할 수만 있다면 세상의 모든 것을 다 훔쳐서라도 그에게 웃음을 되찾아주고 싶었다. 천 명, 만 명의 웃음을 빼앗아서라도 내 단 하나의 남자에게 웃음을 되찾아주고 싶었다. 그러나, 그의 날개를 훔친 사람은 바로 나였다. 바로 여기에 내 번민이 있었다. 멀리 갈 것 없이, 세상에서 구할 것 없이, 바로 그것을 내가 쥐고 있다.

그럴 수는 없다. 도저히 그럴 수는 없다. 나는 고개를 흔든다. 그것 말고 다른 방법으로 그의 슬픔을 달랠 수 있어야 한다. 이 강민주라면 얼마든지 그렇게 할 수 있다. 그의 괴로움을 삭일 마법의 물약을 나는 얼마든지 구할 수 있을 것이다. 내 마음은 한량없이 초조하고 바쁘다.

마음은 바쁘지만 그와의 연습시간은 절대로 빠지지 않는다. 연습은 막바지에 이르렀다. 백승하는 점차 회복되고 있는 듯이 보인다. 아니, 연극연습만이 최상의 치료라고 믿는 모양이었다. 그는 오로지 연극 속의 교수 역할에만 몰두해 있다. 자기 일은 오직 그것뿐이라고 믿으려는 백승하의 노력은 눈물겹기까지 하다.

학생의 대사는 아주 조금이어서 나는 거의 가만히 앉아있기만 하면 된다. 그리고 교수로 분한 백승하의 현란한 대사들을, 그 동작들을 홀린 듯이 지켜보기만 하면 된다.

그 황홀함은 그가 나를 죽이는 장면, 아니 교수가 학생을 칼로 찌르는 마지막 장면에서 더욱 절정에 이른다. 교수는 자신의 말이 공허한 메아리로 되돌아오고 있다는 질식할 것 같은 자의식에 휘말려 마침내 교재로 사용하던 칼로 학생을 찌르고 만다. 나는, 아니 학생은 그의 손에 피를 흘리며 쓰러지고 교수는, 아니 백승하는 숨진 나를 껴안고 어쩔 줄 몰라한다.

나는 매번 아주 즐겁게 그의 손에 죽는다. 그러면 그는 공포에 사로잡혀 부르짖는다.

교수: 내가 무슨 짓을 했지? 도대체 내가, 이게 웬일일까. 이제 어떻게 되는 거지? 아! 아! 아! 큰일 났군. 아가씨, 아가씨, 일어나 봐요! 이봐, 아가씨, 수업은 끝났어요…… 이젠 가셔야지…… 아! 죽었구나. 죽었어…… 내 칼에, 죽……었어.

나는 의자에 쓰러져서 그의 울부짖음을 듣는다. 저건 교수의 울부짖음이 아니라 나와 헤어지기를 겁내는 백승하 바로 그 자신의 비탄이다. 들어보라, 얼마나 격렬한가. 얼마나 간절한가. 그는 연기하는 것이 아니라 교수의 입을 빌려 자기 자신을 드러내고 있는 것이다. 나는 그렇게 생각한다. 그렇게 생각하지 않을 수 없을 만큼 백승하의 연기는 완벽하다. 때로는 이런 감미로운 죽음이라면 현실에서도 결코 피하지 않겠다는 생각이 들 정도로. 그가 누구인가. 그는 우리나라 최고의 남자배우가 아닌가.

"기어이 저지르실 생각이세요?"

외출에서 돌아와 옷을 갈아입고 거실에 나오니 남기가 묻는다. 남기는 내가 백승하 부인이 입원한 병원을 둘러보고 왔다는 것을 벌써 짐작하고 있다. 나는 묵묵히 고개만 끄덕인다. 내가 몹시 화가 났다는 것을 알려주기 위해 나는 요즘 남기에게 절대 말을 걸지 않는다. 먼저 말을 건네지 않는 것은 물론이거니와 남기가 묻는 말에도 단 한마디 입을 열지 않는다.

"차라리, 정 그러시다면, 차라리 제가 할게요. 선생님은 안 돼요."

남기는 할 수 없다는 듯, 고개를 떨구며 스스로 항복해 들어온다. 그러면 그렇지. 그러나 나는 금방 태도를 바꾸지 않는다. 저 자식이 떤 건방을 생각하면 실컷 패주어도 속이 풀리지 않는다. 하루나 이틀쯤 더 화를 내고 있다가 본격적으로 다독거려주는 것이 훨씬 효과도 있을 것이다.

하지만 남기의 다음 말은 완전히 내 예상을 빗나간다.

"선생님은 변했어요. 난 알아요. 모든 게 저 자식 때문이에요. 뺀질뺀질한 저 자식 때문에 잘 나갈 수 있는 길을 일부러 어렵게 만드시는 거예요."

남기가 내 앞에서 고개를 꼿꼿이 들고 이렇게 말할 수 있는가. 제법 마음을 고쳐먹은 줄 알았더니, 예전처럼 무릎을 꿇고 빌 시간이 머지않았다고 여겼더니. 나는 어이가 없어 녀석의 얼굴을 쏘아본다.

"이렇게 될 줄 알았으면 진작에 선생님 곁을 떠났어야 했어요. 내가 바보였어요. 누가 뭐라 해도, 난 선생님만은 믿었어요. 선생님이 변하리라곤 꿈에도 생각을 못 했단 말이에요."

남기의 말은 점점 격해지고 있다. 저 번쩍이는 눈빛은 내게는 처음이다. 그 눈빛에 나를 향한 열정과 나를 향한 원망이 함께 담겼다. 그러나 열정이나 원망 모두가 폭발 직전의 아슬아슬함을 담고 있어 보기에 섬뜩하다. 남기에게 이런 공포를 느끼는 것은 처음이다. 나는 조금 당황한다. 남기의 말은 계속 밀고 들어온다.

"아세요? 선생님은 저 자식하고 말도 되지 않는 연극인가 뭔가를 한다고 할 때부터 변한 거라고요. 연습시간을 기다리며 자주 시계를 보는 선생님 모습, 한 시간이고 두 시간이고 저 방에 들어가면 나오지 않는 선생님, 그때마다 나는 차라리 저 베란다에서 뛰어내려 콱 죽어버리고 싶었어요. 그렇게 해서 선생님이 제정신을 차릴 수만 있다면 난 지금이라도 뛰어내릴 수 있어요. 나는 이미 오래전에 선생님께 내 인생을 맡긴 놈이니까요."

이제는 저 인간의 입을 막아야 한다고 생각하고 있었다. 뺨을 후려치든, 발로 짓밟아 주든, 어쨌든 남기의 말을 멈춰야 한다고 마음을 먹고 있을 때였다. 그런데 갑자기 남기의 어깨가 들썩이기 시작했다. 그리고 거실 바닥을 주먹으로 쾅쾅 내려치며 폭포 같은 눈물을 쏟았다. 마치 짐승의 포효 같았다. 밀림의 거대한 야생동물들이 몸부림치며 우는 모습이 저와 같을까.

남기가 내 앞에서 눈물을 보인 적은 한 번도 없었다. 남기가 울줄도 아는 인간이었다는 것을 나는 생각조차 해본 적이 없었다. 그가 주먹으로 눈물을 훔치며, 꺽꺽 목에 잠긴 소리를 내는 것을 지켜보는 내 심정은 솔직히 착잡했다. 눈물에 젖은 주먹으로 사정없이 바닥을 내려치는 그의 모습을 보는 일은 놀랍게도 내게 고통까지 안겨주었다.

남기의 예상치 못한 반항에 대응하는 자신의 이런 태도 또한 나를 당황하게 했다. 생각할 것도 없이 격앙된 분노가 터져 나와야 정상이 아니던가. 그러나 이게 웬일인가. 남자들의 눈물은, 남자들의 절망은, 아니, 남자들의 젖은 날개조차 내 가슴을 미어지게 한다. 모든 젖어있는 것들은, 그것이 여자의 얼굴이건 남자의 얼굴이건 관계없이 나를 슬프게 한다는 것을 나는, 이제, 서서히 깨닫는다. 모든 젖어있는 것에 나는 태연할 수 없다. 젖은 얼굴의 비애 앞에서 나는 꼼짝도 하지 못한다.

나는 남기의 물결치는 어깨에 손을 얹는다. 동시에 내게 전해오는 단단한 남기의 뼈대와 오열의 파도. 나는 서서히 손에 힘을 주며 밀려오는 파도를 진정시키려고 해본다. 그런 내 손에 남기는 갑자기 얼굴을 묻는다. 그 애의 얼굴이 내 손에 파묻힌다. 삽시간에 내 손은 남기의 눈물로 젖어버린다.

나는 자세를 낮춰 남기 앞에 앉는다. 그리고 나머지 한 손으로 그 애의 등을 감싸준다. 그러자 기다리고 있었다는 듯이 남기는 와락 내 품에 안긴다. 내 작은 가슴에 안겨있는 이 기골이 장대한 사내, 나는 그의 등을 토닥토닥 두들겨 주며 말한다.

"날 사랑하지 마. 그건 너의 불행이야. 알겠니? 넌 내 울타리야. 너는 나의 형제야. 그것이 우리의 운명이야. 운명을 거역하지 마.

날 사랑하지도 마."

남기야, 제발 날 사랑하지 말아. 그건 네 날개가 완전히 꺾여버리고 마는 일이야. 나는 남기의 등에서 손을 뗀다. 이 애는 내 말을 알아들었을 것이다. 남기는 고개를 들지 못하고 쓰러져 울음의 파도에 실려 간다. 나는 조용히 내 방으로 들어와 침대에 눕는다. 뭔지는 모르지만, 무엇이 그런 예감을 느끼게 하는지 모르지만 서둘러야 한다는 느낌이 가슴 가득히 차오른다. 시간이 없어. 서둘러야 해.

"날마다 어딜 다녀오오?"

두 사람이 마실 커피를 마련하여 들어오는 내게 그가 묻는다. 그는 스케치북에 무엇인가를 그리고 있다가 슬그머니 뒤로 숨긴다.

"당신이 날마다 스케치북에 그리고 있는 얼굴은 누군가요?"

백승하는 쓸쓸히 웃는다. 나는 그에게 뜨거운 김이 오르는 찻잔을 내민다.

"사람의 얼굴을 그리는 것은 어떻게 알았소?"

"내가 외출을 하고 있다는 것은 어떻게 아셨죠?"

"아, 그것이야……."

백승하는 피식 웃는다. 정말 오랜만에 보는 웃음이다. 그의 웃음을 보자 내 가슴이 후드득 떨렸다.

"당신의 머리 모양이 날마다 바뀌잖소. 얼굴 분위기도 날마다 다르고. 누가 당신을 늘 새롭게 만드는지 궁금하기도 했소."

누가? 백승하는 이 방에 앉아서 거기까지 상상을 하는가. 갑자기 내 마음이 환하게 밝아진다. 나의 외출은, 이번 주일 내내 이어지고 있는 나의 외출은, 그의 부인이 입원한 병원이 목적지다. 나갈 때마다 나는 미용실에 들러 교묘하게 머리 스타일을 바꾸곤 했다. 물론 화장이나 의상도 매번 전혀 다른 스타일로 변화를 주었다. 나의 이런 의도는 오직 하나, 누군가의 눈에 자주 띄어서 꼬리를 잡히는 일을 만들지 않기 위해서다.

여자의 변신은 간단하다. 옷과 머리와 화장만으로 몇 번은 사람들의 눈을 속여 넘길 수 있다. 단, 그 이상은 어렵다. 철저한 변장이 아니라면 어디서 본 듯한 느낌을 완벽히 지울 수는 없다. 내가 초조한 것은 변신의 한계가 다 되었다는 데 있다. 나는 번번이 내 목적을 달성하지 못하고 병원을 나선다. 때로는 이 일이 실패로 돌아가리라는 불길한 예감에 시달려 거의 미칠 듯한 심정에 사로잡히기도 한다.

그러나 백승하에게 내가 어디에 가는지, 누구를 만나기 위해 날마다 심혈을 기울여 화장을 하고, 옷을 고르고, 머리를 만지는지 말할 수는 없다. 그래서 나는 다시 그의 스케치북으로 화제를 돌린다.

"그런 당신이야말로 날마다 누구의 얼굴을 그리는지 궁금하군요. 당신이 그토록 보고 싶어 하는 얼굴이 누구인지, 혹시 부인인 가요?"

그는 고개를 흔든다.

"당신이 손을 다쳐가면서까지 나무에 아내의 얼굴을 새겼다는 것을 알아요. 그 목각 인형은 아내의 생일선물이었지요. 당신의 그 아름다운 부인은 자신의 얼굴이 새겨진 인형을 받고 감동에 복받쳐 아주 많이 울었다고 하더군요. 나도 사진으로 그 얼굴 조각을 보았어요. 당신 솜씨는 정말 근사했어요. 이젠 내가 칼과 나무를 줄 것 같지 않으니까 종이에 당신의 아내를 새기시나요?"

백승하는 쓸쓸한 미소를 지을 뿐이다. 나는 나를 경계한다. 내 말에 가당찮은 질투가 묻은 것은 아닐까. 나는 절대로 질투 따위로 헤매는 인간이 되고 싶지 않다. 질투는 나의 것이 아니다. 질투는 범상한 자들의 것이지 나 같은 초월자에게는 상관없는 일임을 애써 되새긴다.

"부끄러워 말하고 싶지 않았을 뿐이오. 난, 우리 준이를, 너무나 오랫동안 안아보지 못한 그 애를 그리고 있었다오. 연필을 들고 선 하나, 점 하나를 신중하게 그리는 동안은 그 애를 만나고 있는 느낌에 젖으니까. 당신한테는 이상하게 들리겠지만, 아니, 당신은 아직 젊으니 이해를 못 하겠지만, 꿈에 나타나 나를 울리는 것은 아내가 아니고 아들이라오. 나는 늘, 지난번 시상식 이후에는 특히 날마다, 꿈에서 그 애를 만나오……."

그랬다. 역시 내가 옳았다. 처음에 내가 만들려고 했던 미담은 대상이 그의 아내였다. 나는 어떤 방법으로든 그에게 아내를 만나게 해줄 생각이었고 그 구체적인 방법을 모색하기 시작했었다. 그러나, 역시 시상식 이후의 계획 수정이었지만, 나는 대상을 바꾸었다. 아내가 아니고 아들이어야 한다는 것을 나는 알았던 것이다.

나는 그에게 아들을 보여줄 것이다. 하룻밤 한 침대에서 껴안고 잘 수 있도록 해줄 것이다. 그 작은 엉덩이를 두들길 수 있게 해주고, 그 작은 발가락을 보게 해줄 것이다.

그러나 백승하에게 전부를 말할 수 없다. 나는 다만 이렇게 말할 수 있을 뿐이다.

"당신의 그 그림은, 아마도, 제대로 완성될 것입니다. 틀림없이 그렇게 될걸요. 멋진 초상화가 되리라고 내가 장담합니다."

남기는 다 타버린 재처럼 보였다. 남기의 눈을 빛내주던 불꽃도 거의 사그라졌다. 그 애는 그림자처럼 묵묵히 자기 일만 했다. 집요하게 자기를 따라다니는 내 시선을 그 애 또한 집요하게 피해 다녔다. 할 말이 있으면 나를 보지 않고 먼 데를 보며 간신히 입만 벌렸다.

"농장을 사겠다는 사람이 나섰대요. 내일 만나보겠습니다. 그리고 대동빌딩에서 연락이 왔는데 옥상 보수공사를 해야 한답니다.

견적이 나오면 보여드릴게요."

남기의 말은 자기가 관리하는 내 부동산에 관한 보고가 전부이다. 또 하나의 중요한 그의 일, 즉 백승하의 감시와 관리에 대한 보고는 일절 입을 다물고 있다.

그런 그가 오늘, 갑자기 나의 외출을 가로막으며 입을 열었다.

"경찰의 움직임이 심상치 않대요. 충무로 후배의 믿을 만한 정보입니다. 뭔가 확실한 단서를 잡은 게 틀림없어요. 경찰이 범인의 윤곽을 대충 파악했으므로 검거는 시간문제라는 소문이 충무로에도 돌고 있답니다."

말도 안 되는 소리. 어떻게? 무슨 수로?

"그런 정보가 한두 번이야? 신경 쓸 것 없어. 또 어디 헛다리를 짚는 거겠지."

"아녜요. 이번엔, 아무래도."

"아무래도? 이 병신! 너 지금 무슨 말을 하려는 거지? 내가 병원에 왔다 갔다 하면서 칠칠찮게 증거를 흘리고 다녔다는 말을 하고 싶은 거야? 이 강민주가?"

나는 분을 못 이겨 들고 있는 핸드백으로 녀석의 면상을 후려친다. 아무리 봐주려 해도 이 강민주를 모욕하는 발언만은 절대로 용납할 수 없다. 감히 누굴 의심한단 말인가.

일격을 가해도 소용이 없다. 남기는 얼굴을 꼿꼿이 쳐들고 제할 말을 마저 다 하고야 만다.

"선생님이 병원에 다니는 시기에 경찰의 동향이 달라졌다고요. 아무리 생각해도 그것 외엔 짚이는 데가 없어요. 경찰이 새삼스럽게 어디서 무슨 정보를 입수했겠어요? 위험하다고 그랬지요? 경찰이 선생님의 다음 계획을 예상하고 대비를 한 것이 틀림없어요."

"입 닥쳐! 네 머리로 생각할 수 있는 것이라면 나한텐 진작에 검토가 끝난 거야. 알아? 난 너희들보다 하나 아니, 둘이나 셋을 더 대비하는 사람이야. 바보 같은 것들."

더 이상 남기의 보고 따위 상대하고 싶지 않다. 여기에 힘을 뺐다간 정작 중요한 일을 망칠 수 있다. 나는 거칠게 현관문을 닫고 아파트를 나와버린다. 멍청한 놈. 건방지게 누굴 충고하려는 거야.

석양의 산들바람이 머리카락을 날리는 초여름의 오후. 나는 풀잎 하나를 뜯어 요모조모 살피고 있는 귀공자풍의 어린 소년에게 다가간다. 마침내 기회가 온 것이다. 나는 심호흡 한 번으로 마음을 굳게 다잡는다.

"준이가 여기에 있었구나. 그런 줄도 모르고 한참을 찾아다녔지."

만족할 만한 연기다. 훌륭하다. 나는 성공의 기미를 읽는다.

"엄마가 준이를 데려 오라셔. 그런데, 누나는 어디 갔지? 누나랑 함께 나갔다고 하던데."

"아이스크림 사러 갔어요. 저기요."

아이는 매점이 있는 건물 입구를 가리킨다.

"그래. 넌 나를 모르지? 난 네 엄마 친구야. 자, 엄마한테 갈까?"

새까만 눈동자가 빤히 나를 쳐다본다. 아이의 눈동자에 내 모습이 비친다. 흘러내리지 않게 뒤로 묶은 머리, 부드러운 촉감의 실크 블라우스, 종아리 부근에서 찰랑거리는 베이지색 스커트. 내 모습은 그럴 수 없이 단정하다. 아이는 티끌만큼의 불안도 없이 자기한테 정답게 말을 거는 여자를 바라본다.

이거야말로 절호의 기회라 하지 않을 수 없다. 나는 병실까지 가지도 않고 백승하의 아들을 발견했다. 그 애라는 직감이 있었으나 확신은 그 애와 함께 잔디에 앉아있던 처녀의 남방셔츠 깃에 붙어있는 낯익은 배지에서 왔다. 그 배지는 내 모교의 배지였고 나는 지금도 그 학교의 대학원에 등록이 되어있다. 그리고 난, 그 처녀를 바로 대학 캠퍼스에서 본 적이 있다. 그것도 백승하를 데려오던 운명의 날에.

그날 난 알리바이를 위해 내 일상의 모든 일을 하나도 거르지 않고 꼬박꼬박 해치웠다. 그래서 대학원 강의에 출석하기 위해 학교에 갔고, 강의를 기다리다 백승하가 외사촌 형부 된다는 영문과 여학생이 친구와 나누는 이야기를 우연히 들었다. 분명 그 여학생이었다. 이런 날이 올지 몰라 나는 여학생의 얼굴을 내 마음에 새겨 두었다. 그리고 마침내 이런 날이 왔다.

병실 앞 잔디에 나란히 앉아있는 백승하의 아들과 처녀를 본 순간 내 머리는 놀라운 속도로 회전하기 시작했다. 나는 찰나의 순간에 수십 가지 방법의 성공 가능성과 실패 가능성을 모조리 검토했다. 그런 다음 하나의 방법에 낙점을 찍었다. 하자 없이 이 일을 끝낼 수 있는 단 하나의 방법.

이번에도 하늘은 어김없이 나를 도왔다. 오래 기다릴 것도 없이 처녀가 아이에게 뭐라 이르고 잔디밭을 떠났다. 처녀가 매점으로 들어가는 것을 확인한 뒤 나는 재빨리 아이에게 다가갔다.

"엄마가 많이 아파요. 마음이 아프댔어요."

매점과 반대쪽으로 나는 아이 손을 잡고 총총 걷는다. 나의 심장이 얼마나 뛰고 있는지 모르는 아이는 내 손에 매달려 거의 끌려가듯이 걸으면서도 구슬 같은 목소리로 종알거린다. 주차장까지 가는 몇 분의 시간은 몹시도 길었다. 돌아보지 않겠다고 하면서도 나는 두 번이나 뒤를 돌아보았다. 두 번째 돌아보았을 때, 아이스크림을 들고 느릿느릿 출입구의 계단을 내려오는 처녀의 싱싱한 종아리가 눈에 들어왔다.

"엄마는 저기 있어요. 이건 우리 차가 아니에요!"

차 문을 열어주자 비로소 아이는 이상하다는 표정으로 나에게 소리쳤다. 내가 어떻게 아이를 차에 태웠는지, 소리치는 아이의 입을 어떻게 틀어막았는지, 그것에 대해선, 차마 설명하고 싶지 않다.

　다만 이 한 가지, 그 애의 보드라운 얼굴에 상처라도 생길까 봐 나로서는 최선을 다했다는 것만 말해줄 수 있을 뿐이다. 아이를 안전벨트로 묶어 옆자리에 앉히고, 시동을 걸고, 천천히 차를 돌려 주차장을 빠져나오는 그 짧은 순간이 내게는 영원처럼 길었다. 불과 20이나 30의 속도로 천천히 병원 구내를 통과하는 동안 나는 문득 이대로 날아 하늘로 올라갔으면 좋겠다고 수십 번 생각했다.

　마음은 그렇게 극도로 초조했지만, 그러나 나는 모든 것을 아주 잘 해냈다. 사람들 사이를 느린 속도로 지나칠 때는 등에 흐르는 식은땀에도 불구하고 태연한 얼굴로 아이를 향해 미소를 지었다. 내 자동차 선팅은 사생활 침해를 막는 쪽으로 특화해서 시공되었고, 아이의 목소리 정도는 절대 밖으로 새나갈 리 없는 탄탄한 차체의 고급승용차였음에도 밀려오는 불안은 어쩔 수 없었다. 그래도 나는 잘 해냈다.

　무사히 병원에서 멀어진 뒤에도 나는 곧장 아파트를 향해 차를 모는 어리석은 짓은 하지 않았다. 어둠이 깔릴 시간을 기다리며, 그리고 혹시 있을지 모를 추적을 따돌리기 위해, 나는 거리를 배회했다. 그동안 나를 위로하고 나를 진정시켜준 것은 역시 조지 윈스턴이었다. 조지 윈스턴을 앞뒤로 몇 번이나 들었던가. 그 사이 아이는 지쳐 잠들었고, 상점의 네온간판들은 하나씩 둘씩 불을 밝히고 있었다.

어느 신호등 아래서, 나는 허리를 굽혀 잠들어 있는 아이의 보드라운 뺨에 잠깐 내 입술을 대본 적도 있었다. 우유 냄새 같기도 하고 잘 구운 과자 냄새 같기도 한 그런 향기가 은은히 배어있는 아이의 볼은 얼마나 따뜻했던가. 잠결에도 눈물 뒤의 딸꾹질을 잊지 못해 서럽게 흐느끼는 시늉을 하는 아이의 모습에 내 마음이 얼마나 아팠던가.

두 손 모두가 운전에 소용되지 않을 때, 그 잠깐 사이에 내 손은 늘 아이의 작은 손을 쥐고 있었다. 아이의 손에서 떨어져 나와 기어에 손을 얹거나 다른 기계를 조작하는 내 손을 보면 사무치게 외로워 보였다. 외로움이라니, 이런 감정은 정말이지 한 번도 내 안에 키워본 적이 없었다. 아이들의 작은 손이 이토록이나 어른의 가슴을 따뜻하게 해준다는 사실도 일찍이 알지 못한 것이었다.

그날 나는 조지 윈스턴의 피아노가 물방울 소리라는 것을 처음으로 알았다. 그것은 맑고 투명한 물방울이 또르르 굴러떨어지는 소리였다. 새벽의 숲에서 풀잎에 대롱대롱 매달려 있다가 어느 순간 추락하는 이슬의 노래, 어쩐지 나는 그 이슬이 되고 싶기도 했다.

"이럴 수가……."

문을 열어주다 말고 남기는 벌린 입을 다물지 못하였다. 잠이
든 아이를 서툰 자세로 업고 있는 내 모습이 믿기지 않은 듯 동공
까지 확장된다.

"비켜! 멍청하게 서 있기만 할 거야?"

나는 낮은 음성으로 남기를 질책한다. 그제야 정신이 든 남기는
몸을 비키고 재빨리 현관문을 수습했다.

"경비실은? 엘리베이터 안에서는 괜찮았어요?"

남기는 내 뒤를 쫓으며 연신 물어댔다.

"네 따위가 염려할 일이 아니야."

나의 냉정함에 남기는 주춤 뒤로 물러섰다. 남기 따위에게 뭘
설명하고 싶은 마음은 전혀 없다. 내가 어떤 선물을 가져왔는지 빨
리 백승하에게 보여 주고 싶을 뿐이다.

"안 돼……."

아이를 보는 순간 백승하는 이 외마디 소리 외 어떤 말도 하지
못했다. 심지어 그는 부들부들 떨기 시작했다. 하얗게 질린 얼굴에
물결 같은 경련이 이는 것을 나는 똑똑히 보았다. 백승하가 이토록
불안과 공포에 질린 얼굴로 나를 대한 적은 없다. 이 아파트에 끌
려온 첫날에도 이렇게 공포에 질린 얼굴은 아니었다.

"안 돼. 제발 이 애만은 안 돼……."

백승하는 떨리는 손길로 잠든 아이의 이마와 코를 어루만지며
연신 중얼거렸다. 오, 안 돼…….

"아무 일도 없었어요. 조금, 아주 조금 울었을 뿐이에요."

자신도 모르게 내 입에서는 이런 변명이 흘러나왔다. 그는 왜 기쁨에 몸을 떨기는커녕 극도의 경악으로 자제력을 잃고 있는가. 나는 지금 무엇이 잘못되었는지 헤아릴 정신적 여유가 없다. 아이를 데려오기 위해 내가 얼마나 애를 썼는지, 이 몇 시간 동안 얼마나 막막했는지 백승하는 조금도 관심이 없다. 그제야 나는 변명 같은 말을 늘어놓은 자신에게 참을 수 없을 만큼 화가 치밀었다.

"당신을 위해서, 라는 삼류의 신파조 대사는 하지 않겠어요. 하지만 당신이 아니었으면 내가 가장 싫어하는 이런 짓을 할 이유는 없었겠지요. 당신이 어떤 상상을 하든 내가 상관할 일은 아니지만, 백승하 씨, 당신의 아들은 내일 아침 바로 돌아갑니다. 당신과 아이의 시간은 내일 아침까지가 전부라는 것을 잊지 마시고 아까운 시간을 낭비하지 마시길 충고합니다."

나는 그 즉시 아이를 위해 준비한 몇 가지 물건들, 잠옷과 양말 따위를 챙겨주고 방을 나왔다. 아이가 깨면 먹을 수 있게 간단한 음식을 만들어 방에 넣어준 것도 나였다. 이제는 내일 아침 날이 밝기만을 기다릴 뿐이었다. 무사히 그 애를 돌려보내는 일만 남았다.

텔레비전 아홉 시 뉴스는 백승하에 대해서 한 마디도 전하지 않았다. 자정의 뉴스까지 다 찾아보았지만 세상은 내가 저지른 일에 대해 아무것도 모른다는 시늉을 하고 있다. 이 침묵이 의미하는 것은 무엇일까. 아이가 사라진 사실은 벌써 경찰에 신고되었을 것이다. 그 아이가 어디로 갔는지는 추리할 필요도 없다. 나를 잡으려고 혈안이 된 그들이 숨기고 있는 방법이 무엇인지 간결하게 짚어내기가 좀 어렵다.

그러나 걱정할 것은 없다. 내일 아이가 무사히 돌아가면 이 강민주가 백승하 부자의 상봉을 극적으로 성공시킨 것을 세상 사람들은 알게 될 것이다. 신문과 방송들이 흥미 만점의 이 사건을 냄새 맡지 못할 리 없다. 나는 잔인하고 난폭한 유괴사건을 저지른 것이 아니다. 내가 한 일은 감동의 해후, 이산가족의 상봉이었고, 아무도 다치지 않았다. 사람들은 내가 이루지 못할 일이 없는 놀라운 인간인 것을 이번에야말로 확실히 깨달았을 것이다.

그 밤에, 나는 오랫동안 뒤척이며 잠을 이루지 못하였다. 새까만 눈을 가졌고 손이 따뜻했던 아이는 지금 무얼 하고 있을까. 백승하의 절망은 회복되었는가. 내가 원한 것은 그들 두 사람이 나란히 누워 도란도란 그간의 이야기들을 나누는 것이었다.

장난처럼 아이의 겨드랑이를 간질이는 아버지, 깔깔거리며 몸을 뒤트는 아이. 아버지의 팔에 머리를 얹고 꽃잎 같은 입술로 종알거리는 아들, 팔에 전해지는 아들의 따스한 체온을 느끼며 미소 짓는 아버지. 그들은 지금 그렇게 행복해야만 한다. 내가 원한 것이 바로 그것이니까.

두 남자와 한 여자, 그리고 파랑새처럼 날아와 하룻밤을 묵게 된 어린 꼬마. 그들 네 사람의 잠든 이마 위로 어김없이 새벽이 찾아왔다. 그 새벽에 가장 일찍 일어난 사람은 남기였다. 새벽까지 뒤척이다 어렴풋한 잠에 시달리던 나는 문득 눈을 떠 커튼 뒤의 어둠이 서서히 물러가는 것을 보았다. 그리고 거의 동시에 부엌에서 들려오는 나지막한 도마 소리를 들었다.

남기는 내가 나오는 줄도 모르고 열심히 음식을 만들고 있었다. 그가 열중해서 만드는 것이 김밥인 것을 알았을 때 나는 할 말을 잃었다. 남기가 누굴 위해 김밥을 마는지는 물어보지 않아도 자명한 일이었다. 나는 가만히 남기에게 다가가 그 애의 등에 손을 대었다. 푸른 채소와 노란 단무지, 쇠고기볶음, 가늘게 채 썬 홍당무 따위를 순서대로 늘어놓고 일에 몰두하고 있던 남기는 흠칫 놀라며 뒤를 돌아보았다.

"세상에서 가장 맛있는 김밥이 될 거야."

이건 말하자면 나의 고백인 셈이었다. 남기 너는 참 좋은 사람이라는. 그러나 남기의 슬픈 얼굴은 이 고백에도 전혀 변하지 않았다. 남기는 물끄러미 나를 쳐다보다가 다시 김밥 속재료들을 순서에 맞춰 배열하기 시작했다.

그리고, 그 아침은 빠르게, 아니, 몹시 느릿느릿 흘러가기 시작했다. 아이는 방으로 들여보낸 김밥을 아주 맛있게 먹어주었다. 가급적 아이에게 모습을 보이지 않는 것이 좋겠다는 백승하의 요구에 따라 모든 연락은 백승하가 직접 문 앞에 나와 해결했다. 그 방문이 열릴 때, 가끔 아이의 낭랑한 음성이 새어 나왔다.

아이를 돌려보내는 절차에 관해 나는 전적으로 백승하의 의견에 따랐다. 그는 아이의 외갓집 위치를 내게 종이에 약도를 그려가며 일러주었다. 외갓집으로 가는 골목 입구에 문구점이 있었다. 백승하는 약도에 문구점을 표시한 뒤 그 가게 자리에 동그라미를 여러 겹 둘렀다. 문구점이 보이는 지점에 아이를 내려주면 곧장 문방구로 들어가도록 아이에게 말해놓겠다는 것이 백승하의 계획이었다.

내가 할 일은 간단했다. 백승하는 아이의 얼굴을 잘 알고 있는 문방구 주인에게 보낼 메모도 준비했다. 그는 내 검열이 필요하다는 얼굴로 그 메모를 내밀었다. 외가의 전화번호와 위치, 그리고 가족들이 와서 데려갈 때까지 잘 보호해달라는 간단한 내용이었다. 나는 그것을 타이프로 정리해 다시 그에게 주었다. 그가 직접 썼다는 흔적을 지우기 위해서.

다른 가게와 달리 문방구는 학생들의 등교 시간에 맞춰 일찍부터 문을 연다는 백승하의 의견에 따라 우리는 주홍의 첫 햇살이 드러나는 시각에 아파트를 나서기로 했다. 얼마 후 시간이 되어 백승하가 아이를 데리고 방문 앞에 나타났을 때 이번에는 내가 경악에 찬 외마디를 내뱉어야 했다. 그는 아이의 눈을, 자기 아들인 그 애의 눈을 하얀 손수건으로 가리고 있었다.

"준아, 아빠가 말했지? 돌아가면 어른들이 어디에 갔다 왔는지 자꾸 물어볼 거야. 그래서 네 눈을 손수건으로 가린 거야. 알겠니? 넌 네가 본 대로 말해도 돼. 이렇게 손수건으로 눈을 가려서 보지 못한 것은 말할 수 없겠지. 우리는 너에게 다 보여줄 수 없는 사정이 있단다. 그렇지만 본 것을 보지 않았다고 거짓말할 수는 없잖아. 아빠는 준이가 거짓말을 하는 게 싫거든."

아이는 고개를 끄덕였다. 아빠의 말을 알아들었다는 것이다. 백승하가 눈짓을 보냈다. 나는 등을 돌려 아이를 업었다. 백승하는 아이에게 내 재킷을 씌웠다.

"자, 이젠 가거라. 조금 갑갑해도 참아야 해. 잠을 잔다고 생각하면 쉬울 거야. 아줌마가 자동차에 너를 태운 후에도 눈을 떠서는 안 돼. 준이는 잠꾸러기잖아. 계속해서 자는 거야. 그리고 도착하면 곧장 문구점으로 가는 거야. 아빠가 주머니에 넣어준 편지, 주인아저씨 주는 것도 잊지 말고. 준아, 아빠와 한 약속들, 어기지 않고 잘 지킬 수 있겠니? 대답해 봐."

내 등에 찰싹 달라붙은 아이의 머리가 조금씩 움직였다. 고개를 끄덕이는 모양이었다. 그리고 눈곱만큼의 근심도 묻지 않은 천진한 아이의 대답이 흘러나왔다.

"걱정하지 마, 아빠."

그 순간 백승하의 입술이 가느다랗게 떨리는 것을 나는 보았다. 그는 입술을 깨물었다. 남기가 현관문의 고리를 벗겼다. 그때 백승하가 말했다.

"이 스케치북, 아이가 갖고 싶다 했소."

아이의 얼굴이 수십 장 그려진 스케치북, 백승하는 그것을 내게 건네주고 방으로 들어가 버렸다.

아이는 그렇게 돌아갔다. 아이가 우리와 하룻밤을 지낸 것이 꿈이었던가. 아이를 돌려보낸 후에도 이 사건에 대해 신문과 방송은 단 한 마디도 입을 열지 않았다. 마치 그런 일이 언제 있었냐는 듯이.

경찰이 이토록 굳게 입을 다물고 있는 이유가 무엇일까. 샅샅이 신문을 뒤지고 뉴스 시간에 귀를 세우기를 사흘, 나는 마침내 범인에게 우롱당한 경찰의 자존심이 철저한 함구로 이어졌다는 결론을 내렸다. 그들은 더는 국민 앞에 고개를 들 수 없었을 것이다. 이해할 수 있다. 쏟아지는 세인의 비난과 질책을 막을 방법은 당하고도 쉬쉬하는 치욕의 길뿐이라는 것을.

그 사흘간, 한 여자와 두 남자가 있는 아파트에도 정적만이 감돌았다. 세 사람 중 누구도 섣불리 입을 열지 않았다. 백승하와 나를 이어주는 연극연습도 중단되었다. 연습이 중단되었어도 남기의 슬픈 얼굴은 거두어지지 않았다. 남기는 가끔 먼 곳을 보며 한숨만 쉬었다.

말이 사라졌다. 수도에서 물 흐르는 소리, 누군가의 질질 끄는 듯한 발걸음 소리, 아래층에서 들려오는 이웃의 기척. 나는 내 방에 엎드려 그런 소리를 가려들었다. 깊은 물속에 가라앉은 듯한 정적, 산소가 모자라는가. 나는 질식의 위기를 느꼈다. 무언가 터져야 했다. 이대로는 견딜 수 없었다.

그리고, 한 남자가 정적을 터뜨리며 입을 열었다.

"빨리, 내일이라도 당장, 공연하고 싶소."

백승하였다. 공연. 그 말에 나는 눈을 빛냈다. 거의 동시에, 남기의 눈에서도 알지 못할 광채가 흘렀다.

모든 금지된 것은 유혹이고 아름다움이다. 죽음조차도.

_강민주의 노트에서

　제작, 연출, 기술, 그리고 주연에 이르기까지 백승하가 일인사
역을 맡고 관객은 남기 하나뿐인 그 이상한 공연은 금요일 밤으로
일정이 잡혔다. 이 날짜는 연극 전반을 총괄하는 백승하의 지시로
선택된 것이 아니었다. 놀랍게도 그것은 남기의 제안이었다. 남기
는 이틀 뒤인 금요일이 어떠냐고 말했다.

　일상의 꼭 필요한 대화조차 피하고 있던 남기가 다른 것도 아닌
연극의 공연 날짜에 관심을 가지는 모습을 보고 우리는 깜짝 놀랐
다. 아니, 몹시 반가웠다. 우리는 두말도 하지 않고 이오네스코의
『수업』 공연을 금요일 오후 7시로 잡았다.

남기의 자발적인 참여는, 공연 날에 관심을 보인 것도 일종의 참여라고 할 수 있다면, 나에게 상당한 격려가 되었다. 내가 백승하의 침울함을 견디기 어려워했던 것처럼, 남기의 끝없는 우울 역시도 참아내기 힘들었다. 나는 내가 보호하는 두 남자가 모두 싱싱하게 움직이는 것을 보고 싶었다. 그것은 곧바로 나의 싱싱함과 연결되었다. 한쪽의 절망을 바라보며 나의 희망을 가꾸는 일은, 아무리 강민주라 해도, 아니 강민주이기 때문에 가능하지 않았던 것이다.

　백승하는 바빴다. 나와 최종연습을 하는 사이에도 거실을 드나들며 무대를 꾸몄다. 물컵 하나, 연필 하나도 빠뜨리지 않고 일일이 소품을 챙기는 꼼꼼함도 유감없이 보여 주었다. 조명도 그가 맡은 부분이었다. 요모조모 따지다 아무래도 최소한의 조명은 있어야겠다는 백승하의 말이 떨어지기 무섭게 나는 내 애마를 타고 달려가 양쪽에서 무대를 비추는 라이트 두 개와 빛을 여러 색깔로 조합할 수 있다는 셀로판지 등을 사 왔다. 그것보다 훨씬 많은 조명 기구를 사주고 싶었지만 조명담당이 따로 있지 않고서는 무용지물이라는 백승하의 말에 나는 그 욕망을 간신히 참았다.

　남기도 거역하지 않고 백승하를 도왔다. 무대를 꾸미는 작업에는 오히려 백승하보다 더 성의를 보이기도 했다. 남기는 그럴 필요까지 없다는 백승하의 만류에도 불구하고 소파를 치우고, 두 장의 카펫을 깔아 무대를 돋우는 작업을 완료했다.

나도 준비할 것이 있었다. 나는 백승하의 지시에 따라 교수의 의상과 내가 맡은 학생의 의상을 마련했다. 교수의 의상으로는 흰 와이셔츠와 헐렁한 양복바지, 그리고 멜빵이 있으면 족했다. 학생의 의상이야말로 단순한 블라우스와 스커트 정도로 사실 준비랄 것도 없이 옷장을 뒤져 찾아내기만 하면 되는 일이었다. 그러나 나는 그렇게 하지 않았다. 누가 뭐라 해도 그렇게 할 마음이 전혀 아니었다.

이 연극이 희랍의 비극이거나 장렬한 영웅을 그린 사극이 아닌 것에 대해, 나는 의상을 준비하며 처음으로 불만을 느꼈다. 나는 보다 특별한 의상을 원하고 있었다. 백승하에게도 훨씬 특별한 의상을 입히고 싶었다. 이 남루한 현실의 옷이 아닌 무엇, 삶을 위한 옷이 아닌 영혼의 옷. 나는 그런 의상을 원했다. 아, 그래서 나는 남기에게조차, 단순한 관객일 뿐인 남기에게조차 멋진 의상이 필요하다고 생각했다.

그러나 망설일 시간이 없다. 나는 최고급의 와이셔츠와 멜빵바지를 교수의 의상으로 준비했다. 순금의 넥타이핀과 커프스단추를 마련한 것으로 아쉬움을 달래면서. 남기의 것으로도 최고급 양복을 샀다. 남기는 평소 짙은 회색 양복이 잘 어울렸다. 대신 붉은 빛이 도는 넥타이로 축제의 분위기를 살렸다. 걱정한 것과는 달리 남기는 순순히, 아주 순순하게 공연 때 그 양복과 넥타이를 입고 연극을 관람하겠다고 말했다.

그리고 내 의상은, 마지막에 피를 뿌리며 죽도록 운명지어진 학생의 의상은, 온통 순백의 비단으로 만들었다. 눈이 시릴 정도로 푸르게 흰 실크, 나는 그것을 찾기 위해 발이 부르트도록 의상실 순례를 했다. 그리고 마침내 찾아냈다. 목을 드러내지 않는 높은 깃, 가슴 언저리에 부챗살처럼 퍼져있는 주름, 손등까지 덮는 긴 소매, 상의는 단추조차 푸른 빛이 도는 흰색이었다. 발등을 치렁치렁 덮는 스커트도 내 마음에 꼭 들었다. 천을 아끼지 않아서 아주 자연스럽게 주름의 겹이 출렁거리는 흰 치마는 단순하면서도 엄숙했다.

　　순백의 비단옷이 보여주는 장엄함을 위해 나는 옷에 어떤 장식도 부착하지 않기로 했다. 목걸이, 반지, 벨트도 물론 제외했다. 그리고 마지막으로 대단히 고전적인 디자인의 흰 구두를 준비했다. 나는 만족했다. 그날, 그 시간을 기다리는 순백의 의상과 흰 구두는 이 지상의 옷이 아니었다. 이것이야말로 삶의 옷이 아니라 영혼의 옷이었다.

　　모든 준비가 끝난 것은 금요일 오전이었다.

　　그리고 바로 그때 인터폰이 울렸다. 나는 샤워를 마치고 욕실에서 나오는 참이었다. 남기는 거실에서 그동안 별로 사용하지 않아 성능이 의심스러운 비디오카메라를 점검하고 있었다. 인터폰이 울리자 우리 두 사람은 동시에 서로를 쳐다보았다. 경비실에서 울리는 인터폰은 극히 이례적인 일이었다. 남기보다 한발 앞서 내가 인터폰을 받았다.

"김인수입니다."

나는 머리를 닦던 수건을 떨어뜨렸다. 수화기를 떨구지 않은 것만도 다행이었다. 인터폰으로 그 목소리가 나온다는 것은, 이 사실은, 김인수가 지금 아파트 경비실에 있다는 뜻이다. 나는 침착하려고 애를 썼다. 남기가 그런 나를 뚫어지게 쳐다보았다. 그 애는 벌써 비디오카메라를 내려놓고 여차하면 비상 행동을 취할 자세를 갖추고 있다.

"도둑고양이처럼 잘도 찾아내는군요."

김인수, 이 찰거머리 같은 남자. 온몸으로 불길한 예감이 줄달음치는 것을 간신히 참으며 나는 냉정하게 쏘아붙인다.

"강민주 씨를 쫓아다닐 마음은 없었는데 그렇게 되었네요. 지금도 그렇습니다. 난 그저 확인이나 해보자고 여기에 왔으니까요."

이상했다. 끈적끈적하고 야비한 예전의 김인수 음성이 아니다. 무미건조하다. 무시하고 인터폰을 끊어버릴 수 없다.

"내가 여기에 있는 것은 어떻게 알았죠? 당신의 그 사립탐정 같은 무용담이나 들어볼까요?"

"글쎄요. 이미 말했듯이 내가 일부러 강민주 씨 뒤를 캐고 다녔다는 오해는 마세요. 순전히 우연이지요. 우연히."

그런 다음 김인수는 물었다.

"지금 올라가면 현관문을 열어줄 수 있습니까? 방문을 허락한다면 일 분 이내로 올라가겠습니다."

나는 숨을 몰아쉰다. 뭔지 모르지만, 이 남자는 지금 나를 시험하고 있다. 직감적으로 이것은 함정이다, 라고 깨달았다. 그러나 내게는 함정을 비킬 방법이 없다. 나를 빤히 바라보는 남기의 얼굴, 나는 내뱉듯이 말한다.

"내 침대에는 이미 남자가 누워있어요. 올라오고 싶으면 그 남자한테 먼저 양해를 구하는 게 순서일 테니, 지금 그 사람을 바꿔주지요."

내 눈짓에 따라 남기가 수화기를 받았다.

"여보세요, 당신, 누구야!"

이럴 땐 남기도 머리가 썩 나쁘지는 않다. 남기의 첫 공격은 성공이다. 김인수 쪽에서 먼저 인터폰을 끊어버린 것이다.

그리고, 한 시간 이상을 남기와 나는 현관을 주목했다. 김인수는 결국 올라오지 않았다. 그를 따돌리기는 했으나, 그러나 나는 못내 찜찜했다. 우연히 알게 되었다고? 어떻게? 어딘가에서 내가 우연히 그의 눈에 띄었고 그런 다음 그가 내 뒤를 미행했을 것이란 추측은 쉽게 나왔지만, 문제는 그곳이 어딘가에 달렸다.

김인수가 나를 본 장소는 어디일까. 백승하의 아들을 데려왔던 그 병원? 아니면 어제 공연 준비를 위해 나다녔던 어느 길목에서?

김인수가 알고 있는 것은 어디까지일까.

의혹으로 이어지는 수많은 질문을 그러나 나는 뒤로 미루었다. 오늘만은, 세상이 무너지는 일이 일어난다 해도 오늘만은 다른 생각을 하고 싶지 않았다. 백승하에게 이 공연이 소중한 것처럼 나에게도 이 공연은 중요했다. 나는 그의 당당한 동업자로 무대에 서는 것이다. 나는 납치범이 아니라 그와 함께 무대를 꾸려갈 주인공이다. 내가 백승하와 맺는 이 새로운 관계에 대해 나는 꽤 많은 의미를 두고 있다. 우리는 아마도, 하나의 예상에 불과하지만, 공연 이후 상당히 달라진 모습으로 서로를 대할 수 있을 것이다. 어쩌면 나는 무언가 새로운 계획을 세워야 할지도 모른다. 그 새로운 계획이 어떤 것이어야 하는지, 그것도 오늘 말고, 내일, 아무튼 오늘이 지난 후 차근차근 생각하면 된다.

백승하는 역시 근성이 있는 배우였다. 그는 오늘 밤의 공연에 대해 놀랍게도 '떨린다'는 말을 하고 있다.

"대중 앞에서 공개적으로 하는 공연이 아닌데도 떨리나요?"

"무대에 오르는 배우한테는 관객의 심판보다 자기 자신을 향한 심판이 더 무서운 법이오. 무대 위에 서보면 금방 알 수 있소. 어느 순간 더 많은 연습이 필요했다는 자책이 들면 끝장이오. 그때부턴 연기의 중심을 잡을 수 없게 된다는 말이오. 그런 일이 생길까 봐 두려운 것이라오."

오후의 티타임. 우리는 식어 가는 커피를 앞에 두고 있다. 백승하는 문득 내 얼굴을 들여다보며 묻는다.

"당신은 정말 불가사의한 사람이오. 이제야 하는 말이지만, 당신의 연기는 사람을 끄는 힘이 있소. 대사 한 마디 한 마디, 설득력이 굉장하오. 평소 연극 같은 것은 생각도 못 했을 사람이 어떻게 그리 당찬 연기를 할 수 있는지 난 정말 알 수가 없소."

칭찬이나 비난에 쉽사리 마음이 흔들리는 사람은 경멸하지만 그래도 백승하의 칭찬은 기분이 나쁘지 않다. 내가 외워야 할 대사는 그에 비해 십 분의 일도 되지 않았다. 설령 양이 많았어도 그 정도 암기는 내 두뇌로는 아주 하찮은 일에 불과하다. 게다가 백승하의 압도적인 연기를 곁눈질하다 보면 그 흉내쯤이야 능히 낼 수 있는 법이다. 나는, 이 강민주는, 한번 시작한 일이면 적어도 서투르게는 하지 않는다.

그리고 한참의 시간이 흐른 뒤였다. 백승하가 내게 '우리의 앞날'에 관해 물은 것은.

"언제부턴가 나는 나의 앞날보다 당신의 앞날을 걱정하고 있었소. 걱정이란 말이 거슬린다 해도 용서하기 바라오. 그것은 내 진심이니까. 나는 이미 내 생애에 이뤄야 할 일을 반 이상은 이룬 사람이오. 그러나 당신은 그렇지 않소. 이 말은, 나 때문에 당신의 앞날을 그르치는 일은 절대 옳지 않다는 뜻이오. 나는 그럴 만한 가치도, 의미도 없는 사람이니까."

영화제 시상식이 있었던 이후, 그가 이만큼 긴 말을 하는 것을 본 적이 없다. 그의 아들이 파랑새처럼 날아와 하룻밤을 묵고 간 후의 며칠간 그는 절대 입을 열지 않았다. 그윽이 나를 들여다보는 백승하의 아름다운 눈, 보기 좋게 잡히는 미간의 주름, 부드럽고 아늑한 음성, 그것들은 김인수가 끼얹고 간 불길한 예감을 한순간에 걷어버리고도 남음이 있다.

"내 앞날을 쥐고 있는 사람은 나밖에 없어요."

내 말에 백승하는 고개를 젓는다.

"아니오. 당신도 어차피 이 세상에 속한 사람인 것을. 당신의 비범함을 보고 있으면 아슬아슬한 기분이라오. 세상은 비범한 자에게 관대하지 못해요."

"당신 말을 들으니 내가 이루고자 하는 것도 반 이상은 이루었다는 생각이 드는군요. 나머지 반은 당신처럼 좋은 남자들과 함께 하면 되겠네요."

이게 무슨 일인가. 나도 모르게 흘러나온 낯간지러운 말이 이리도 자연스럽다니. 당신처럼 좋은 남자, 라는 이런 말. 이미 이리 되었으니 나는 자신을 좀 풀어놓기로 한다.

나는 가만히 그의 어깨에 내 얼굴을 얹는다. 내가 다 해치울 수는 없어. 이런 사람들의 몫도 있을 거야. 공연이 끝나면, 이제는, 이 남자와 헤어져 한동안은 쉬는 것도 좋지 않을까.

나는 그의 등에 팔을 둘러 백승하를 내 품에 안아본다. 담백하고 싱그러운 남자의 향기, 이윽고 백승하의 팔이 내 등을 죄어온다. 먼 길을 걷다 지쳐 떨어진 사람들처럼, 그렇게 우리는 서로가 서로에게 기대어 한참을 쉬었다. 편안했다. 백승하의 납치를 계획하고 실천에 옮기는 동안 어떤 조급함도 없이 이렇게 편안한 마음을 가진 것은 아마도 처음이리라.

우리는, 그와 나는, 얼마나 먼 길을 걸어온 것일까. 때로는 굉장히 길었다고 느껴졌지만, 그러나 조금도 지루하지 않은 시간이었다. 내 생애에 있어 이처럼 충만한 시간을 다시 가질 수 있을까…….

나는 그의 방을 나오면서, 평소의 나답지 않게 마음에 품었던 계획 하나를 미리 알렸다. 설명할 수 없지만, 이제는 그래도 될 것 같았다.

"내가 당신에게 줄 선물이 하나 더 있어요. 가까운 시일 안에 당신 어머니를 찾을 생각이에요. 당신을 버렸으나, 당신은 버리지 못한 그 어머니. 그래요, 누구 하나라도 포기하지 않고 기다리면 다시 만날 수 있는 거예요."

그날 오후 내내 남기는 자기 방에 틀어박혀 꼼짝도 하지 않았다. 좀체 없던 일이었다. 그 애는 하루 대부분을 거실에서 보내며 충직하게 백승하를 감시했었다. 거실이 아니라면 식사 준비를 위해 주방에 있던 남기였다.

하기야 거실은 지금 거실이 아니었다. 거기는 이미 무대였다. 나는 남기가 자기 방에서 나오지 않는 까닭을 그렇게 이해했다. 그러나 텅 빈 거실, 남기가 지키지 않는 거실은 썰렁했다. 나는 남기가 궁금했다.

노크와 동시에 방문 손잡이를 돌려보았으나 손잡이는 반항이라도 하는 듯이 빡빡하게 고정되었다. 안에서 문을 잠그고 있다는 뜻이었다.

"뭐해?"

문을 탁탁 치며 나는 일부러 경쾌한 음성을 냈다. 얼마 후에 딸깍, 잠금쇠가 풀어지는 소리가 나며 문이 열렸다. 남기의 방은 복도 끝에 있어서 낮에도 불을 켜지 않으면 침침했다. 그 침침함 속에서 불현듯 나타난 남기는 말끄러미 나를 쳐다보았다. 나는 그 애의 눈이 약간 충혈된 것을 발견했으나 개의치 않았다. 공연을 앞두고, 이제 두 시간 남짓 남은 그때를 앞두고 마음 상할 이야기는 하고 싶지도, 듣고 싶지도 않았다.

"배고파."

그러니 일찍 저녁을 먹어치우자는 말을 나는 하고 있었다. 남기는 여전히 내 얼굴에 꽂은 시선을 거두지 않았다.

"나중에 내가 사 온 새 양복 입는 것, 잊지 마라."

그 말을 남기고 나는 남기의 부담스러울 만큼 슬프고 집요한 시선을 벗어나 몸을 돌렸다. 그때, 남기가 나직한 목소리로 나를 불렀다.

"선생님."

나는 그를 보았다.

"용서하세요……."

용서하라고? 피식 웃음이 나오려 했으나 웃지는 않았다. 자식, 나는 벌써 용서했는데 새삼스럽기는.

"시끄럽다."

나는 눈을 흘기는 시늉을 하고 이내 거실로 나왔다.

공연 삼십 분 전.

나는 옷장을 열고 의상을 꺼냈다. 순백의 비단옷은 형광등 불빛 아래서 처연하도록 흰 빛을 뿜었다. 나는 경건한 마음으로 새로 산 속옷부터 차근차근 입기 시작했다.

등에 박힌 블라우스의 촘촘한 단추들도 하나하나 세어가며 정성 들여 채웠다. 발등까지 치렁거리는 흰 치마도 단정하게 앞뒤를 여며 입고, 그런 다음 나는 거울 속에 비친 나를 홀린 듯이 바라보았다. 어깨 부근에서 남실거리는 검은 머리칼, 약간의 긴장과 기대로 탱탱한 얼굴, 우아한 실루엣을 만들며 흘러내리는 순백의 화려한 의상.

아름다워.

나는 내 생애 최초로 자신의 아름다움을 시인했다. 저 얼굴에는 울림이 있고 깊은 정신의 무늬가 새겨있다. 이 아름다움은 껍데기 뿐인 아름다움이 아니다. 나는 거울 속에 코를 박을 듯이 가깝게 다가갔다가 때로는 뒤로 물러서서 온몸을 다 비추어 보는 일을 몇 번이나 반복했다. 그리고 생각했다. 가짜로 살지 않았으므로 나는 아름답다……

마지막으로, 흙 한 점 묻지 않은 흰 구두를 신으면서 내 공연준비는 끝났다.

마침내 나는 문을 열고 무대로 등장했다. 여섯 시 오십 분, 공연 십 분 전이었다.

내가 나타났을 때 남기의 얼굴이 하얗게 질렸다. 양쪽 천장에 설치한 조명등에 색색의 셀로판지를 번갈아 씌우며 빛을 조정하고 있던 백승하가 온 얼굴을 찡그리며 웃는 그 특유의 웃음으로 내 의상에 만족을 표시한 것에 비하면 남기의 하얗게 질리는 얼굴은 정도 이상이었다.

그럴 만도 했다. 남기는 원래 내가 조금만 색다르게 차려입어도 민감하게 반응하고 넋을 잃는 아이였다. 그런 남기가 이 순백의 놀라운 무대 의상에 경탄하지 않는다면 오히려 이상하지 않겠는가.

"멋있는데?"

남기의 새 양복에 슬쩍 손을 대자 그때도 남기는 흠칫 놀라며 뒤로 물러섰다. 백승하도 이미 무대 의상 차림이었다. 이런 것은 준비하지 않아도 괜찮은데, 라고 말했던 넥타이핀과 커프스단추도 모두 착용한 채.

"아직도 떨려요?"

무대에 떨어지는 조명을 가늠하고 있던 백승하는 어깨를 으쓱하는 것으로 대답을 대신했다. 그리고는 무대를 비추는 불빛이 밝고 따스하게 보이는지 내게 물었다.

"비극인데도 이런 조명을 쓰나요?"

"비극은 밝고 산뜻하게, 희극은 어둡고 음울하게 빛을 쓰기 시작하는 것이 조명의 기본 테크닉이오. 조명담당이 따로 있다면 장면마다 수시로 조명을 바꾸겠지만 거기까지 욕심을 부릴 수는 없고."

희극은 어둡고 음울하게, 그리고 비극은 밝고 산뜻하게.

기가 막힌다. 나는 여성 심리의 공부를 마친 다음에는 연극 조명을 공부하고 싶다는 생각을 순간적으로 해본다. 언젠가 말한 적이 있지만 내 필생의 사업은 공부다. 나는 학위나 명예에 초월한 담백한 지적탐구에 흥미가 있는 사람이었다. 알고 보면 우리는 얼마나 많은 '알아야 할 것'들을 그냥 지나치고 있는가. 알아야 할 것에 비하면 알고 있는 것은 얼마나 작고 초라한가.

여섯 시 오십구 분, 공연 일 분 전. 나는 베란다로 나갔다. 최대한 소음을 막기 위해서는 베란다 창문부터 닫아야 했다. 바깥은 이미 푸르스름한 어둠으로 물드는 중이다. 나는 순백의 의상에 고운 먼지라도 묻힐까 잔뜩 조심하며 팔을 길게 뻗어 창문을 닫았다.

그리고 바로 그 순간, 저 멀리 아파트 정문을 막 통과하는 파랗고 흰 빛깔의 경찰차 한 대를 발견했다. 지붕 위에서 빙글빙글 돌아가는 붉은 등, 앞뒤로 뿔처럼 솟은 안테나들. 그것을 보는 순간 심장이 급속도로 뛰기 시작했다. 비명을 지를 새도 없이 허방을 짚고 천길 아래의 낭떠러지로 굴러떨어지는 기분이 이럴까. 나는 가슴을 움켜쥔 채 뚫어지게 차의 움직임을 주목했다.

그나마 심장이 터지지 않고 견딜 수 있었던 것은, 느릿느릿한 경찰차의 속력 때문이었다. 숨 가쁜 출동은 아니다. 적어도 순간을 다투는 긴급한 출동은 아닌 것이다. 나는 그렇게 스스로 위로했다. 그렇지 않았다면 이미 남기를 불러 미리 세워둔 최후의 비상대책을 논의했을 것이다. 그만큼 경찰차를 보는 내 예감이 불길했다.

경찰차는 이윽고 아파트 주차장 한가운데에 멈추었다. 그리곤 잠시 그대로 있었다. 열쯤 세었을까, 마침내 문이 열리고 정복 차림의 경찰 한 사람이 나타나 망설임 없이 아파트 상가 쪽으로 걸어갔다. 그제야 나는 내가 너무 열중해서 경찰차의 동향을 살피고 있다는 데 생각이 미쳤다. 누군가 나를 보았다면, 굳은 자세로 꼼짝하지 않고 밖을 내다보는 나를 보았다면 의심할 수도 있다. 나는 얼른 난간에서 물러났다. 강민주답지 않게 내 다리는 후들거리고 있었다. 아무것도 아니야. 순찰 중에 상가에 들려 시원한 음료수라도 사 먹을 수 있지. 그들에게도 얼마든지 다른 용무가 있을 게 아닌가. 나는 애써 불길함을 달랬다.

그때 안에서 백승하의 음성이 들렸다.

"자, 시작합시다."

나는 경찰차에서 시선을 거두었다. 백승하의 힘 있는 소리를 들으니 다소 마음이 가라앉는다. 걱정할 일은 없을 것이다. 여태 잘 해오지 않았던가.

김인수, 그 자식 때문이다. 그 자식한테 인터폰이 오지만 않았더라도 경찰차를 보고 이토록 놀라지는 않았을 것이다. 어쨌거나 김인수한테 이곳이 알려졌으니 당장 내일이라도 거처를 옮겨야 할지도 모른다. 아니, 오늘 저녁 즉시 남기를 시켜 옮길 만한 장소를 알아보도록 하는 게 좋겠다.

물론 백승하가 그토록 기대하고 있는 이 공연은 계획대로 실행한다. 공연을 취소하고 곧바로 위험에 대비하지 않아 저들의 차가운 수갑에 내 손목이 묶인다 하더라도, 설령 그럴지라도 나는 절대 후회하지 않을 것이다.

교수의 서재.

무대 중앙에 책상 겸용의 식탁이 있다. 식탁 주변에는 의자가 세 개 있고 무대 양쪽으로 의자가 하나씩 또 놓여있다. 무대 전면에는 책들이 들어찬 책장이 보인다. 무대 오른쪽의 베란다 창문을 배경으로 크고 작은 화분도 몇 개 소품 역할을 한다. 잠시 후 무대 전체를 비추는 환한 조명이 켜진다.

막이 오르면 의자에 앉아 주위를 두리번거리는 학생이 보이고, 얼마 지나지 않아 무대 왼쪽으로 교수가 등장한다.

교수: 안녕하십니까, 아가씨. 아가씨지요? 새로 온 학생이 아가
　　　씨 아닌가요?
학생: (후닥닥 돌아본다. 지극히 거리낌 없는 사교계의 처녀다운 태도
　　　로 일어서서 교수 앞으로 다가와 손을 내민다.) 네, 선생님, 안
　　　녕하세요? 이렇게 시간에 꼭 맞춰 왔어요. 지각하는 것은
　　　싫으니까요…….

남기는 어깨에 비디오카메라를 메고 있다. 그 애는 관객이자 이 연극을 기록하는 녹화 담당이기도 하다. 그러니까 남기는 비디오카메라의 렌즈를 통해 이 연극을 관람하게 되는 것이다.

백승하는 지나치게 정중하며 지나치게 소심한 교수를 거의 완벽하게 재현한다. 처음에는 이렇게 소심하고 나약하지만, 극이 진전됨에 따라 교수는 점차 신경질적이고 공격적으로 변하여, 마지막에 가서는 상황에 갇혀 어쩔 줄 모르는 나약한 여학생을 살해하고 만다.

나, 강민주는 초반에는 연기에 몰두할 수 없어 다소 애를 먹지만, 이내 백승하의 열정적인 연기에 빨려 들어간다. 나는 금방 신선하고 발랄한 여학생으로 변신한다. 그러나 내가 맡은 학생의 역할 역시 극이 진전됨에 따라 점차 싱싱함과 활달함을 잊고 종말에 이르러서는 마치 생명 없는 한낱 물체인 양 축 늘어져 교수의 손에 죽임을 당하게 되는 것이다.

우리는, 나와 백승하는, 거침없이 극을 진행한다. 나는 거의 홀린 듯이 백승하의 동작 하나하나를 바라본다. 조명 속에 드러나는 그의 얼굴은 지금까지 보아온 모습과 전혀 다르다. 그의 얼굴을 물들인 격정과 몰입은 나를 황홀함 속으로 몰아간다. 그는 수천 가지 표정으로 나를 매혹한다.

무대에서 다른 삶을 살아보는 일도 나쁘지 않다. 나를 떠나 전혀 다른 타인으로 변신하는 일이 이처럼 신선할 줄이야. 이건 연습 때도 느껴보지 못한 감정이다. 연습은 언제라도 중단할 수 있지만, 공연은 마지막 대사를 발음할 때까지 중단할 수 없다. 마치 삶처럼.

우리의 공연에는 막간도, 암전의 전환도 없다. 예정된 '수업'이 끝나야 공연도 끝난다. 물 한 컵, 담배 한 대의 휴식도 없는 강행군 속에서 백승하의 와이셔츠는 이미 땀으로 푹신하게 젖었다. 점점 난폭해지는 교수 앞에서 서서히 신경쇠약 증세를 보이는 학생 역의 나 또한 이마에 땀이 배고 실제로 기진맥진한 느낌에 휩싸인다.

수업의 마지막은 멀지 않았다. 교수는 벌써 이상한 열기에 휩싸여 광포해졌고, 학생은 절망에 빠져 저항하지도 못하고 울기 시작한다. 이제 식칼이 등장할 때가 된 것이다. 교수는 학생에게 '식칼'을 발음해보라 윽박지를 것이고 실어증에 빠진 학생의 무기력함은 점점 더 교수를 광란으로 몰아넣을 것이다.

교수는, 아니 백승하는 눈에 보이지 않는 식칼을 휘두르며 미친 듯이 내 주위를 돈다. 우리는 진짜 식칼을 소도구로 사용하지 않기로 했다. 식칼은 없지만, 그러나 식칼이 있다는 듯이 연기하는 쪽을 택했다. 백승하는 날카롭고 섬뜩한 식칼을 실제 손에 움켜쥐고 있는 사람처럼 보인다. 그는 입가에 야릇한 미소를 흘리며, 식칼을 높이 쳐들고 점점 내게로 육박해온다.

학생은, 아니 나는 피로에 지쳐, 겁에 질려, 저주라도 받은 듯이 교수를 피해 창 쪽으로 뒷걸음질 쳐 도망간다. 조명과 입고 있는 순백의 옷 때문에 내 얼굴은 창호지보다 더 창백해지고 나는 절망적인 시선으로 내게 다가오는 그를 바라본다.

"다시 한번, 다시 한번, 식칼…… 식칼…… 식칼…… 발음해봐!"

"목구멍이…… 아파요, 목도, 어깨도, 가슴도……."

"식칼…… 어서, 식칼, 이라고 말해!"

"허리가…… 아, 식…… 식…… 칼……."

"발음을 잘해야지, 식칼…… 식칼, 이렇게……."

"식칼…… 목구멍이……."

그러나 나는 겁에 질려 창문에 바싹 달라붙어 떨기만 한다. 백승하는 그런 나에게 소리친다.

"조심해! 유리창이 깨지면 안 돼, 식칼이 너를 죽여!"

"아, 아…… 식칼이 죽이다니요? 어떻게……."

그러자 교수는 팔을 크게 벌려 식칼을 휘두르며 학생에게 달려든다.

"어떻게? 자, 알겠지? 알겠어?"

점점 미쳐가는 교수, 식칼 든 손을 공중으로 번쩍 올리며 눈을 부릅뜬다. 아, 나는 마침내 죽는다. 이제 나는 창 옆의 의자로 쓰러질 것이다. 그러면 백승하는 비탄에 빠져 울부짖을 것이다. 나는 가슴을 움켜쥐고 죽음이 달려들 마지막 절정을 기다린다.

그리고, 바로 그 순간, 나는 고막을 찢는 듯한 요란한 폭발음을 들었다. 폭발음과 동시에 박살 난 유리 파편이 쓰러진 내 온몸 위로 은가루처럼 쏟아져 내리는 것도 보았다.

"안 돼!"

백승하의 섬뜩한 절규, 얼어붙은 듯 서 있는 그의 하얗게 질린 얼굴이 보인다. 백승하의 저 비명은 대본에 없는 것인데, 유리창이 깨지는 것도 연습 때는 없었던 일인데. 하지만 이상하게도 몸을 움직일 수가 없다…….

가슴 어딘가가 몹시 서늘하다. 금속성의 차가움, 그리고 이 얼얼한 아픔. 이건 식칼이 아니다……. 지금 나를 죽이고 있는 것은 어쩐지 식칼이 아닌 것 같다. 아니, 식칼 따윈 처음부터 없었는데…….

정적.

고요하다. 지나치게 고요하다.

자신이 휘두른 칼에 찔려 죽어버린 학생을 부둥켜안고 울부짖어야 할 백승하는 무얼 하는가. 나는 연극을 계속한다. 가슴을 움켜쥐고 의자에 쓰러진다. 순백의, 눈처럼 흰 내 옷에 번지는 이 핏물은 무엇인가. 백승하는 언제 이런 핏물까지 준비했는가…….

하지만 이 정적이 수상하다. 진실로 목이 아프고, 눈앞이 점점 흐려진다. 이것은 연극일까, 삶일까. 왜 이리도 숨을 쉬기가 힘이 들까.

지금, 나에게 무슨 일이 일어났는가…….

남겨진 세 개의 기록

1

……지난해 10월에 발생, 그동안 미궁에 빠져있던 영화배우 백승하 씨 납치사건이 마침내 주범의 피살과 함께 그 전모가 밝혀졌다. 경찰은 지난 2일 오후 8시 30분경 백승하 납치범 강민주(27세. 여)의 시신을 죽은 범인 소유의 아파트에서 발견하고 공범 황남기(27세. 남)를 현장에서 체포했다고 발표했다.

지난 8개월간 온갖 의혹과 함께 세인의 관심을 끌었던 영화배우 납치사건의 주범 강민주의 사망 원인은 총상으로 밝혀졌는데 체포 당시 총기를 소지하고 있던 공범 황남기는 순순히 범행을 자백, 경찰은 황 씨의 살해 동기를 수사 중이다. 그러나 체포 당시 황 씨는 말을 더듬을 정도로 심한 정신착란 증세를 보여 현재는 정상적인 수사가 불가능하다고 경찰은 말했다.

또한 경찰은 현장에서 구출된 백승하 씨는 간단한 조사와 함께 일단 가족에게 인도되었으며 건강은 양호한 편이라고 밝혔다. 그러나 백 씨 역시 사건 당시의 충격으로 외부와의 접촉을 완강히 거부하고 있는 것으로 알려졌다.

한편 이번 사건이 결국은 범인들끼리의 총기 대결로 끝나 주범의 피살을 불러온 것에 대해, 일각에서는 경찰의 판단 착오로 범인들을 체포할 기회를 놓친 것 아니냐는 비난이 일고 있다. 주범 강민주가 피살된 시각보다 한 시간이나 먼저 경찰이 아파트 경비실에 출동해 있었다고 주장하는 김연수(가명. 28세. 남) 씨는 자신이 충분한 제보를 했음에도 불구하고 현장을 덮치는 일에 경찰이 늑장을 부렸다고 말했다.

경찰은 김연수 씨의 제보 사실은 시인했으나, 늑장 출동의 비난에 대해서는 '돌발사고까지 예상할 수 있는 상황이 아니었다'고 해명했다. 납치범들의 체포에 앞서 인질의 신변 보호가 더 중요하다는 생각으로 신중하게 움직였으며 최선을 다했으나 주범이 살해되었다는 것이 경찰 측 발표다.

경찰은 또 범인 강민주가 지난달 24일 백씨의 부인이 입원한 병원 구내에서 백씨의 아들을 유괴, 다음날 돌려보냈다는 일부 언론의 보도에 대해서도 시인했다. 내부방침이 비밀수사로 정해졌기 때문에 언론에 밝히지 않았을 뿐, 경찰의 체면 실추를 우려해서 함구했던 것은 아니었으며, 수사가 종결되는 대로 정확한 사건 개요를 발표하겠다고 말했다.

다음은 이 사건에 결정적인 제보를 했다고 주장하는 김연수 씨와의 일문일답이다.

— 죽은 강민주와의 관계는?

아는 분의 소개로 결혼을 전제로 한 만남이 몇 번 있었다.

— 강민주가 범인인 것은 언제 알았나?

보도되지는 않았지만, 백승하 씨 아들의 유괴를 우연히 목격했다. 내 직업이 특수의료기기 판매상이어서 병원 출입이 잦다. 처음에는 유괴라는 생각을 하지 않았고, 단순한 호기심에서 그녀의 뒤를 미행했다. 백승하 납치사건과 연결해서 생각한 것은 그 이후였다. 수사본부에 전화를 걸어 백 씨의 아들이 유괴된 적이 있다는 것을 확인하고 모든 사실을 알게 되었다.

— 경찰에 제보한 것은 언제였나?

사건이 터지기 두 시간 전쯤이었다. 오전에 아파트 경비실에서 인터폰으로 강민주와 마지막 통화를 했었다. 범인들이 위협을 느꼈다면 아마 그때였을 것이다. 평소 당당하고 오만하기 그지없던 강민주가 상당히 당황하고 있다는 인상을 받았다. 뭔가 이상했다.

— 사건 직전, 경찰과 함께 아파트에 있었나?

있었다. 경찰의 협조 요청도 있었지만, 그냥 집에 있을 수가 없었다. 강민주는 보통의 여자들과 아주 다르다. 나는 그녀가 체포 과정에서 다치지나 않을까 염려했다. 그런데, 경찰이 바로 밑에 있었는데도 그녀는 공범의 손에 죽고 말았다. 그 점이 너무 안타깝다……

(사건 하루 후, J일보 23면 머리기사의 전문. 이밖에도 1, 4, 5, 22면에 소상한 관계기사가 실려있다.)

2

……백승하 씨에게 인터뷰 허락을 받을 수 있으리라곤 정말 누구도 상상하지 못한 일이었다. 편집회의 석상에서 기자가 백승하 인터뷰를 제안한 것도 실행 가능성을 염두에 둔 발언이 아니었다. 우리 모두, 더 거창하게 말하면 국민 전체가 사건 이후 백승하의 육성을 한 번도 듣지 못했으므로 기자로서 끊임없이 시도해 볼 의무가 있다는 소박한 기자정신이 그렇게 시켰을 뿐 제안한 기자조차 포기한 아이템이었다.

물론 백승하 씨는 익히 예상한 대로 측근을 통해 정중하게 인터뷰 요청을 사양했다. 가능성이 있다고 생각했으면 적어도 한 번쯤은 더 간청을 해봤을 터이지만 기자는 기다렸다는 듯이 인터뷰를 포기했다. 그리고 이틀 뒤, 바로 백승하 씨 본인이 직접 전화를 했다. 그리고 그는 뜻밖에도 인터뷰를 허락했다.

기자와 만나 이야기를 하는 동안 백승하 씨는 자신의 말 한마디 한마디를 몇 번이나 수정하고 확인했다. 그는 자신의 말이 왜곡되는 것을 몹시 두려워하고 있는 것 같았다. 그래서 기자는 그에게 말했다. 녹음기에 담긴 당신의 말을 토씨 하나 빼지 않고 그대로 옮기겠다고. 그제야 그는 조금 안심하는 듯이 보였다.

그래서 지금부터의 인터뷰 기사는 그와 기자가 나누었던 문답을 고스란히 옮긴 것이다. 기자의 질문에는 다소 가감이 있겠지만 백승하 씨의 답변은 거의 숨소리까지 적었다고 자부할 만큼 생생하다.

문: 솔직히 의외입니다. 삼 개월의 침묵을 깨고 입을 열기로 마음을 굳힌 데는 어떤 심경의 변화가 있을 듯한데요?

답: 어차피 한 번쯤은 입을 열어야 할 것이고, 그렇다면 이 잡지 「영화와 사회」에 하는 것이 가장 무난할 것이라 여겨져 결심했습니다.

문: 사건 이후 언론의 보도 태도에 상당한 불만이 있다는 말씀으로 들리는데 맞습니까?

답: 불만…… 이라기보다, 보도의 내용이 너무 피상적이고, 죽은 사람의 진실 따위는 이렇게 함부로 다루어져도 좋은가, 하는 생각을 많이 했습니다.

문: 감금되었던 8개월 동안 어떻게 지내셨는지, 저속한 호기

심입니다만 독자들은 무엇보다 그것을 궁금해할 것입니다.

답: '감금'이란 말은, 글쎄요, 마음에 안 듭니다. 처음의 한 달 정도는 그랬을지 몰라도, 그 이후에는, 점점 더 시간이 흐르면서는, 나 자신도 애써 탈출의 기회를 노리지 않았으니까요. 난…… 잘 있었습니다, 아주.

문: 더 구체적으로 말씀해주십시오.

답: 휴식…… 같은 시간이었다고 말할 수 있겠습니다.

문: 놀라운데요, 전혀 고통스럽지 않았다는 말씀입니까?

답: 어떤 경우라도 전혀 고통이 없는 상황이란 없습니다. 아무튼 나는, 잘, 있었어요.

문: 범인들한테 폭행을 당하거나 굴욕감을 느낄 만한 일을 당한 적은?

답: 강민주라는 여자는 지성인이었습니다. 나는 지성을 믿어요…….

문: 범행 동기가 남성 중심의 이 사회에 하나의 경종을 울릴 목적이었다는 것으로 경찰은 발표하고 있는데, 동의하십니까?

답: 바로, 그것 때문에, 이 인터뷰에 응한 것도 사실은 그것을…… 아니, 그 동기 자체를 우습게 해석하는 언론의 태도가 너무 안타까워서 한마디쯤은 해야겠다고 생각했습

니다. 그녀는, 분명히, 자신의 계획을 충실하게 실천했습니다. 나 또한 나중에는 그녀의 계획에 협조했고. 강민주라는 여자가 말하려 했던 이야기를 잘 들어야 합니다. 그녀가 몸을 던져…… 울린 경고의 종소리를 새겨들어야합니다. 난, 진실은 외면하고 비열한 상상이나 말초적인 흥밋거리만 유포하는 여론이 정말 안타깝습니다. 내가 몸담은 세상이 이토록 저질이었나, 생각하면…… 그녀와 함께 있을 때는 오히려 세상에 대해 이토록 절망적이지는 않았습니다. 그때는 그녀를 통해 희망을 보았었고…… 우리는, 서로를, 염려하고 존중했었습니다.

문: 지금 하신 그 말씀, 서로를 염려하고 존중했다는 그 말씀이 사실이라면 항간에 떠도는 소문, 즉, 백승하 씨 본인이 그곳에 더 머물러 있기를 원했다는 소문과도 연관이 되는데, 거기에 대해서는 어떻게 생각하십니까?

답: …….

문: 사실입니까?

답: 내가 얼마를 더 거기에 있건, 그것은 아무 의미도 없다고 생각했던 것은 사실입니다. 나는…… 나보다 더, 그녀를 염려했습니다. 그리고 그것이 그녀를 죽게 만든 것이 아닌가 후회하고 있습니다. 그녀의 죽음을 둘러싼 야비한 소문들에 대해서는 분노하고 있지만, 그러나, 나로서는

이것밖에 더 말할 수가 없습니다. 진실은 밝히려 들면 들수록 더 때가 묻는다는 누군가의 말을 절실히 깨닫고 있습니다.

문:　앞으로의 계획은?

답:　…….

문:　더 하실 말씀은?

답:　역시, 후회하고 있습니다. 이 인터뷰조차 진실에서 빗나가고 있다는 생각을 지울 수가 없습니다…….

(사건 삼 개월 후, 월간 『영화와 사회』에 실린 '납치사건 이후 두문불출 백승하, 마침내 입을 열다'라는 제목의 기사 요약. 모든 언론매체의 끈질긴 인터뷰 요청을 완곡히 거절하고 시종 침묵으로 일관하던 백승하가 처음으로 자신의 심경을 밝힌 것이어서 세인들의 관심을 집중시켰던 기사였다.)

3

　……선생님과 저는 같은 해에 세상에 태어났습니다. 같은 해에 태어나 똑같은 하늘과 태양과 별을 보고 살았다고 똑같은 삶이 되는 것은 아닙니다. 한 하늘 아래 그토록 다른 인간도 존재한다는 것을, 저는 선생님을 만나고서야 겨우 알았습니다. 그전까지는 인간이란 모두가 자기 자신의 문제에만 매달려 작은 것에도 싸우고

할퀴는 보잘것없는 미물이라고 믿었으니까요.

그러나 선생님을 만나고 저는 다르게 사는 방법도 있음을 알았습니다. 내일의 먹을 것을 놓고 아웅다웅 싸움질하거나, 말 몇 마디로 서로 치고받고 피를 흘리는 일이 얼마나 어리석은 짓인지 깨달았다는 것입니다. 선생님은 제가 보아온 다른 사람들과는 너무나 달랐습니다. 다른 이와 어떻게 달랐는지를 설명하는 일은 몹시 어렵습니다. 선생님처럼 자신을 정확하게 표현할 줄 아는 분이라면 다르겠지만 저는 배운 것이 없어 그렇게 하지를 못합니다.

처음에는 선생님의 어머니 되시는 분과 인연이 닿았습니다. 저는 어머님의 일을 도우며 선생님에 대해 조금씩 알게 되었습니다. 어머님도 사실은 대단한 여장부셨습니다. 저한테는 정말 잘해주셨습니다. 가난해서 도시를 떠돌며 살아야 했던 제 가족이 집을 구해 살 수 있었던 것도 모두 어머님의 도움 때문이었습니다. 큰 도움을 주시면서도 생색 한 번 내지 않던 분이었지요. 그분께서 돌아가시며 저한테 선생님을 잘 돌봐달라는 부탁을 하셨습니다. 그분이 자신의 딸을 얼마나 특별하게 여겼는지 저는 잘 압니다. 그분이 입버릇처럼 하신 말씀, "저 애는 내 자식이 아니야. 저 애는 하늘이 주신 애야."라는 말이 지금도 제 귀에 쟁쟁합니다. 저 역시 나중에는 티끌만 한 의심도 없이 그렇게 생각했으니까요.

잘못은 저한테 있었습니다. 제가 감히 선생님을 사랑한 것이, 제 속에서 타오르는 사랑의 불길을 잠재우지 못하고 번민에 빠진 것이 잘못이었습니다. 그렇지만 그런 감정은 저로서도 정말 다스리기 힘든 것이었습니다. 선생님의 반짝이는 눈빛을 볼 때나, 명쾌하고 거침없이 자기 생각을 표현하는 그 작은 입술을 보면, 온몸이 얼어붙는 듯한 기분이었습니다. 아무리 주위를 둘러보아도 선생님 같은 그런 여성은 단 한 명도 발견할 수 없었습니다. 저는 도저히 다른 여성에게 눈길조차 줄 수 없는 사람으로 변해갔습니다. 당연한 일이었습니다. 세상에서 가장 아름답고 감동적인 사람을 옆에 두었는데 다른 사람이 눈에 들어올 리 없었습니다.

그러나 선생님을 향한 이 사랑은, 너무나, 말로 다 할 수 없을 만큼, 힘이 들었습니다. 선생님을 위해서는 목숨 따위야 얼마든지 바칠 수 있었지만, 목숨을 던지는 일보다 사랑을 참는 일이 더 힘들었습니다. 제가 어떻게 감히 선생님을. 그것은 말도 안 되는 이야기였습니다. 저는 그저 선생님 곁에 머무를 수만 있어도 큰 행복이라고 믿었습니다.

그런 선생님을, 저의 목숨을 바쳐서라도 지켜야 할 선생님을, 제가, 제 손으로 죽였습니다. 저는 그 순간을 똑똑히 기억합니다. 단 한 발의 탄환으로 선생님을 고통 없이 하늘로 보내드리자, 저의 일념은 오직 그것뿐이었습니다. 그리고 선생님은 단 한 발의 총성과 함께 비명도 없이 깨끗하게 하늘로 올라가셨습니다. 이것이야말로 제가 한 일 중에서 유일하게 선생님께 칭찬 들을 일이라고 저는 생각합니다. 자신 있게 말씀드릴 수 있지만, 선생님이 원했던 최후는 틀림없이 그런 것이었다고 저는 믿습니다.

선생님이 왜 백승하 납치사건을 벌였는지, 그 이유가 무엇인지, 저는 잘 알지 못합니다. 알 필요도 없는 것입니다. 선생님이 하는 일이라면 그 일이 어떤 일이든 중요한 일이 분명하다고 저는 믿습니다. 백승하를 납치해야 한다면 납치해야 할 충분한 까닭이 있으리라 생각했습니다. 제가 살아가는 이유는 선생님께 있는 것이지 선생님이 벌이는 일에 있는 것이 아닌 까닭입니다.

그래서 저는 선생님을 죽였습니다.

선생님만이 제 삶의 이유라는 것 때문에 저는 선생님을 죽일 결심을 했습니다. 연극연습을 시작한 뒤부터, 늘 불안했습니다. 그러다가 영화제 시상식 이후 선생님이 극도로 초조해하는 것을 보고 저는 결심을 굳혔습니다. 선생님은 지금 자신도 원하지 않는 잘못된 길로 가고 있다고 생각했습니다. 원하지 않는 길로 접어들면 끝장입니다. 바로 제가 그랬듯이 말입니다. 저 역시 사랑해서는 안 될 선생님을 사랑하면서 마음의 평화를 송두리째 잃었습니다. 그 길이 얼마나 힘든 길인가를 저만은 잘 알고 있었습니다.

알면서도 선생님을 그냥 내버려 둘 수가 없었습니다. 고통은 저 하나로 족합니다. 이대로 있다가는 제힘으로 선생님을 구할 수 없게 될지 모른다고 생각했습니다. 경찰의 추적이 손에 닿을 만큼 가깝게 다가오고 있다는 직감도 저를 다그쳤습니다. 저의 소중한 선생님을 추악하고 흉측한 세상으로 내보내다니, 그것은 절대 안 될 일이었습니다.

지금도 그 생각에는 변함이 없습니다. 따라서, 후회도 하지 않습니다. 선생님을 쏘고 저도 뒤따라 죽을 계획이었지만, 그것을 이루지 못한 것에도 후회는 없습니다. 살아남아서 이렇게, 이렇게, 그래도 선생님에 대해 말할 기회를 가진 것을 행복이라고 생각합니다. 그분이 얼마나 특별한 존재였는지에 대해 이만큼밖에 말하지 못하고 저세상으로 가는 것이 조금 아쉬울 뿐, 제 마음은 아주 편안합니다.

이 재판에 제가 원하는 바는 아무것도 없습니다. 선생님에게 총을 겨누었을 때, 그때 제 삶은 끝났습니다. 지금까지의 시간은, 모두가 덤이었습니다. 저는 하루라도 빨리 선생님 곁으로 가야 할 사람입니다.

(사건 사 개월 후, 백승하 납치사건 및 주범 강민주 살해사건의 결심공판에서 있었던 황남기 최후 진술. 이 최후 진술이 끝난 뒤 황남기는 사형을 선고받았고, 그는 항소를 포기했다.)

작가의 말

　몇 년 전, 여든도 넘은 할머니 한 분이 나를 찾아왔다. 단지 내 이름 석 자와 사는 동네가 적힌 쪽지 하나만 들고 헤매는 것을 누군가가 동사무소에 인도해서 간신히 나와 연락이 닿은 끝이었다. 동사무소에서 걸려온 전화로는 아마도 친척분 같으니 빨리 와서 모셔가라는 것이었는데, 막상 달려가 만난 할머니는 당신의 신분을 '독자'라고 밝혔다.

　이른 아침 집에서 출발하여 석양이 기운 무렵에야 나를 만난 할머니 독자는 대뜸 구깃구깃한 손수건으로 눈자위를 문대며 울음부터 터뜨렸다. 그리고 말했다. 지지리도 박복한 내 인생을 글로 적어주소…….

　글을 쓰며 살다 보면 자신의 한 맺힌 삶의 이야기를 들어달라는 사람을 가끔 만난다. 자신의 기막힌 인생 유전을 쓰기로 하면 소설책 열 권으로도 모자란다는, 보편적인 이 관용구를 들고 나를 찾는 사람의 대부분은 여성이다. 또한 열 권 분량의 절망도 모자라도록 그녀들의 삶을 아슬아슬한 벼랑으로 모는 장본인들은 한결같이 남성이다.

영혼을 찍는 카메라가 있다면, 짓눌리고 억압받는 정신을 촬영하고 인화할 수 있는 과학이 있다면, 렌즈를 들이대고 분명히 찍어두어야 할 여성의 깊은 상흔은 일일이 셀 수 없을 만큼 많다. 어디에서 어디까지를 찍어야 상처의 증거가 되는지 알 수 없을 만큼 여성들에게 가해지는 억압은 교묘하고 복합적이다. 이런 일들이 일상적으로 벌어지고, 일상적으로 이해되고, 그리하여 일상의 하나로 무심히 잊히는 사회는 진정 옳지 않다.

그래서 강민주가 등장했다. 낮은 포복을 혐오하고 높이 기립해서 사는 여자, 물살을 거스르며 하류에서 강의 상류로 나아가는 여자. 그런 주인공이 필요했다. 현실에는 없지만, 소설에서는, 소설이므로, 강민주 정도는 나와야 한다고 생각했다.

강민주와 함께 있는 동안 나는 행복하기까지 했다. 글을 쓰면서 처음 느껴보는 낯선 감정이었다. 마음속에서 터져 나오는 말들을 손이 미처 따라잡지 못해 쩔쩔매는 순간도 있었다. 묻어두었던 할 말이 이리도 많았던가, 스스로 놀라기도 했다.

하지만 성(性)의 대결이나 성의 우월을 가리기 위해 이 소설이 쓰인 것은 아니다. 이 소설은 말하자면 상처들로 무늬를 이룬 하나의 커다란 사진이다. 함께 들여다보면서, 서로 대립하지 않고, 각자 동등한 자리에서 조화롭게 살아가는 길을 모색하는 데 유용하게 쓰여야 할 사진이다. 강민주의 테러가 잔인한 보복으로 끝나지 않고 가슴 더운 인간의 길로 접어든 것도 그 때문이다.

나는 가능하면 이 소설이 여성소설의 범주에서만 읽히지 않고 세상의 온갖 불합리와 유형무형의 폭력에 반대하는 모든 사람에게 함께 읽히기를 감히 소망한다. 그것이 삶을 대하는 진정한 예의라고 믿는다.

『나는 소망한다 내게 금지된 것을』이란 이 긴 제목은 뽈 엘뤼아르의 시 「커브」의 전문(全文)이다. 잘못된 길을 가고 있을 때, 지속되는 삶의 궤도 위에서 온 힘을 다해 커브를 도는 일은 누구에게나 결코 쉽지 않은 일이다.

이 소설이 커브를 결심한 모든 이에게, 잠시라도 힘이 되었길 바란다.

1992년 여름 양귀자

여성성의 신화적 임재(臨在)

_ 진형준(문학평론가)

아마조네스라는 단어가 있다. 그 단어는 그리스 신화에 전해오는 전설적 여인족, 혹은 그들의 왕국을 말한다. 그곳에서 사내아이가 태어나면 눈을 멀게 하거나 절름발이로 만들어 버린다고 전해지기도 하고, 혹은 아예 죽여버린다고도 전해진다. 남자가 받아들여지는 경우란 노예로 부리면서 힘든 노동을 시켜야 하는 필요에서일 뿐이며, 남자 대 여자로서의 동등한 자격으로서가 아니다. 아마조네스들은 종족을 유지시키기 위하여 일정한 계절을 정하여 다른 나라의 남자와 만난 후 곧 헤어질 뿐 그들과 함께 생활하지는 않는다. 요컨대, 남자는 채찍을 휘두르며 부려야 할 대상이거나 단순한 수정(授精) 동물로 간주될 뿐이다.

양귀자의 『나는 소망한다, 내게 금지된 것을』을 읽으면서 언뜻 머리에 떠오른 것이 바로 그 아마조네스라는 단어였다. 물론 아마조네스는 지상에 실제로 존재했던 종족이 아니라 신화 속의 존재들이다. 따라서 비현실적이다. 그러나 아마조네스라는 종족의 비현실성은 역으로 아마조네스적 상상력이 언제 어디서고 발휘될 수 있음을 보여준다. 그들은 인류의 역사 속의 한순간에만 실제로 존재했던 종족이 아니라, 인간이 존재하는 한 인간의 상상 속에서 언제고 함께 존재하는 종족이다. 아마조네스는 기본적으로 전사(戰士)들이다. 그들은 남자들을 향해 끝없는 투지를 불사를 뿐 투지를 불사르는데 방해될 만한 그 어떤 삶의 조건이나 감정도 수락하지 않는다.

아마조네스에 대해 이 정도 이야기하면 『나는 소망한다, 내게 금지된 것을』이라는 소설을 읽으면서 왜 내 머리에 그 단어가 떠올려졌는가를 독자도 금방 이해할 수 있을 것이다. 적어도 소설의 전반부에 묘사된 주인공 강민주의 모습은 말 그대로 현재판이면서 현실판인 아마조네스이다. 소설 속의 강민주가 신화 속의 아마조네스와 다른 것은 그녀의 무기가 '활과 화살'이 아니라 '지적인 통찰력'이라는 사실뿐이다. 하지만 사실상 그 두 무기는 날카롭다는 의미에서 별로 다르지 않다. 날카로운 것은 단번에 목표하는 것의 중앙을 관통한다. 그것에는 망설임도 없으며, 그런 만큼 순수할 정도의 단일한 욕망을 표상한다.

그 순수함은 기존의 그 어떤 인식이나 행동과 뒤섞이기도 거부하고 그것들과 닮기도 거부한다. 과연 소설 첫 부분부터 강민주는 이렇게 단호하게 못을 박아 놓는다.

삶이란 신(神)이 인간에게 내린 절망의 텍스트다.

나는 오늘 이 사실을 깨달았다.

그러나 나는 텍스트 그 자체를 거부하였다. 나는 텍스트 다음에 있었고 모든 인간은 텍스트 이전에 있었다.

이건 오만이 아니다. 나는 이제까지 한 번도 내가 이 땅의 사람들과 같은 조건으로 살고 있다고 생각해 본 적이 없다. 조건이라는 말에서 다소의 불순함이 풍긴다면 기꺼이 태도라는 말로 바꿀 용의가 있다.

나는 나를 건설한다. 이것이 운명론자들의 비굴한 굴복과 내 태도가 다른 점이다.

나는 운명을 거부한다. 절망의 텍스트는 그러므로 나의 것이 아니라 당신들의 것이다.

읽는 이를 당혹스럽게 만들기에 충분한 소설의 서막은 강민주라는 인물의 신화적 전형성에 그대로 부합된다. 요컨대, 작가는, 강민주가 그런 당찬 선언을 하게 되기까지의 그녀의 삶의 이력을 시시콜콜하게 늘어놓거나 그녀가 구체적으로 겪은 사건에 대한 이성적 혹은 감정적 반응을 서술하는 것이 아니라 강민주 스스로 자신이 신의 계보에 속해있다고 선언하게 함으로써, 그녀를 강민주라는 하나의 실제적인 여성이 아니라, 모든 여성의 꿈의 집합체라는 이미지로 떠오를 수 있게 한다. 그러니 작품 여기저기서 간간이 묘사되고 있는 그녀의 삶의 이력에 비추어서, 그녀는 병적인 존재인가 아닌가, 병적인 존재라면 그 병의 책임은 어디에 있는가를 정신분석학적으로 혹은 사회학적으로 분석하는 것은 이 소설을 읽는 올바른 태도가 아니다.

덧붙인다면, 강민주라는 인물이 과연 현실 속에서 가능한 인물인가 아닌가를 따지는 사실주의적 관점에서 이 소설을 읽는 것도 올바른 태도가 아니다. 되풀이하거니와, 강민주라는 여성은 하나의 신화적 열망으로 누구의 상상 속에나 존재할 수 있다. 조금 덧붙이자. 강민주가 지성이라는 무기를 휘두를 대상으로 삼은 것은, 가장 단순하게 이야기한다면, 남성의 폭력이다. 또한 그 폭력 앞에 무력하게 내던져진 채 고통받는 여성의 정신적 수동성도 공격의 대상이다.

그렇다면, 그 공격의 대상은 이미 한시(限時)적이지 않다. 남성 본위의 제도와 질서라는 것이 하루아침에 이루어져 하루 이틀 지속해온 것이 아님은 누구나 알고 있다. 거슬러 올라가면 여성은 남성의 갈비뼈로 만들었다는 창세기까지 이어진다고도 말할 수 있을 정도이다. 남성 본위의 제도나 질서가 신화적일 정도로 뿌리가 깊다면, 단순히 실존적 차원에서 행해지는 반항은 근원적이지 못하다. 우리는 강민주가 왜 자주 자신은 인간에 속하지 않고 신에 속한다고 다짐했는가를 그렇게 이해해야 한다. 아니, 적어도 나는 그렇게 이해했다.

손에 잡자마자 단숨에 소설을 읽어버린 다음 날, 나는 여느 때와 다름없이 출근을 위해 지하철을 탄다. 많은 여성이 앉거나 서서, 혹은 졸고 있고 혹은 책을 보고 있고, 혹은 이어폰을 귀에 꽂은 채 눈을 감고 있고, 혹은 단정한 자세로 앞을 똑바로 바라보고 있다. 개중에는 앳된 여고생도 있고, 여대생도 있으며 직장 여성인 듯이 보이는 사람도 있고 아주머니도 있으며 할머니도 있다. 그리고 나는, 그 수없이 다양한 여성들 속에서 강민주의 모습을 공통적으로 보았으며 느꼈다. 피곤에 지친 얼굴에서도, 희망에 차 반짝이는 눈에서도 나는 숨어있는 강민주의 칼날을 보았다. 그 칼날은 우리 모두의 가슴을 겨누고 있는 듯이 보였다. 나는 잠시 눈을 감았다가 다시 떴다. 그러자 강민주는 사라졌다. 그녀는 어디로 간 것일까?

나는 금방 깨달았다. 강민주는 그네들 속에 살아 있지만, 그네들이 곧 강민주는 아니라는 것을. 아니, 말을 바꾸어야겠다. 아마조네스는 그네들 속에 살아 있지만, 그네들이 곧 아마조네스는 아니라고. 그네들은 모두 신화 속 하나의 정형이 아니라 여러 신화 속 인물들의 복합체로 살아 있는 개개의 인간들이었던 것이다.

우리의 소설가 양귀자는 신으로, 신화 속의 존재로, 아마조네스로 그려낸 강민주에게 숨결을 불어넣어 그녀를 살아 있는 복합체로 만든다. 그러나, 너무 서둘러 말하기 전에 우선 아마조네스로서의 강민주를 더 따라가 보자.

강민주는 백승하를 납치한다. 그는 인기 절정의 영화배우이다. 그는 뭇 여인의 우상이기도 하다. 여성을 향해 직접적인 폭력을 행사하지도 않았고 소문난 애처가인 그가 강민주의 제1의 공격 대상이 되는 것은 어찌 보면 모순이기도 하다. 그러나 사실상 그는 가장 적절한 공격 대상이다.

그는, 남성의 이름으로 행해지는 폭력 자체를 은폐하면서, 이미 남성이라는 사실 자체로 그 폭력에 가담하고 있기 때문이다. 그는 직접 폭력을 휘두르는 자보다 더욱 교활하게 폭력을 행사한다. 후자는 물리적이고 심리적인 반항을 유발시키지만 그는 여자들로 하여금 남자에 대한 미련을 못 버리게 하고, 여성에게 주어진 가혹한 운명이 단지 남성을 잘못 택했기 때문일 뿐이라는 환상을 갖게 한다. 백승하라는 인간을 굴복·변화시키고 그에 대해서 세상이 갖고 있는 환상을 깨버릴 수만 있다면, 남성에 대한 복수와 아울러 여성이 남성에 대하여 갖고 있는 환상을 깨버릴 수 있는 이중의 효과를 낳을 수 있다. 따라서 아마조네스로서의 강민주에게 인기 절정의 배우인 백승하는, 아마조네스를 패망시킨 신화 속의 또 다른 남성 전사에 다름 아니다. 그는 적이다.

적과 마주한 아마조네스의 운명은 싸워서 승리를 쟁취하거나 패배하는 두 갈래밖에 없다. 강민주는 어떻게 승리하거나 패배함으로써 아마조네스로서의 강렬한 이미지를 남겨줄까. 이미 신화적으로 동등한 격(格)을 부여받은 남성 전사와 여성 전사의 싸움을 이 현실적 장치 속에서 어떻게 가능하게 할까?

다시 앞으로 돌아가자. 나는 '우리의 소설가 양귀자는 신으로, 신화 속의 존재로, 아마조네스로 그려낸 강민주에게 숨결을 불어넣어 그녀를 살아 있는 복합체로 만든다'라고 앞에 썼다. 그 말은, 순수 아마조네스의 처지에서 본다면 아마조네스적 순수성의 훼손이고 실패를 의미한다. 즉 양귀자는 적과 마주한 아마조네스의 싸움의 결과로 결말을 유도하는 게 아니라, 아마조네스적 존재의 사라짐으로 결말을 유도한다. 강민주의 충복인 남기의 입을 통해 진술되듯이 강민주는 변한 것이며, '잘 나갈 수 있는 길을 일부러 어렵게 만드는' 방향으로 나아가는 것이다. 강민주가 남기를 향해 '날 사랑하지 마, 그건 너의 불행이야. 알겠니?'라고 직접 말할 때 그녀는 이미 아마조네스로서의 강민주가 아니다. 아마조네스에게 남성은 노예가 아니면 종족 유지의 대상일 뿐이다. 강민주가 남기에게 '날 사랑하지 마'라고 말했을 때, 그녀는 이미 남자와 여자 사이에 그러한 순수한 관계 이외의 감정이 개입될 수 있음을 스스로 인정한 셈이다. 느껴보지 않은 감정은 말해질 수 없는 법이다. 그녀는 이미 아마조네스가 아니다.

무엇이 그녀를 변하게 했는가? 단도직입적으로 말한다면, 공격의 대상으로서 상상적으로 그려진 남성과의 직접적이고 구체적인 만남을 통해서이다. 그 직접적이고 구체적인 만남을 압축적으로 보여주는 것이, 백승하와 강민주의 연극연습이며 공연이다. 여러 차례 이야기했듯이 백승하와 강민주는 현실이라는 무대에서는 별로 연기할 것이 없는, 아니, 차라리 현실이라는 공간에서는 존재하기 힘든 신화적 존재의 형상화들이다.

그들이 현실감 있게 만나기 위해서는 현실이라는 무대를 떠난 또 다른 무대가 필요하다. 그 무대가 그들의 연극 연습장이며 공연장이다. 소설가 양귀자의 소설적 구도는 그렇게 치밀하다. 단도직입적으로 말한다면, 그 연극 무대에서 강민주와 백승하는 비로소 살아 있는 인간이 된다. 살아 있는 인간으로서 서로 만났을 때, 백승하는 '남성의 폭력'을 대표하는 추상적 존재도 아니고, 폭력을 은폐하기 위해 부드러움의 가면을 쓴 교활한 존재도 아니며, 자식에 대한 사랑, 연극에의 진지한 정열, 여성에 대한 진정 어린 배려와 이해를 지닌 하나의 인격체가 된다. 그는 아마조네스로서의 강민주와 맞서 싸우지도 않았고 그에 굴복하지도 않았고 그녀를 설득하지도 않았다.

그러나, 그는 여전히 남자로서 존재해 있다. 요컨대 백승하는 아마조네스로서의 강민주의 적으로 남아 있으면서, 한편으로는 부드러움을 간직한 살아 있는 존재이다. 그 부드러움은 강민주를 굴복시키는 게 아니라 변화시킨다. 그리고 그 변화는 강민주 내부에, 아니 강민주의 방법에 이미 내재해 있던 것이다. 우리는 소설의 제6부에서 '굳어져 있는 이 세상 것들을 모두 부드럽게 풀어줘야 한다'라는 강민주의 내면 발언을 직접 확인할 수도 있다. 철저한 아마조네스로부터 출발해서, 이미 그 방법에 '부드러움'이라는 모순되는 처방을 쓴 강민주의 모습은, 결국에는, 「라만차의 사나이」라는 영화에서 훌륭하게 그려진 돈키호테 모습으로, 내게, 변용되어 나타난다.

그 영화에서의 돈키호테는 시대착오적인 발상을 지닌 채 정신 나간 행태를 일삼는 인물이 아니라, 우리의 삶이라는 감옥 속에서 언제나 아름다운 꿈을 간직한 채 그 꿈을 유포하는 인물이었다. 강민주의 꿈은, 그 영화에서의 돈키호테의 꿈처럼 능동적이고 적극적이다. 그 꿈은 아스라이 먼 곳을 그리는 소녀 취향적인 꿈이 아니라, 꿈꾸기 자체가 현실 속에서 힘을 갖기를 바라고 그 힘이 어떤 것일 수 있는가를 묻는 그런 꿈이다.

그 꿈은 딱히, 남성의 반성만을 촉구하는 꿈도 아니고, 여성을 깨우는 꿈만도 아니며, 작가의 말대로 '세상의 모든 불합리와 유형무형의 폭력에 반대하는 모든 사람에게' 전파되길 바라는 꿈이다.

이 소설을 읽고, 그 능동적 꿈에, 독자여, 깊이 침잠해 보지 않겠는가.

양귀자 소설
나는 소망한다
내게 금지된 것을

1판 발행 1992년 8월 1일
2판 발행 2001년 3월 20일
3판 발행 2019년 4월 20일

3판 46쇄 2024년 9월 9일

지은이 양귀자
펴낸이 심은우
디자인 형태와내용사이

펴낸곳 도서출판 쓰다
주소 03006 서울시 종로구 평창11길 33
출판등록 2012년 10월 12일 제300-2012-191호
대표전화 (02)395-0390~2
팩스 (02)379-7322
이메일 writepublishing@gmail.com

ⓒ 양귀자, 2019
ISBN 978-89-98441-07-4 03810